JN177926

黒蜥蜴と怪人二十面相

江戸川乱歩

角川文庫
21453

目次

黒蜥蜴

暗黒街の女王

この国でも一夜に数千羽の七面鳥がしめられるという、あるクリスマス・イブの出来事だ。

帝都最大の殷賑《いんしん》地帯、ネオン・ライトの闇夜の虹が、幾万の通行者を五色にそめるG街、その表通りを一歩裏へ入ると、そこにこの都の暗黒街が横たわっている。

G街の方は、午後十一時ともなれば、夜の人種にとってはまことにあっけなく、しかし帝都の代表街にふさわしい行儀よさで、ほとんど人通りがとだえてしまうのだが、それと引き違いに、背中合わせの暗黒街がにぎわい始め、午前二時三時頃までも、男女のあくなき享楽児どもが、窓をとざした建物の薄くらがりの中に、ウヨウヨとうごめきつづける。

今もいうあるクリスマス・イブの午前一時頃、その暗黒街のとある巨大な建物、外部から見たのではまるで空家のようなまっ暗な建物の中に、けたはずれな、狂気めいた大夜会が、今、最高潮に達していた。

ナイトクラブの広々としたフロアに、数十人の男女が、或《あ》る者は盃《さかずき》をあげてブラボーを叫び、或る者はだんだら染めの尖《とん》り帽子を横っちょにして踊りくるい、或る者はにげまどう小女をゴリラの恰好《かっこう》で追いまわし、或る者は泣きわめき、或る者は怒りくるっている上を、五色の粉紙が雪と舞い、五色のテープが滝と落ち、数知れぬ青赤の風船玉が、むせかえる煙草のけむりの雲の中を、とまどいをしてみだれ飛んでいた。

「やあ、ダーク・エンジェルだ。ダーク・エンジェルだ」

「黒天使の御入来だぞ」

「ブラボー、女王様ばんざい！」

口々にわめく酔いどれの声々が混乱して、たちまち急霰《きゅうさん》の拍手が起こった。

自然に開かれた人垣の中を、浮き浮きとステップをふむようにして、室《へや》の中央に進みでる一人の婦人。まっ黒なイブニング・ドレスに、まっ黒な帽子、まっ黒な手袋、まっ黒な靴下、まっ黒な靴、黒ずくめの中に、かがやくばかりの美貌《びぼう》が、ドキドキと上気して、赤いばらのように咲きほこっている。

「諸君、御機嫌よう。僕はもう酔っぱらってるんです。しかし、飲みましょう。そして、踊りましょう」

美しい婦人は、右手をヒラヒラと頭上に打ち振りながら、可愛らしい巻舌で叫んだ。

「飲みましょう。そして、踊りましょう。ダーク・エンジェルばんざい！」

「オーイ、ボーイさん、シャンパンだ、シャンパンだ」

やがて、ポン、ポンと花やかな小銃が鳴りひびいて、コルクの弾丸が五色の風船玉をぬって昇天した。そこにも、ここにも、カチカチとグラスのふれる音、そして、またしても、

「ブラボー、ダーク・エンジェル！」

の合唱だ。

暗黒街の女王のこの人気は、一体どこからわいて出たのか。たとえ彼女の素姓は少しもわからなくても、その美貌、そのズバぬけたふるまい、底知れぬ贅沢《ぜいたく》、おびただしい宝石の装身具、それらのどの一つを取っても、女王の資格は十分すぎるほどであったが、彼女はさらにもっともっとすばらしい魅力をそなえていた。彼女は大胆不敵なエキジビショニストであったのだ。

「黒天使、いつもの宝石踊りを所望します！」

だれかが口を切ると、ワーッというドヨメキ、そして一せいの拍手。

片隅のバンドが音楽を始めた。わいせつなサキソフォンが、異様に人々の耳をくすぐった。

人々の円陣の中央には、もう宝石踊りが始まっていた。黒天使は今や白天使と変じた。彼女の美しく上気した全肉体をおおうものは、二筋の大粒な首飾りと、見事な翡翠《ひすい》の耳飾りと、無数のダイヤモンドをちりばめた左右の腕環《うでわ》と、三箇の指環のほかには、一本の糸、一枚の布切れさえもなかった。

彼女は今、チカチカと光りかがやく、桃色の一肉塊にすぎなかった。それが肩をゆすり、足をあげて、エジプト宮廷の、なまめかしき舞踊を、たくみにも踊りつづけているのだ。

「オイ、見ろ、黒トカゲが這《は》い始めたぜ。なんてすばらしいんだろ」

「ウン、ほんとうに、あの小さな虫が、生きて動きだすんだからね」

意気なタキシードの青年がささやき交わした。

美しい女の左の腕に、一匹の真黒に見えるトカゲが這っていた。それが彼女の腕のゆらぎにつれて、吸盤のある足をヨタヨタと動かして、這い出したように見えるのだ。今にもそれが、肩から頸《くび》、頸から顎《あご》、そして彼女の真赤なヌメヌメとした、唇までも、這いあがって行きそうに見えながら、いつまでも同じ腕にうごめいている。真にせまった一匹のトカゲの入墨であった。

さすがにこの恥知らずの舞踊は四、五分しかつづかなかったが、それが終ると、感激した酔いどれ紳士たちが、ドッと押し寄せて、何か口々に激情の叫びをあげながら、いきなり裸美人を胴上げにして、お御輿《みこし》のかけ声勇ましく、室内をグルグルと廻《まわ》り歩いた。

「寒いわ、寒いわ、早くバス・ルームへつれて行って」

御託宣のまにまに、御輿は廊下へ出て、用意されたバス・ルームへと練って行った。

暗黒街のクリスマス・イブは、この婦人の宝石踊りを最後の打ちどめにして、人々はそれぞれの相手と、ホテルへ、自宅へ、三々五々帰り去った。

お祭りさわぎのあとの広間には、五色の粉紙とテープとが、船の出たあとの波止場のように、きたならしく散りしいて、まだ浮力を残した風船玉が、ちらほらと、天井を這っているのも物さびしかった。

その舞台裏のように荒涼とした部屋の、片隅の椅子に、一かたまりのボロ屑《くず》みたいに、あわれに取り残されている若者があった。肩の張った派手な縞《しま》のサック・コートに赤いネクタイ、どこやらきざな風体の、拳闘《けんとう》選手のように鼻のひしゃげた、筋骨たくましい、一くせありげな男だ。それが、風采《ふうさい》に似合わず、クシュンとしおれかえってうなだれているものだから、ついボロ屑にも見えたのだが。

(人の気も知らないで、何をグズグズしてるんだろうなあ。こっちあ、命がけのどたん場なんだぜ。こうしているうちにも、デカがふみこんで来やしないかと、気が気じゃありゃしねえ)

彼はブルブルと身ぶるいしてモジャモジャの髪の毛を五本の指でかきあげた。

そこへ制服を着た男ボーイが、テープの山をふみ分けて、ウイスキーらしいグラスを運んできた。彼はそれを受け取ると、「おそいじゃねえか」と叱っておいて、グッと一息《ひ》と息《いき》にあおって、「もう一つ」とお代わりを命じた。

「潤ちゃん、待たせちゃったわね」

そこへやっと、若者の待ちかねていた人が現われた。ダーク・エンジェルだ。

「うるさい坊っちゃんたちを、うまくまいて、やっと引き返してきたのよ。さあ、あんたの一生に一度のお願いっていうのを聞こうじゃありませんか」

彼女は前の椅子に腰かけて、まじめな顔をして見せた。

「ここじゃだめです」

潤ちゃんと呼ばれた若者は、やっぱり渋面を作ったまま、沈んだ調子で答える。

「人に聞かれると悪いから？」

「ええ」

「クライム？」

「ええ」

「傷つけでもしたの」

「いいや、そんなことならいいんだが」

黒衣婦人は、のみこみよく、それ以上は聞かないで立ちあがった。

「じゃ外でね。G街は地下鉄工事の人夫のほかには、人っ子一人通ってやしないわ。あすこを歩きながら聞きましょう」

「ええ」

そしてこの異様な一対は、みにくい赤ネクタイの若者と、目ざめるばかり美しい黒天使とは、肩を並べて建物を出た。

外は街灯とアスファルトばかりが目立つ、死にたえたような深夜の大道であった。コツコツと、二人の靴音が一種の節を作ってひびいていた。

「一体どんな罪を犯したっていうの。潤ちゃんにも似合わない、ひどいしょげかたね」

黒衣婦人が切り出した。

「殺したんです」

潤ちゃんは、足下を見つづけながら、低い無気味な声で言い切った。

「まあ、だれをさ」

黒天使は、この驚くべき答えに、さして心を動かした様子もなかった。

「色敵《いろがたき》をです。北島の野郎と咲子のあまをです」

「まあ、とうとうやってしまったの……どこで？」

「やつらのアパートで。死骸《しがい》は押入れの中に突ッこんであるんです。あすの朝になったら、ばれるにきまってます。三人のいきさつは、みんなが知っているんだし、今夜あいつたちの部屋へはいったのは僕だということが、アパートの番人やなんかに知れているんだから、捕まったらおしまいです……僕はもう少ししゃばにいたいんです」

「高飛びでもしようっていうの」

「ええ……マダム、あんたはいつも、僕を恩人だといってくれますね」

「そうよ。あの危ない場合を救ってもらったのだもの。あれからあたし、潤ちゃんの腕っぷしにほれこんでいるのよ」

「だから、恩返しをしてください。高飛びの費用を、千円ばかり僕に貸してください」

「それは、千円ぽっちわけないことだけれど、あんた、逃げおおせると思っているの。だめよ。横浜か神戸の波止場でマゴマゴしているうちに、捕まってしまうのが落ちだわ。こんな場合に、あわを食って逃げ出すなんて愚の骨頂よ」

黒衣婦人は、さも、そういうことには慣れきっているような口ぶりであった。

「じゃあ、この東京にかくれていろっていうんですか」

「ああ、まだしもその方がましだと思うわ。しかし、それでもあぶないことはあぶないのだから、もっとうまい方法があるといいんだけれど……」

黒衣婦人はつと立ち止まって、何か思案をしている様子であったが、突然妙なことをたずねた。

「潤ちゃんのアパートの部屋は、五階だったわね」

「ええ、だが、それがどうしたというんです」

若者はいらいらして答えた。

「まあ、素敵だ」美しい人の唇から、びっくりするような声がほとばしった。「うまいことがあるのよ。まるで申し合わせでもしたようだわ。ねえ、潤ちゃん、あんたまったく安全になれる方法があるわ」

「なんです、それは。早く教えてください」

黒天使は、なぜかえたいの知れぬ薄笑いを浮かべて、相手の青ざめた顔をじっとのぞきこみながら、一語一語力を入れて言った。

「あんたが死んでしまうのよ。雨宮潤一という人間を殺してしまうのよ」

「え、え、なんですって？」

潤一青年は、あっけにとられて、ポカンと口をあいて、暗黒街の女王の美しい顔をみつめるばかりであった。

地獄風景

雨宮潤一が、約束の京橋の袂《たもと》に立ちつくして、黒衣婦人を待ちかねているところへ、一台の自動車が停車して、黒の背広に鳥打帽をかぶった若い運転手が、窓から手まねきをした。

「いらない、いらない」

流しタクシーにしては、少し車が上等すぎるがと思いながら、手まねで追いやろうとすると、

「僕だよ、僕だよ、早く乗りたまえ」

運転手が、笑いをふくんだ女の声で言った。

「ああ、マダムか。あんた運転ができるんですか」

潤一青年は、あの宝石踊りの黒天使が、たった十分ほどのあいだに背広の男姿になって、自動車を運転してきたのを知ると、一驚を喫しないではいられなかった。もう一年以上のつき合いだけれど、この黒衣婦人の素姓は、彼にもまったく謎であった。

「軽蔑《けいべつ》するわね、僕だって車くらい動かせるさ。そんな妙な顔してないで、早くお乗りなさい。もう二時半よ。早くしないと、夜があけちゃうわ」

潤一が面くらいながら、客席に腰をおろすと、自動車は邪魔物のない夜の大道を、矢

のように走り出した。

「この大きな袋、なんです」

彼はふとクッションの隅に丸めてあった、大きな麻袋に気づいて、運転台にたずねかけた。

「その袋が、あんたを救ってくれるのよ」

美しい運転手が振り向いて答えた。

「なんだかへんだなア。一体これからどこへ、何をしに行くんです。僕、少し気味がわるくなってきた」

「G街の英雄が弱音をはくわね。なんにも聞かないって約束じゃないか。僕を信用しないとでもいうの？」

「いや、そういうわけじゃないけど」

それからは、何を話しかけても運転手は前方をみつめたまま、一ことも答えなかった。

車はU公園の大きな池の縁をまわって坂道をのぼると、長い塀ばかりがつづいている妙にさびしい場所で停車した。

「潤ちゃん、手袋持っているでしょう。外套《がいとう》をぬいで、手袋をはめて、上衣のボタンをすっかりはめて、帽子をまぶかにおかぶりなさい」

そう命令しながら、男装の麗人は、自動車のヘッド・ライトもテイル・ライトも車内の豆電燈も、すっかり消してしまった。

あたりは街灯もないくらやみであった。その闇の中に、まったく光を消し、エンジンを止めた車体が、めくらのように立ちすくんでいた。

「さあ、その袋を持って、車をおりて僕のあとからついてくるのよ」

潤一が命ぜられた通りにして、車を出ると、黒い背広の襟を立てた西洋泥棒みたいな風体の黒衣婦人は、彼女も手袋をはめた手で、彼の手を取って、グングンひきずるようにして、そこにひらいていた門の中へはいって行く。

空を覆う巨木の下をいくども通りすぎた。広々とした空地を横ぎった。なにかしら横に長い西洋館のそばを通った。ちらほらと蛍火のような街灯が、わずかに見えるばかりで、行く手はいつまでも闇であった。

「マダム、ここT大学の構内じゃありませんか」

「シッ、物をいっちゃいけない」

握った手先にギュッと力をこめて叱られた。凍るような寒さの中に、つなぎ合わせた手の平だけが、二重の手袋を通して暖かく汗ばんでいる。だが、殺人犯の雨宮潤一は、この際「女」を感じる余裕など持たなかった。

闇を歩いていると、ともすれば、つい二、三時間前の激情がよみがえり、彼のかつての恋人の咲子が、喉《のど》をしめつけられながら、歯のあいだから舌を出して、口の端からタラタラと血を流して、牛のように大きな眼で、彼をにらみつけた形相が、空中を引っかくようにした断末魔の五本の指が、行く手一ぱいの巨大な幻となって、彼をおびやかした。

しばらく行くと、広い空地のまん中に、赤煉瓦《れんが》らしい平家の洋館がポッツリと建って、そのまわりをこわれかけた板塀がかこんでいた。

「このなかよ」

黒衣婦人は低くつぶやいて、板戸の錠をさがしていたが、合鍵《あいかぎ》を持っていたのか、カチカチと音がすると、なんなくそれがひらいた。

塀の中へはいって、板戸をしめると、彼女ははじめて用意の懐中電灯をつけ、地面を照らしながら建物の方へ進んで行く。地面には一面に枯草がみだれて、住む人もない化物屋敷へでもふみこんだ感じである。

三段ほどの石段をあがると、白ペンキのところがまだらにはげた手すりの、ポーチのようなものがあって、そこのこわれた漆喰《しっくい》を踏んで五、六歩行ったところに、古風などっしりしたドアがしまっている。

黒衣婦人は、それをまたカチカチと合鍵でひらいて、さらに同じようなドアをもう一つひらくと、ガランとした部屋に出た。外科病院に行ったような、強烈な消毒剤のにおいが、なにかしら一種異様の甘ずっぱいにおいとまじって鼻をつく。

「ここが目的の場所よ。潤ちゃん、あんた何を見ても、声を立てたりしちゃいけませんよ。この建物にはだれもいないはずだけれど、塀のそとをときどき巡回の人が通るんだから」

黒天使のささやき声が、おびやかすように聞こえた。潤一青年は、なんともえたいの知れぬ恐怖に、ゾッと立ちすくまないではいられなかった。この化物屋敷みたいな煉瓦建ては一体どこなのだ。この鼻をつく異臭はなんであろう。物いえば四方の壁にこだまするかと思われる広間には、全体何があるのだろう。

またしても、闇の中に、北島と咲子の断末魔の、吐き気をもよおすような、醜怪な物すごい形相が、二重写しになって、まざまざと浮きあがった。おれは今、やつらの悪霊に招きよせられて、よみじの闇をさまよっているのではないかしら。彼は生まれてから経験したこともない奇怪な錯覚におちいって、からだじゅうに脂汗を流していた。

黒衣婦人の手にする懐中電燈の丸い光は、何かを探し求めるように、ソロソロと床の上を這《は》って行った。

敷物のない、荒い木目の床板が、一枚一枚と、円光の中を通りすぎる。やがて、ニスのはげた頑丈な机のようなものが、脚の方からだんだんと光の中へはいってくる。長い大きな机だ。おや、人間だ。人間の足だ。では、この部屋にはだれかが寝ているのだな。だが、いやにひからびた老人の足だぞ。それに足首に、紐《ひも》で木の札がむすびつけてあるのは、一体どういう意味なのだ。

おや、このおやじ、寒いのにはだかで寝ているのかしら。

円光は腿《もも》から腹、腹からあばら骨の見えすいた胸へと移動し、次には鶏の足みたいな頸《くび》から、ガックリ落ちた顎《あご》、馬鹿のようにひらいた唇、むき出した歯、黒い口、くもりガラスのような光沢のない眼球……死骸《しがい》だ。

潤一はさいぜんの幻と、いま円光の中に現われたものとの、無気味な符合にふるえあがった。大罪を犯して心みだれた彼は、まだその部屋がどこであるかをさとり得ないで、おれは気でも違ったのか、それとも悪夢にうなされているのかと、思いまどった。

だが、その次に懐中電灯がうつし出した光景には、さすがの彼も、黒衣婦人の注意を忘れて、ギャッと叫ばないではいられなかった。

これが地獄の光景でなくてなんであろう。そこには六畳敷ほどの大きさの浴槽のようなものがあって、その中に二重にも三重にも、老若男女の全裸の死体が、ウジャウジャ積みかさなっているのだ。

血の池に亡者どもがひしめき合っている、地獄絵にそっくりの物恐ろしい有様、これがはたしてこの世の現実なのであろうか。

「潤ちゃん、弱虫ねえ。驚くことなんかありゃしないわ。これ解剖実習用の死体置場なのよ。どこの医学校にだってあるものよ」

黒衣婦人の声が、大胆不敵に笑っていた。

ああ、そうなのか。やっぱりこれは大学の構内だったのか。しかし、それにしても、一体全体なんの用事があって、こんな無気味な場所へこなければならなかったのだろう。さすがの不良青年も、美しい同伴者のあまりにも意表外な行動に、眼をみはらないではいられなかった。

懐中電灯の円光は死体の山の全景を一《ひ》と通りなでまわしてから、その上層に横たわっている一箇の生々しい若者の裸体の上にとまった。

闇の中に、異様な幻灯の絵のように、一人の青年が、黄色い肌をさらして、じっと動かないでいた。

「これよ」

黒衣婦人は、懐中電灯を若者の死体からそらさないで、ささやいた。

「この若い男は、K精神病院の施療患者で、きのう死んだばかりなのよ。K精神病院とこの学校とのあいだに特約が結んであるもんだから、死ぬとすぐ、死骸がここへ運ばれたの。この死体室の事務員はあたしの友だち……まあ子分といったような関係になっているのさ。だから、あたし、この若者の死骸があることを、ちゃんと知っていたっていうわけよ。どう？　この死体では」

「どうって？」

潤一はドギマギした。一体この女は何を考えているのだ。

「背《せ》恰好《かっこう》も肉付も、あんたとよく似ていはしなくって？　違うのは顔だけじゃなくって」

いわれてみると、なるほど年配も、からだの大きさも、彼自身とちょうど同じほどに見えた。

（ああ、そうか。こいつをおれの身代りに立てようっていうのか。だが、この女はまあ、

まるで貴婦人のような綺麗《きれい》な顔をしていて、なんて大胆な恐ろしいことを思いついたものだろう)

「ね、わかったでしょう。どう? あたしの知恵は。魔法使いでしょう。だって、人間一人この世から抹殺してしまおうというんだもの、思い切った魔法でも使わなきゃ、できっこないわ。さ、その袋をお出しなさい。ちっとばかし気持がわるいけど、二人でこいつを、その袋に入れて、自動車のところまで運ぶのよ」

潤一青年は、死骸なぞよりも、彼の救い主の黒衣婦人が恐ろしくなった。一体この女は何者だろう。お金持ちの有閑マダムの残虐遊戯としても、あまり御念が入りすぎているではないか。彼女は今、死体係りの事務員を彼女の子分だといった。こんな学校の中にまで子分を持っているからには、この女はよほどの大悪党にちがいない。

「潤ちゃん、なにぼんやりしてるの。さ、早く袋を」

闇のなかから女怪の声が叱りつけた。叱りつけられると潤一青年は、一種異様の威圧を感じて、心がしびれたようになって、猫の前の鼠みたいに、ただ彼女のいうがままに動くほかはなかった。

ホテルの客

帝都第一のKホテルにも、その夜、内外人の大舞踏会がもよおされたが、ほとんど徹宵踊りぬいた人たちも、すでに帰り去って、玄関のボーイどもが眠気をもよおしはじめた夜明け前の午前五時頃、スイング・ドアの前に一台の自動車が横づけになった。緑川夫人のお帰りだ。

ボーイたちはこのぜいたくな美貌《びぼう》の客に少なからぬ好意を持っていたので、素早くそれとさとると、先を争うように自動車のドアに走り寄った。

毛皮の外套《がいとう》に包まれた緑川夫人がおり立つと、そのあとから一人の男性の同伴者が現われた。年配は四十くらい、ピンとはねた口ひげ、三角型の濃い顎ひげ、鼈甲縁《べっこうぶち》の大きな目がね、毛皮の襟のついた厚ぼったい外套、その下から礼装用の縞《しま》ズボンがのぞいていようという、政治家めいた人物だ。

「この方、お友だちです。あたしの隣の部屋あいてましたわね。あすこへ用意をさせてください」

緑川夫人は、フロントに居合わせたホテルの支配人に声をかけた。

「ハ、あいております。どうか」

支配人は愛想よく答えて、ボーイに支度を命じた。

ひげの客は、だまったまま、そこにひらかれた帳簿に署名して、夫人のあとを追って、正面の廊下をはいって行った。署名は山川健作となっていた。

部屋がきまって、めいめいに付属のバス・ルームで入浴をすませると、二人は緑川夫人の寝室に落ちあった。

モーニングの上衣をぬいでズボンだけになった山川健作氏は、しきりと両手をこすりながら、いかめしい顔つきに似合わぬ、子供らしい声でしゃべった。

「ああ、たまらねえ。まだこの手ににおいがついているようだ。僕はあんなむごたらしいこと、生まれてはじめてですよ。マダム」

「ホホホホホ、言ったわね。二人も生きた人間を殺したくせに」

「シッ、困るなあ、そんなことズバズバいわれちゃ。廊下へ聞こえやしませんか」

「大丈夫、こんな低い声が聞こえるもんですか」

「ああ、思い出してもゾッとする」山川氏はブルブルと身ぶるいをして見せて、「さっき僕のアパートで、あの死骸の顔を鉄棒でたたきつぶした時の気持って、なかったですよ。それから、あいつをエレベーターの穴へ落とした時、はるか下で、グシャッと音がしたっけ。ウウ、たまらねえ」

「弱虫ね、もうすんでしまったことは、考えっこなしよ。あんたはあのとき死んでしまったんだわ。ここにいるのは、山川健作という、れっきとした学者先生じゃないの。しっかりしなきゃだめよ」

「しかし大丈夫ですか。大学の死体が紛失したことがバレやしませんか」

「なにいってるのよ。僕がそれに気がつかないとでも思っているのかい。あすこの事務員は、僕の手下だといったじゃないか。僕の子分がそんなヘマをする気づかいがあるもんか。今、学校は休みで、先生も学生もいやしない。係りの事務員が帳簿をちょっとごまかしておけば、小使いなんか一々死骸の顔をおぼえているわけじゃなし、あんなにたくさんの中から一つくらいいなくなったって、当の係員のほかには気づく者はありゃしないよ」

「じゃあ、その事務員に、今度のことを知らせておかなければいけませんね」

「ウン、それは朝になったら、ちょっと電話をかけさえすればいいんだよ……ところでねえ、潤ちゃん、あんたに聞いてもらいたいことがあるのよ。まあ、ここへおかけなさいな」

緑川夫人は、その時、はでな友禅染めの振袖《ふりそで》の寝間着を着て、ベッドの上に腰かけていたのだが、その横のシーツを指さして、山川氏の潤ちゃんをさしまねいた。

「僕、このうるさいつけひげと目がね、取っちゃってもいいですか」

「ええ、いいわ。ドアに鍵《かぎ》がかけてあるんだから、大丈夫」

そして、二人はまるで恋人のように、ベッドにならんで腰かけて、話しはじめた。

「潤ちゃん、あんたは死んでしまったのよ。それがどういうことだかわかる？　つまり、今ここにいる、あんたという新らしい人間は、あたしが産んであげたも同じことよ。だから、あんたは、あたしのどんな命令にだってそむくことができないのよ」

「もしそむいたら？」

「殺してしまうまでよ。あんた、あたしが恐ろしい魔法使いってこと、知りすぎるほど知ってるわね。それに、山川健作なんて人間は、あたしのお人形さんも同じことで、この世に籍がないのだから、突然消えてなくなったところで、だれも文句をいうものはありゃしないわ。警察だってどうもできやしないわ。あたし、きょうからあんたという、腕っぷしの強いお人形さんを手に入れたのよ、お人形さんていう意味は、つまり奴隷、ね、奴隷よ」

潤一青年は、この妖魔《ようま》にみいられてしまっていたので、そんなことをいわれても、少しも不快を感じなかった。不快を感じるどころか、いうにいわれぬ甘いなつかしい気持になっていた。

「ええ、僕は甘んじて女王さまの奴隷になります。どんないやしい仕事でもします。あなたの靴の底にだって接吻《せっぷん》します。そのかわり、あなたの産んだ児を見捨てないでください。ねえ、見捨てないで」

彼は、緑川夫人の友禅模様の膝《ひざ》に手をかけて、甘えながら、だんだん泣き声になって行った。黒天使は、やさしくほおえんで、潤一の広い肩に手を廻《まわ》して、子供をでもあやすように、調子を取って、軽く叩《たた》いてやった。夫人の膝に熱いしずくがポタポタと落ちるのが、着物を通して感じられた。

「ハハハハハ、滑稽《こっけい》だわね。二人とも、いやにセンチになっちゃったわね。よしましょう。それより大事な話があるのよ」

夫人は手をはなして、

「あんた、あたしを何者だと思う？　わからないでしょう」

「なんだっていいんです。たとえあなたが女泥棒だって、人殺しだってかまいません。僕はあなたの奴隷です」

「ホホホホホ、あてちゃったわね。その通りよ、あたしは女泥棒。それから、人殺しもしたかもしれないわ」

「え、あなたが？」

「ホホホホホ、やっぱりびっくりしたでしょ。でも、あんたには何をいったって、命をあずかっているんだから大丈夫。まさか逃げ出しゃしないわね。それとも逃げ出す？」

「僕はあなたの奴隷です」

彼女の膝にかけている男の指に、ギュッと力がこもった。

「まあ、可愛いことをいうわね。きょうからあんた、あたしの、一の子分よ。ずいぶん働いてもらわなくちゃならないわ。ところで、あたしがなぜ、こんなホテルなんかに泊まっていると思う？　四、五日前から、緑川夫人という名で、この部屋を借りているのよ。それはね、ねらった鳥が同じホテルに滞在しているからなの。それが大へんな大物で、あたし一人じゃ、ちょっと心細かったところへ、うまいぐあいにあんたがきてくれて心丈夫だわ」

「金持ちですか」

「ああ、金持ちも金持ちだけれど、あたしの目的はお金ではないの。この世の美しいものという美しいものを、すっかり集めてみたいのがあたしの念願なのよ。宝石や美術品や美しい人や……」

「え、人間までも？」

「そうよ。美しい人間は、美術品以上だわ。このホテルにいる鳥っていうのはね、お父さんに連れられた、それはそれは美しい大阪のいとはんなの」

「じゃ、そのお嬢さんを盗もうというのですか」

ことごとに意外な黒天使の言葉に、潤一青年は、またしてもめんくらわなければならなかった。

「そうなの。でも、ただの少女誘拐ともちがうのよ。その娘さんを種に、お父さんの持っている日本一のダイヤモンドを頂戴《ちょうだい》しようってわけなの。お父さんていうのは、大阪の大きな宝石商なのよ」

「じゃ、あの岩瀬商会じゃありませんか」

「よく知ってるわね。その岩瀬庄兵衛さんがここに泊まっているの。ところが少し面倒なのは、先方には明智小五郎っていう私立探偵がついていることです」

「ああ、明智小五郎が」

「ちょっと手ごわい相手でしょう。幸い、あいつはあたしを少しも知らないからいいようなものの、明智って、虫のすかないやつだわ」

「どうして、私立探偵なんかやとったのでしょう。先方は感づいてでもいるのですか」

「あたしが感づかせたのさ。あたしはね、潤ちゃん、不意打ちなんて卑怯《ひきょう》なまねはしたくないのよ。だから、いつだって、予告なしに泥棒をしたことはないわ。ちゃんと予告して、先方に充分警戒させておいて、対等に戦うのでなくっちゃ、おもしろくない。物をとるということよりも、その戦いに値打ちがあるんだもの」

「じゃ、こんども予告をしたのですね」

「ええ、大阪でちゃんと予告してあるのよ。ああ、なんだか胸がドキドキするようだわ。明智小五郎なら相手にとって不足はない。あいつと一騎打ちの勝負をするのかと思うと、あたし愉快だわ。ね、潤ちゃん、すばらしいとは思わない？」

彼女はわれとわが言葉にだんだん昂奮《こうふん》しながら、潤一青年の手をとって、彼女の感情のまにまに、それをギュッと握りしめたり、気でもちがったようにうち振ったりするのであった。

女魔術師

一夜のあいだに、潤一青年の山川健作氏はお芝居がすっかり板について、翌朝身じまいをおわった時には、ロイド目がねも付けひげも似つかわしく、医学博士とでもいった人物になりすましていた。

食堂で緑川夫人とさし向かいにオートミールをすすりながらの会話にも、身のこなしにも、少しもへまはしなかった。

食事をすませて部屋に帰ると、ボーイが待ち受けていて、

「先生、ただ今お荷物がとどきましたが、こちらへ運んでもよろしゅうございますか」

とたずねた。潤一青年は、先生などと呼ばれたのは生まれてはじめてであったが、一所懸命落ちつきはらって、声さえ重々しく、

「ああ、そうしてくれたまえ」

と答えた。けさ、彼の荷物と称して、大きなトランクがとどけられることは、ゆうべの打ち合わせで、ちゃんと呑《の》みこんでいたのだ。

やがて、ボーイとポーターが、二人がかりで、大型の木枠つきのトランクを部屋の中へ持ちこんできた。

「だんだんお芝居がうまくなるわね。それならばもう大丈夫だわ。明智小五郎だって、見破れやしないわ」

ボーイたちが立ち去るのを見すまして、隣室の緑川夫人がはいってきて、新弟子の手なみをほめた。

「ウフ、僕だって、まんざらでもないでしょう……それはそうと、このべらぼうに大きなトランクには、一体なにがはいっているんですね」

山川氏は、まだトランクの用途を教えられていなかったのだ。

「ここに鍵があるから、あけてごらんなさい」

いかめしいひげの子分は、その鍵を受け取りながら、小首をかしげた。

「僕のお召しかえがはいっているんでしょう。山川健作先生ともあろうものが、着のみ着のままじゃ変だからね」

「フフ、そうかもしれないわ」

そこで、鍵を廻して、蓋《ふた》をひらいてみると、中には、いくえにも厚ぼったくボロ布で包んだものがギッシリつまっていた。

「おや、なんですい、こりゃあ？」

山川氏は、あてがはずれたようにつぶやいて、その包みの一つを、ソッとひらいてみた。

「なあんだ、石ころじゃありませんか。大事そうに布にくるんだりして、ほかのもみんな石ころなんですか」

「そうよ、お召しかえでなくってお気の毒さま。みんな石ころなの。少しトランクに重みをつける必要があったものだからね」

「重みですって？」

「ああ、ちょうど人間一人の重味をね。石ころをつめるなんて気がきかないようだけれど、おぼえて、おきなさい、これだとあとの始末が楽なのよ。石ころは窓のそとの地面へほうり出しておけばいいし、ボロ布はベッドのクッションと敷蒲団《しきぶとん》のあいだへ敷きこんでしまえば、トランクをからっぽにしても、あとになんにも残らないっていうわけさ。ここいらが魔法使いのコツだわ」

「へええ、なるほどねえ。だが、トランクをからっぽにして、何を入れようっていうんです」

「ホホホホホ、天勝《てんかつ》だって、トランクに入れるものはたいていきまっているじゃないの。まあいいから、石ころの始末を手伝いなさいよ」

彼らの部屋はホテルの奥まった階下にあったので、窓のそとは人目のない狭い中庭になっていて、そこに大つぶな砂利がしいてあった。石ころを投げ出すにはおあつらえ向きだ。二人は急いで石ころをほうり出し、ボロ布の始末をした。

「さあ、これですっかりからっぽになってしまった。じゃあ、これから魔法のトランクの使いみちを教えてあげましょうか」

緑川夫人は、面くらっている潤ちゃんを、おかしそうに眺めたが、手早くドアに鍵《かぎ》をかけ、窓のブラインドをおろして、そとからすき見のできないようにしておいて、いきなり黒ずくめのドレスをぬぎはじめた。

「マダム、へんだね。昼日中、例の踊りをはじめようってわけじゃないでしょうね」

「ホホホホホ、びっくりしてるわね」

夫人は笑いながら、手を休めないで、一枚一枚と衣服を取り去って行った。彼女の奇妙な病気が起こったのだ。エキジビショニズムがはじまったのだ。

全裸の美女とさし向かいでは、いかな不良青年も、まっ赤になって、もじもじしないではいられなかった。そこには、このましい曲線にふちどられた、輝くばかりに美しい桃色の肉塊が、ギョッとするほど大胆なポーズで立ちはだかっていたではないか。

見まいとしても、視線がその方に行った。そして夫人の眼とぶっつかると、その度ごとに、彼はまたしても一そう赤面した。女王は奴隷の前に、どのような姿をさらそうとも、少しも悪びれも、恥かしがりもしなかった。あまりの刺戟《しげき》にたえかね、脂汗を流して悲鳴をあげるのは、いつも奴隷の方なのだ。

「まあ、いやにもじもじするわね。はだかの人間がそんなに珍しいの」

彼女はあらゆる曲線と、あらゆる深い陰影とを、あからさまに見せびらかして、トランクの縁をまたぎ、その中へまるで胎内の赤ん坊みたいに手足をちぢめて、スッポリとはまりこんでしまった。

「というわけさ。これがボクの手品の種あかしなんだよ。どう？　このかっこうは」

トランクの中に丸まった肉塊が、男と女とちゃんぽんの言葉づかいで呼びかけた。まげた脚の膝頭《ひざがしら》が、ほとんど乳房にくっつくほどで、腰部の皮膚がはりきって、お尻《しり》が異様に飛び出して見えた。後頭部に組み合わせた両手が、髪の毛をみだし、わきの下が無残に露出していた。なにかしら畸形《きけい》な、丸々とした、非常に美しい桃色の生きものであった。

潤ちゃんの山川氏は、だんだん大胆になりながら、トランクの上に及び腰になって、なやましげに眼の下の生きものに見入った。

「マダム、トランク詰めの美人ってわけですか」

「ホホホホホ、まあ、そうよ。このトランクには、そとからはわからないように、方々に小さい息ぬきの穴があけてあるのよ。だから、こうして蓋をしめてしまっても、窒息するような心配はないんだわ」

いうかと思うと、彼女はバタンとトランクの蓋をしめたが、そのあおりの生暖かい風が熟しきった女体のかおりを含んで、上気した青年の顔をなでた。

蓋をしめてしまえば、それはいかめしく角ばった一箇の黒い箱にすぎなかった。その中になまめかしくふくよかな桃色の肉塊がひそんでいようなどとは、どうしても想像できないのだ。古来手品師たちが、無細工なトランクと美しい女体とのきわ立った取り合わせを、好んで用いる理由がここにあった。

「どう？　これならだれも、人間がはいっているなんて疑いっこないでしょう」

夫人がトランクの蓋を細目にあけて、まるで貝のなかから現われたヴィーナスのように、美しくほおえみながら、同意を求めた。

「ええ……すると、つまり、あの宝石屋の娘さんを、このトランク詰めにして誘拐しようってわけですかい」

「そうよ。もちろんよ。やっと察しがついたの？　あたしはただちょっと見本をごらんに入れたっていうわけなのさ」

しばらくして服装をととのえた緑川夫人が、山川氏に、彼女の大胆きわまる誘拐計画を語り聞かせていた。

「あの娘さんを、今のようにトランクにつめこむ仕事はあたしの受け持ちで、それにはちゃんと手だてもあるし、麻酔剤の用意もできているの。そのトランクをここから運び出すのが、あんたの役目、第一回の腕試しよ。

今晩、あなたは九時二十分の下り列車に乗りこむていにして、前もって名古屋までの切符を買わせておいて、トランクと一しょにホテルを出発して、トランクは手荷物としてあずけさせ、ホテルのポーターに見送らせて汽車に乗るのよ。つまり、あんたは名古屋へ行ったものと思いこませて、その実、次のS駅で途中下車してしまうんだわ。わかって？　むろんトランクも、車掌にたのんで、急用を思いだしたとかなんとか言って、S駅でおろさせるのよ。ちょっと骨の折れる仕事だけれど、あんたならヘマはしないわね。

そして、S駅から、またトランクといっしょに自動車に乗って、東京に引きかえし、こんどはMホテルへ乗りつけるの。そこで一ばん上等の部屋をえらんで、どっかのお金持ちっていうような顔をして、威張って泊まり込んでいればいいのよ。あたしも、あすはここを引きはらって、Mホテルであんたと落ち合うつもりなんだから。どう？　この計画は」

「ウン、おもしろいにはおもしろいですね。だが、そんな人をくったまねをして大丈夫かしら。僕一人じゃ、ちょっとばかり心細いな」

「ホホホホホ、人殺しまでしたくせに、まるでお坊っちゃんみたいに物おじをして見せるわね。大丈夫よ。悪事というのはね、コソコソしないで、思い切って大っぴらにやっつけるのが、一ばん安全なんだわ。それに、万一バレたら、荷物をほうり出してズラカっちまえばいいじゃないの。人殺しにくらべればなんでもありゃしないわ」

「だがね、マダムも一しょに行っちゃいけないのですかい」

「あたしは、例の明智小五郎と四つに組んでなけりゃいけないのよ。あんたが先方へ着くまでに、あいつから眼をはなしたら、どんなことになるかわかりゃしない。あたしは邪魔者の探偵さんの引きとめ役なのさ。この方がトランクをはこぶより、ずっとむずかしいかもしれないわ」

「ああ、そうか。その方が僕も安心というもんですね。だが……あすの朝はきっとMホテルへ来てくれるでしょうね。もしそのあいだに、娘さんが眼をさまして、トランクの中であばれ出してもしたら、眼もあてられないからね」

「まあ、この人はこまかいことまで気にやんでいるのね。そこに抜かりがあるものかね。娘には猿ぐつわをかませた上、手足を厳重にしばっておくのよ。眠り薬がさめたところで、声をたてることはもちろん、身動きだってできやしないわ」

「ウフ、僕はきょうは頭がどうかしているんだね。それというのも、マダムがあんなことをして見せるからですよ。こんどから、あれだけはかんべんしてもらいたいね。僕は若いんですぜ。まだ胸がドキドキしている、ハハハハ。ところで、Mホテルで落ちあったあとは、どういうことになるんですい？」

「それから先は、秘中の秘よ。子分はそんなこと聞くもんじゃなくってよ。ただおかしらの命令に、だまって従ってればいいのよ」

かようにして、令嬢誘拐の手はずは、落ちもなく定められたのである。

女賊と名探偵

その晩、ホテルの広々とした談話室は、夕食後のひとときを煙草や雑談にすごす人たちでにぎわっていた。部屋の一隅にそなえつけたラジオが夜のニュースをつぶやいていた。クッションに深々ともたれて、顔の前に夕刊を大きくひろげている紳士が、あちらにもこちらにも見えた。円卓をかこんだ外国人の一団の中からは、アメリカ人らしい婦人の声がかん高く聞こえていた。

それらの客の中に、岩瀬庄兵衛氏とお嬢さんの早苗さんの姿を見わけることができた。黄色っぽい派手な縞《しま》お召の着物に、金糸の光る帯をしめ、オレンジ色の羽織をきた早苗さんの、年にしては大柄な姿は、和服の少ないこの広間では非常に眼立って見えた。服装ばかりではない。大阪風におっとりとした、抜けるほど色白な顔に、近眼らしく、ふちなし目がねをかけているのが、ひときわ人眼をひかないではおかなかった。

お父さんの岩瀬氏は、半白の坊主頭に、あから顔にひげのない、大商人らしい恰幅《かっぷく》の人物だが、彼はまるで、お嬢さんの見張り番でもあるように、彼女の一挙一動を見守りながら、そのあとをつけ廻《まわ》していた。

こんどの旅行は、商用のほかに、この都の或る名家と縁談がまとまりかけているので、引き合わせのために早苗さんを同伴したのだが、折も折、ちょうど出発の半月ほど前から、岩瀬氏は、ほとんど毎日のように配達される、執念ぶかい犯罪予告の手紙になやまされていたのだ。

「お嬢さんの身辺を警戒なさい。お嬢さんを誘拐しようとたくらんでいる、恐ろしい悪魔がいます」

そういう意味が、一度一度ちがった文句、ちがった筆蹟《ひっせき》で、さも恐ろしく書きしるしてあった。手紙の数が増すにしたがって、誘拐の日が一日一日とせまってくるように感じられた。

はじめのうちは、だれかのいたずらだろうと、気にもかけないでいたが、たびかさなるにつれて、だんだん気味がわるくなって、ついには警察にもとどけた。だが、いかな警察力も、このえたいの知れぬ通信文の発信者をつきとめることはできなかった。手紙にはむろん、差出人の名はしるされていなかったし、消印も或いは大阪市内、或いは京都、或いは東京と、その都度ちがっていた。

そういう際ではあったけれど、婚家との約束を破るのもはばかられたし、いやな手紙の舞いこむ自宅を、しばらく離れてみるのも好ましく思われたので、岩瀬氏は意を決して旅に出ることにした。

そのかわりには、用意周到にも、万々一のことがあってはと、かつて店の盗難事件を依頼してその手並みのほどを知っている、私立探偵の明智小五郎に、令嬢の保護をたのむことにした。探偵はあまり乗り気でもなかったけれど、岩瀬氏のたっての頼みをいなみかねて、彼らの滞在中、隣室に泊まりこんで、この奇妙な盗難予防の任務につくことになった。

その明智小五郎は、細長いからだを黒の背広に包んで、同じ広間の別の一隅のソファに腰かけ、やっぱり黒ずくめの洋装の一人の美しい婦人と、何か低声に語り合っていた。

「奥さん、あなたはどうして、この事件に、そんな深い興味をお持ちなんですか」

探偵が、じっと相手の眼をのぞきこんでたずねた。

「わたくし、探偵小説の愛読者ですの。岩瀬さんのお嬢さんにそのことを伺ってからというものは、まるで小説みたいな出来事に、すっかり引きつけられてしまいました。それに有名な明智さんにも御懇意になれて、わたくし、なんですか、自分まで小説の中の人物にでもなったような気がしていますのよ」

黒衣の婦人が答えた。この黒衣婦人こそ、ほかならぬわれわれの主人公「黒トカゲ」であることを、読者はすでに察していられるにちがいない。

宝石狂の彼女は、顧客として岩瀬氏と知り合いの間柄であったので、このホテルで落ちあってからは、一そう親しみを増し、彼女のおどろくべき社交術は、早くも早苗さんを虜《とりこ》にして、うちわの秘密までも打ちあけられるほどの仲になっていたのだ。

「しかし、奥さん、この世の現実は、そんなに小説的なものじゃありませんよ。こんどのことも、僕は不良少年かなんかの、いたずらではないかと思っているほどです」

探偵はいかにも気乗りうすに見えた。

「でも、あなたは大へん熱心に探偵の仕事をしていらっしゃるじゃありませんか。夜中に廊下をお歩きなすったり、ホテルのボーイたちにいろいろなことをおたずねなすったり、わたくしよく存じていますわ」

「あなたは、そんなことまで、注意していらっしゃるのですか、隅におけませんね」

明智は皮肉に言ってジロジロと夫人の美しい顔を眺めた。

「わたくし、これはいたずらやなんかじゃ、決してないと思います。第六感とやらで、そんなふうに感じますの。あなたもよほど気をおつけなさらないといけませんわ」

夫人も負けずに、探偵を見返しながら、意味ありげに応酬した。

「いや、ありがとう。しかし御安心ください。僕がついているからにはお嬢さんは安全です。どんな兇賊《きょうぞく》でも、僕の眼をかすめることは全く不可能です」

「ええ、それは、あなたのお力はよく存じていますわ。でも、あの、こんどだけは、なんだか別なように思われてなりませんの。相手が飛びはなれた魔力を持っている、恐ろしいやつだというような……」

ああ、なんという大胆不敵の女であろう。彼女は一代の名探偵を前にして、彼女自身を讃美《さんび》しているのだ。

「ハハハハハ、奥さんは、仮想の賊を大へんごひいきのようですね。一つ賭《か》けをしましょうか」

明智は冗談らしく、奇妙な提案をした。

「まあ、賭けでございますって？　すてきですわ、明智さんと賭けをするなんて。わたくし、この一ばん大切にしている首飾りを賭けましょうか」

「ハハハハハ、奥さんは本気のようですね。じゃあ、もし僕が失敗してお嬢さんが誘拐されるようなことがあれば、そうですね、僕は何を賭けましょうか」

「探偵という職業をお賭けになりませんこと？　そうすれば、わたくし、持っているかぎりの宝石類を、全部賭けてもいいと思いますわ」

それは有閑マダムにありがちな、突拍子もない気まぐれのようにも取れば取れる言い方であった。だがその裏に、名探偵に対する、女賊のもえるような闘志がかくされていたことを、明智はさとり得たであろうか。

「おもしろいですね。つまり、僕が負けたら廃業してしまえとおっしゃるのでしょう。女のあなたが、命から二番目の宝石をすっかり投げ出していらっしゃるのに、男の僕たるもの、職業ぐらいはなんでもないことですね」

明智も負けていなかった。

「ホホホホホ、ではお約束しましてよ。わたくし、明智さんを廃業させてみとうございますわ」

「ええ、約束しました。僕もあなたのおびただしい宝石がころがり込んでくるのを楽しみにしていましょうよ。ハハハハハ」

そして、冗談がいつのまにか真剣らしいものになってしまった。ちょうど、その途方もない相談が成り立ったところへ、それとも知らぬ当の早苗さんが近づいて、にこやかに声をかけた。

「まあ、お二人で、何をヒソヒソお話しなすってますの。あたしもお仲間に入れてくださらない」

彼女はさも快活らしくよそおってはいたけれど、その顔色にどこかしら不安の影がただようのをかくすことはできなかった。

「あら、お嬢さん、さあ、ここへお掛けなさい。今ね、明智さんが退屈でしょうがないって、こぼしていらっしゃいましたのよ。だって、あんなこと、だれかのいたずらにきまっているんですものね」

緑川夫人は、早苗さんをいたわるように、心にもない気安めをいった。

そこへ、岩瀬氏もやってきて、一座は四人になり、みんなが気をそろえて事件にはふれず、さしさわりのない世間話をはじめたが、自然の勢いとして、岩瀬氏は明智探偵、緑川夫人は早苗さん、男は男、女は女と、会話が二つにわかれて行った。

一人二役

やがて、女同士の一《ひ》と組は立ちあがって、話しこんでいる男たちをあとに残し、広間の椅子のあいだを、散歩でもするように肩を並べて、ソロソロと歩きはじめた。まっ黒な絹のドレスと、オレンジ色の羽織とが、きわ立った対照をなしているほかには、二人は背かっこうも、髪の形も、年頃までも、ほとんど同じに見えた。美人に年齢がないのであろうか、三十を越した緑川夫人は、ともすれば、少女のようにあどけなく、若々しく見えることがあった。

二人は、どちらから誘うともなく、いつしか広間をすべり出て、廊下を階段の方へ歩いていた。

「お嬢さん、ちょっとあたしの部屋へお寄りになりません？　きのうお話ししたお人形を、お見せしますわ」

「まあ、ここにもってきていらっしゃいますの。拝見したいわ」

「いつも、離したことがありませんの。可愛いあたしの奴隷ですもの」

ああ、緑川夫人のいわゆる人形とは、いったい何者であろう。早苗さんは少しも気づかなかったけれど、「可愛い奴隷」なんて実にへんてこな形容ではないか。「奴隷」といえば、読者はただちに、潤ちゃんの山川健作氏が、やっぱり夫人の奴隷であったことを思い出しはしないだろうか。

緑川夫人の部屋は階下に、早苗さんたちの部屋は二階にあった。二人は、階段の登り口でしばらくためらっていたが、とうとう夫人の部屋へ行くことになって、そのまま廊下を進んで行った。

「さあ、おはいりなさい」

部屋につくと、夫人はドアをひらいて、早苗さんをうながした。

「あら、ここちがってやしません？　あなたのお部屋は、二十三号じゃありませんの」

まったくその通りであった。ドアの上には二十四の番号が見えている。つまりそこは、夫人の隣室の山川健作氏の部屋であった。

あの人殺しの拳闘家《けんとう》は、早く夕食をすませると、逃げるようにこの部屋にもどって、身をひそめて、その時のくるのを待っているはずではないか。そこには、麻酔剤をしみこませたガーゼが、棺桶《かんおけ》同然のトランクが、犠牲者を待ちかまえているはずではないか。早苗さんが躊躇《ちゅうちょ》したのも無理ではない。虫が知らせたのだ。次の一刹那《せつな》に起こるであろう地獄の光景を、潜在意識が敏感にも告げ知らせたのだ。

だが、緑川夫人は素知らぬていで、

「いいえ、ちがやしません。ここがあたしの部屋ですわ。さあ、早くおはいりなさいな」

と言いながら、早苗さんの肩を抱くようにして、ドアの中につれこんでしまった。

二人の姿が消えると、ドアはまたピッタリとしまった。しまったばかりか、異様なことには、カチカチと鍵《かぎ》を廻《まわ》す音さえした。

と同時に、ドアの向こう側に、何かでおさえつけられるような、かすかではあるが実に悲痛なうめき声が聞こえた。

一瞬間、部屋の中は全くからっぽになったように静まりかえったが、やがて、ボソボソと人のささやく声、いそがしく歩き廻る足音、何かのぶつかる音などが、やや五分間ほどもつづいていたが、それも静まると、ふたたび鍵を廻すけはいがして、ドアが細目にひらき、目がねをかけた白い顔が、ソッと廊下をのぞいた。

だれもいないのを見定めた上、やがて、全身を部屋のそとへ現わしたのを見ると、それは意外にも緑川夫人ではなくて、早苗さんであった。もうトランク詰めになってしまったとばかりに思っていた早苗さんであった。

いや、そうではない。いかにも早苗さんと同じ髪形、同じ目がね、同じ着物、同じ羽織ではあったけれど、よく見れば、どこかしら違ったところがあった。胸が少し張りすぎていた。背も心持ち高かった。それよりも顔が……実にたくみなメーク・アップではあったが、そしてまた髪の形と目がねとで、そのお化粧が一そうまことしやかに見えたが、どんなにこしらえても人の顔がかわるものではない。それは早苗さんとそっくりのいでたちをした緑川夫人にすぎなかった。それにしても、これだけの変装をわずか五分間にやってのけた早業は、さすがに魔術師と自称する彼女であった。

では、可哀そうな早苗さんはどうしたのか、もう疑う余地はない。女賊の誘拐計画は順調に進行しているのだ。早苗さんはトランクに押しこめられてしまったのだ。緑川夫人がその服装をすっかり拝借しているところを見ると、彼女は、けさ夫人が見本を示した通り、すっ裸にされ、猿ぐつわをはめられ、手足をしばられて、みじめにも、トランクの中に折れまがっているのにちがいない。

「では、しっかりたのむわね」

早苗さんに化けた緑川夫人が、ドアをしめながらささやくと、中から太い男の声が、

「ええ、大丈夫です」

と答えた。潤ちゃんの山川健作氏だ。

夫人は何かしらかさばった風呂敷《ふろしき》包みを小脇にかかえている。彼女はそれをかかえたまま人眼をさけながら、階段をのぼった。岩瀬氏の部屋へたどりつき、ソッとのぞいてみると、予期した通り岩瀬氏はまだ帰っていない。彼は階下の広間で明智小五郎と話しこんでいたのだ。

そこはソファや肘掛《ひじかけ》椅子や書きもの机などをならべた居間と、寝室と、バス・ルームの三部屋つづきになっていたが、夫人はその居間にはいると、書きもの机の引出しをあけて、岩瀬氏常用のカルモチンの小箱を取り出し、中の錠剤を抜き取って、用意してきた別の錠剤とすりかえて、元通り引出しにおさめた。

それから、次の間の寝室にはいり、壁の明かるい電灯を消して、小さなスタンドだけ

にしたうえで、ボーイ室へのベルを押した。

間もなくノックの音がして、一人のボーイが居間の方へはいってきた。

「お呼びでございましたか」

「ええ、あの、下の広間にお父さまがいらっしゃるからね。もうおやすみになりませんかって、呼んでくださいませんか」

夫人は、寝室のドアを細目にあけて、顔は影に、着物だけが居間の電燈に照らされるような姿勢で、たくみに早苗さんの声をまねて頼んだ。

ボーイが心得て立ち去ると、やがて、あわただしい足音がして、岩瀬氏がはいってきて、

「お前一人だったのかい。緑川さんと一しょじゃなかったのかい」

と叱るようにいった。

夫人はやっぱり暗い寝室から着物だけを見せるようにして、一そうたくみに早苗さんの口調をまねて、小さい声で答えた。

「ええ、あたし気分がわるくなったものですから、さっき階段のところで、あの方とお別れして一人で帰ってきましたの。あたしもうやすみますわ。お父さまもおやすみにならない」

「困るねえお前は、一人ぼっちになっちゃいけないって、あれほど言いきかしてあるじゃないか。もしものことがあったらどうするんだ」

父は寝室の声を娘と信じきって、居間の安楽椅子にかけたまま、小言をいっている。

「ええ、ですから、あたし、お父さまをお呼びしたんだわ」

寝室から、あどけない声が答える。

そこへ、明智探偵が、岩瀬氏のあとを追ってはいってきた。

「お嬢さんはおやすみですか」

「ええ、今着がえをしているようです。なんだか気分がわるいと言いましてね」

「じゃあ僕も部屋へ引き取りましょう。では」

明智が隣室へ立ち去ると、岩瀬氏はドアに鍵をかけておいて、しばらく手紙を書いていたが、やがていつもの通り引出しのカルモチンを取り出し、卓上の水瓶の水でそれをのんで、寝室へはいってきた。

「早苗、どうだい、気分は」

そう言いながら、彼は隅のベッドの方へ廻って来そうにするので、早苗になりすました夫人は、毛布を顎《あご》までかぶって、顔を電灯の蔭《かげ》にそむけて、うしろ向きのまま、さも不機嫌らしく答えた。

「ええ、いいのよ。もういいのよ。あたしねむいんですから」

「ハハハハハ、お前、なんだかきょうはへんだね。おこっているのかね」

だが、岩瀬氏は、深くも疑わず、不機嫌な娘には逆らわぬようにして、小声で謡《うたい》などうなりながら、寝間着に着かえると、ベッドについた。

夫人がすりかえておいた、強い睡眠剤の効き目はてきめんであった。彼は枕についたかと思うと、おそいかかる睡魔に、何を考える暇もなく、たちまちグッスリと寝入ってしまった。

それから一時間あまりたった午後十時頃、自室で読書をしていた明智小五郎は、隣室のドアとおぼしきあたりに聞こえる、あわただしいノックの音におどろかされて、廊下に出て見ると、ボーイが一通の電報を手にして、しきりと岩瀬氏を呼び起こしていた。

「そんなに呼んでも返事がないのはへんだね」

明智はふと不安を感じて、ボーイと一しょに、他室の迷惑もかまわず、はげしくドアをたたいた。

たたきつづけていると、強い睡眠剤の眠りも、さすがに妨げられたのか、部屋の中から、かすかに岩瀬氏の寝ぼけ声が聞こえた。

「なんだ、なんだ、そうぞうしい」

「ちょっとあけてください。電報がきたんです」

明智が叫ぶと、やっとカチカチと鍵《かぎ》の音がして、ドアがひらかれた。

寝間着姿の岩瀬氏は、さもねむくてたまらないというように、眼をこすりながら、電報をひらいて、ぼんやりと眺めていたが、

「畜生、また、いたずらだ。こんなもので、人の寝入りばなを起こすなんて」

と舌打ちをして、それを明智に渡した。

「コンヤジュウニジヲチュウイセヨ」

文面は簡単だけれど、その意味は明瞭《めいりょう》であった。「今夜十二時に早苗さんの誘拐が行なわれるぞ」という例のおどし文句なのだ。

「お嬢さん別状ありませんか」

明智はちょっと真剣な調子になってたずねた。

「大丈夫、大丈夫、早苗はちゃんとわしの隣に寝ています」

岩瀬氏はヨロヨロと寝室のドアに近づいて、そこから隅のベッドを見ながら、安心したように言った。

明智もそのうしろから、ソッとのぞいて見たが、早苗さんは向こうをむいて、スヤスヤと眠っていた。

「早苗はこのごろ、わしと同じように毎晩カルモチンを呑《の》むので、よく寝入ってます。それに、今夜は気分がすぐれぬといっていましたから、かわいそうです、起こさないでおきましょう」

「窓はしめてありますか」

「それも大丈夫、昼間から、すっかり掛け金がかけてあります」

岩瀬氏はそういうと、もうベッドの上に這《は》いあがっていた。

「明智さん、恐縮だが、入り口をしめて、鍵はあんたが預かっておいてくださらんか」

彼はもう、眠いのが一ぱいで、鍵をかけるのも面倒なのだ。

「いや、それよりも、僕はしばらくこの部屋にいましょう。寝室のドアはあけたままにしておいてください。そうすれば、あなたがおやすみになっても、窓のがわはここから見えますから、もしだれか窓を破って侵入してきても、すぐにわかります。窓さえ注意していれば、ほかに出入り口はないのですから」

明智は一度引き受けた事件には、あくまで忠実であった。彼はそのまま居間の方の椅子に腰をおろして、煙草に火をつけて、じっと寝室を監視していた。

三十分ほど経過したが、何事も起こらない。ときどき立って行って寝室をのぞいて見たが、早苗さんは同じ姿勢でねむりつづけている。岩瀬氏も高いびきだ。

「あら、まだ起きていらっしゃいましたの。ボーイが、さっき妙な電報がきたといっていましたので、気がかりになって、あがってきたのですけれど」

声におどろいて振り向くと、半ばひらいたままになっていたドアのそとに、緑川夫人が立っていた。

「ああ、奥さんですか。電報がきたにはきたんですが、こうしていれば大丈夫ですよ。僕はばかばかしい見張り役です」

「では、やっぱりこのホテルまで、おどかしの電報がきたんですか」

黒衣の婦人は言いながら、ドアをひらいて部屋の中へはいってきた。

読者諸君はもしかしたら、「作者はとんでもない間違いを書いている。緑川夫人は早苗に化けて、岩瀬氏の隣のベッドに寝ているではないか、その同じ緑川夫人が、廊下からはいってくるなんて、まったくつじつまの合わぬ話だ」と抗議を持ち出されるかもしれぬ。

だが作者は決して間違ってはいない。両方ともほんとうなのだ。そして、緑川夫人はこの世にたった一人しかいないのだ。それがどういう意味であるかは、物語が進むにしたがって明らかになって行くであろう。

暗闇の騎士

「早苗さんはよくおやすみですの？」

緑川夫人はドアをしめて、明智の前に腰かけ、ソッと寝室の方を見やりながら、低声でたずねた。

「ええ」

明智は何か考えごとをしながら、ぶっきらぼうに答える。

「お父さんもあちらに、ごいっしょにおやすみですの？」

「ええ」

前章にもしるした通り、父岩瀬庄兵衛氏は、麻酔薬の睡魔におそわれ、明智に見張りを頼んだまま、早苗さんの隣に並んだベッドにはいって、寝入ってしまっていたのだ。

「まあ、空返事ばっかりなすって」緑川夫人はにっこりと微笑して、「何を考えこんでいらっしゃいますの。こうして見張っていらしっても、まだご心配ですの？」

「ああ、あなたはまだ」明智はやっと顔をあげて夫人を見た。「さっきの賭《か》けのことをいっていらっしゃるのですね。僕が負けになって、お嬢さんが誘拐されればいいと、けしからんことを願っていらっしゃるのですね」

と、彼も美しい人のからかいに応酬した。

「あら、いやですわ。岩瀬さんの御不幸を願っているなんて。ただ、あたし御心配申しあげていますのよ。で、その電報にはなんと書いてございまして？」

「今夜十二時を用心しろというのです」

明智はおかしそうに答えて、マントルピースの置時計を眺めた。その針は十時五十分を示している。

「まだあと一時間あまりございますわね。あなたはずっとここに起きていらっしゃるんでしょう。退屈じゃございません」

「いいえ、ちっとも。僕は楽しいのですよ。探偵稼業でもしていなければ、こういう劇的な瞬間が、人生に幾度味わえるでしょう。奥さんこそ眠いでしょう。どうかおやすみください」

「まあ、ずいぶん御勝手ですこと。あたしだって、あなた以上に楽しゅうございますのよ。女は賭けには眼のないものですわ。おじゃまでしょうけど、おつき合いさせてくださいません？」

「また賭けのことですか。では、どうか御随意に」

そうして、この異様な男女の一《ひ》と組は、しばらくだまったまま対座していたが、夫人はふとそこのデスクの上においてあったトランプの札に気づいて、睡気《ねむけ》ざましに一と勝負と提議し、明智も同意して、賊を待つまの、奇妙なトランプ遊戯がはじまった。

恐ろしいからこそ待ち遠しい一時間が、トランプのおかげで、つい知らぬまにたって行った。そのあいだも、明智は寝室との境の開け放ったドアの向こうに、抜け目なく眼をくばりつづけていたことはいうまでもないが、寝室の窓（もし賊が外部から侵入するとすれば、この窓が残されたただ一つの通路であった）にはなんらの異状も起こらなかった。

「もうよしましょう。あと五分で十二時ですわ」

緑川夫人が、もうトランプなどもてあそんでいられないという、イライラした表情になって言った。

「ええ、あと五分です。まだ一と勝負は大丈夫ですよ。そうしているうちに、何事もなく十二時がすぎてしまいますよ」

明智はカードをまぜ合わせながら、のん気らしくさそいかけた。

「いいえ、いけません。あなたは賊を軽蔑《けいべつ》なすってはいけません。さっき談話室でもお話ししました通り、あたし、この賊にかぎって、約束をほごにするようなことはあるまいと思いますの。きっと、きっと今に……」

　夫人の顔は異様に緊張していた。

「ハハハハハ、奥さん、そう神経的になってはいけませんね。その賊は、一体どこからはいってくるとおっしゃるのです」

　明智の言葉に夫人は思わず手をあげて、入口のドアを指さした。

「ああ、あのドアから。では、奥さんの御安心のために、鍵をかけておきましょう」

　明智は立って行って、岩瀬氏から預かった鍵でドアにしまりをした。

「さあ、これでドアをこわさなければ、だれも早苗さんのベッドへ近よることはできません。御承知の通り寝室へはこの部屋を通るほかに通路はないのですから」

　すると、夫人は、怪談におびえた子供のように、また手をあげて、こんどは薄ぼんやりと見えている寝室の窓を指さすのだ。

「ああ、あの窓。賊が中庭から梯子《はしご》をかけて、あの窓へよじのぼってくるとでもおっしゃるのですか。しかしあの窓の戸には、中からちゃんと掛け金がかけてあるのです。よしまた窓ガラスを切り破ってはいってくるようなことがあったとしても、ここからは一と眼にわかるのだから、いざという時には、僕の射撃の腕前をお眼にかけるばかりですよ」

　明智は言いながら、コツコツと右のポケットをたたいて見せた。そこには小型のピストルがひそませてあったのだ。

「早苗さんはなにも知らずに、よくお寝《よ》ってですわね。でも岩瀬さんは、どうして起きていらっしゃらないのでしょう。こんな場合に、ちとのん気すぎるようですわ」

夫人はソッと寝室の中をのぞきに行って、不審らしくつぶやくのだった。

「二人とも毎晩睡眠剤を呑《の》んで寝るのだそうです。恐ろしい予告状で、神経衰弱になっているのですね」

「あら、もう一分しかありませんわ。明智さん大丈夫でしょうか」

夫人が立ちあがって頓狂《とんきょう》な声を立てた。

「大丈夫ですとも、この通り何事も起こらないじゃありませんか」

明智も思わず立って、異様に昂奮《こうふん》している夫人の顔を、不思議そうにのぞきこんだ。

「でも、まだ三十秒あります」

緑川夫人は、燃えるような目で明智を見返しながら叫んだ。ああ、女賊は今、勝利の快感に酔っているのだ。名探偵明智小五郎を向こうに廻《まわ》して、ついに凱歌《がいか》をあげる時がきたのだ。

「奥さん、あなたは、そんなに賊の腕前を信用なさるのですか」

明智の眼にも一種の光が宿っていた。彼は夫人の解しがたい表情の謎を解こうとして苦悶《くもん》しているのだ。なんだろう。このえたいの知れない美人は、一体何を考えて、こんなに昂奮しているのだろう。

「ええ、信用しますわ。あんまり小説的な空想かも知れませんけど。でも、今にも暗闇の騎士が、どこからかソッと忍びこんできて、美しいお嬢さんをかどわかして行くのではないかと、こうアリアリと眼に見えるように思われてなりませんの」

「ウフフフフ」明智がとうとうふきだしてしまった。

「奥さん、ごらんなさい。あなたがそんな中世紀の架空談をやっていらっしゃるあいだに、時計はもう十二時を過ぎてしまいましたよ。やっぱり賭けは僕の勝ちでしたね。では、あなたの宝石を頂きましょうか。ハハハハハ」

「明智さん、あなたはほんとうに賭けにお勝ちになったとお思いになりまして？」

夫人は紅《あか》い唇を毒々しくゆがめて、わざとゆっくりゆっくり物をいった。彼女は勝利の刹那《せつな》の快感に、つい貴婦人らしい作法をさえ忘れてしまったのだ。

「えっ、すると、あなたは……」

明智は敏感にその意味をさとって、なんとも知れぬ恐怖に、サッと顔色を変えた。

「あなたはまだ、早苗さんが果たしてかどわかされなかったかどうか、確かめてもごらんなさらないじゃありませんか」

美人は勝ちほこったようにいうのだ。

「しかし、しかし、早苗さんは、ちゃんと……」

さすがの名探偵もしどろもどろであった。気の毒にも、彼の広い額には、じっとりと脂汗が浮かんでいた。

「ちゃんとベッドにおやすみになっているとおっしゃるのでしょう。でも、あすこに寝ているのがほんとうに早苗さんでしょうかしら。もしやだれか全く別の娘さんではないでしょうかしら」

「そんな、そんなばかなことが……」

口では強くいうものの、明智が夫人の言葉におびやかされていた証拠には、彼はいきなり寝室に駈《か》けこんで、寝入っている岩瀬氏をゆり起こした。

「な、なんです。どうかしたのですか」

岩瀬氏はさいぜんから、睡魔と戦って半ば意識を取りもどしていたので、ゆり動かされると、ガバと半身を起こして、うろたえてたずねた。

「お嬢さんを見てください。そこにやすんでいらっしゃるのは、確かにお嬢さんにちがいありませんね」

明智らしくもない愚問である。

「なにをおっしゃるのだ。娘ですよ。あれが娘でなくして一体だれが……」

岩瀬氏の言葉が、ブッツリ切れてしまった。彼は何かしらハッとしたように、早苗さんのうしろ向きの頭部を凝視しているのだ。

「早苗！　早苗！」

岩瀬氏のせきこんだ声が、令嬢の名を呼びつづけた。返事がない。彼はベッドをはなれて、よろよろと早苗さんのベッドに近づき、彼女の肩に手を掛けてゆり起こそうとした。

だが、ああ、一体全体これはどうしたことだ。そこには、実にへんてこなことには、肩というものがなかったのだ。押さえると毛布がペコンとへこんでしまったのだ。

「明智さん、やられた。やられました」

岩瀬老人の口から、なんともいえぬ怒号がほとばしった。

「だれです。そこに寝ているのは、お嬢さんではないのですか」

「これを見てください、人間じゃないのです。わしらは実に飛んでもないペテンにかかったのです」

明智と緑川夫人とが駈け寄って見ると、なるほど、それは人間ではなかった。早苗さんだとばかり思いこんでいたのは、一個無生の人形の首にすぎなかった。よく洋品店のショウ・ウインドウなどに見かけるあの首ばかりの人形に目がねをかけ、早苗さんとそっくりの洋髪のカツラをかぶせたものにすぎなかった。胴体のかわりには敷蒲団《ぶとん》をそれらしい形に丸めて、毛布をかぶせてあったのだ。

名探偵の哄笑

ああ、人形の首。なんというズバぬけた欺瞞《ぎまん》だろう。あまりにも人を喰《く》った子供だましのトリックではないか。だが、子供だましのトリックであったからこそ、おとなたちがまんまと一ぱい喰わされたのだ。さすがの明智小五郎も、犯人にこれほど思い切った稚気があろうとは、想像もできなかったのだ。

それにしても、緑川夫人のいわゆる「暗闇の騎士」とは何者であったか。早苗さんを誘拐して、その身がわりに滑稽《こっけい》な人形の首を残して行った洒落者《しゃれもの》は、一体だれであったか。読者諸君はよくご存じだ。その「暗闇の騎士」とは、ほかでもない緑川夫人その人であった。前章にしるした通り、彼女は早苗さんに変装して、一応そのベッドにはいり、寝入ったていをよそおって岩瀬氏を安心させておき、さて相手が睡眠剤に熟睡した頃を見はからい、用意の人形の首を身代りにして、ソッと自室に立ち帰ったのだ。彼女が岩瀬氏の部屋に忍びこむ時、何かしらかさばった風呂敷《ふろしき》包みを、小脇に抱きかかえていたことは、読者も記憶されるであろう、それが魔術の種、人形の首であった。

明智小五郎は、長い素人探偵生活中に、これほどみじめな立ち場におかれたことはなかった。岩瀬氏の信頼に対しても、緑川夫人への広言に対しても、引っこみのつかない窮境であった。しかもその失策の原因が、子供だましの人形の首とあっては、恥じても恥じきれない恥辱ではないか。

「明智さん、あんたにお願いしておいた娘が、これ、この通り盗まれてしまったのです。取り戻してもらわねばなりません。早く手配をしてください。あんた一人の力に及ばなければ、警察の力を借りて……そうだ、こうなれば、もう警察より頼るものはない。警察へ電話をかけてください。それとも、わたしがかけましょうか」

岩瀬庄兵衛氏は、激情のあまり紳士のつつしみを忘れて、つい乱暴な言葉も吐くのだ。

「いや、お待ちください。いま騒ぎ立てたところで、賊を捉《とら》えることはできません。誘拐は、少なくとも二時間以前に行なわれたのです」

明智は死にものぐるいの気力で、やっと冷静を保ち、鋭く頭を働かせながら言った。

「僕がこの部屋で見張りをしているあいだには、何事も起こらなかったことを断言します。犯罪はあの電報が配達される前に行なわれたと考えるほかはありません。つまりあの電報の真意は、犯罪の予告ではなくて、すでに行なわれた犯罪をこれから起こるもののように見せかけ、十二時までわれわれの注意をこの部屋に集めておくことにあったのです。そして、そのあいだに賊は充分安全な場所へ逃亡しようという計画だったのです」

「ホホホホホ……あら、ごめんなさい。つい笑ってしまって。でも、名探偵といわれる明智さんが、二時間も、一所懸命にお人形の首の番をしていらしったかと思うと、おかしくって……」

緑川夫人が場所がらをわきまえぬ毒口をきいた。彼女は今や完全に勝利を得たのだ。こみあげてくる歓喜をどうすることもできなかったのだ。

明智は歯を喰いしばって、この嘲笑《ちょうしょう》に堪えた。彼は敗者には違いなかった。だが、全く敗れてしまったのだとはどうしても思えない。何かしら心の隅に一縷《いちる》の望みが残っているような気がした。彼はそれをたしかめるまでは、この勝負をあきらめる気にはなれなかった。

「だが、こうして待っていたって、娘が帰ってくるものでもありますまい」

岩瀬氏は緑川夫人の同情のない無駄口に一そうイライラして、明智に突っかかって行った。

「明智さん、わたしは警察へ電話をかけますよ。まさか不服だとおっしゃるのではあるまいね」

彼は返事も待たず、居間の方へよろめいて行って、卓上の電話機を取ろうとした。すると、ちょうどその時、まるで申し合わせでもしたように、先方からジリリリと呼び出しのベルが鳴りひびいた。

岩瀬氏はチェッと舌打ちしながら、仕方なく受話器を取りあげ、罪もない交換手を口ぎたなくどなりつけていたが、やがて、かんしゃく声で明智を呼んだ。

「明智さん、あんたに電話だ」

明智はそれを聞くと、何か忘れものを思い出しでもしたように、ハッとして、いきなり電話機へ飛んで行った。

電話はなんの用件であったか、彼は熱心に受け答えをしていたが、最後に、

「二十分？　そんなにかかるものか。十五分？　いやいや、それではおそい。十分だ。十分で駈けつけたまえ。僕は十分しか待たないよ。いいか」

という明智の謎のような言葉で電話が切れた。

「御用がすんだら、ついでに警察を呼び出すようにいってくださらんか」

明智のそばに立ちはだかって待ち構えていた岩瀬氏が、イライラしながら皮肉まじりにいう。

「警察に報告するのは、そんなに急ぐことはありません。それよりも、少し僕に考えさせてください。僕は大へんな思いちがいをしていたのです」

明智は岩瀬氏に取りあおうともせず、そこに突っ立ったまま、のんき千万にも、何かしら考えごとをはじめた。

「明智さん、あんたはわたしの娘のことを考えてくださらんのか。あんなに固く引き受けておきながら……」

明智の解しがたい態度に、岩瀬氏の怒りがますます高じて行くのは無理もないことであった。

「ホホホホホ、岩瀬さん、明智さんはね、お嬢さんのことなんかお考えになる余裕がありませんのよ」

いつの間にか寝室から居間の方へはいってきた緑川夫人のほがらかな声が聞こえた。

「え、え、なんとおっしゃる」

岩瀬氏はあっけにとられる。

「明智さん、いまお考えになってること当てて見ましょうか。私との賭《か》けのこと、ね、そうでしょう。ホホホホホ」

女賊は今や名探偵への敵意をあらわにして、大胆不敵の態度を示した。

「岩瀬さん、明智さんはあたしと賭けをなさいましたの。素人探偵という職業をお賭けなさいましたのよ。そして、とうとう明智さんの負けときまったものですから、あんなにうなだれて考えこんでいらっしゃるのですわ。ね、そうでしょう、明智さん」

「いや、奥さん、そうではないのです。僕がうなだれていたのは、あなたをお気の毒に思ったからです」

明智は負けずに応酬する。誘拐された娘のことはほったらかしておいて、これはまあ一体どうしたというのだ。岩瀬氏はあまりのことに茫然《ぼうぜん》として、二人の顔を見くらべるばかりであった。

「まあ、あたしが気の毒ですって。どうしてですの」

夫人が詰め寄る。さすがの女賊も名探偵の眼の底にひそむ不思議な微笑を、見破ることができなかったのだ。

「それはね……」明智は彼自身の言葉を楽しむようにゆっくりゆっくり口をきいた。

「賭けに負けたのは、僕ではなくて、奥さん、あなただからです」

「まあ、なにをおっしゃいますの。そんな負け惜しみなんか……」

「負け惜しみでしょうか」

明智はさも楽しそうだ。

「ええ、負け惜しみですとも、賊をとらえもしないで、そんなことおっしゃったって」

「ああ、では奥さんは、僕が賊を逃がしてしまったとでも思っていらっしゃるのですか。

決して決して。僕はちゃんとその曲者《くせもの》をとらえたのですよ」

　それを聞くと、さすがの女賊もギョッとしないではいられなかった。このえたいの知れぬ男はさっきまであんなに失望していたくせに、急に何を言い出したのであろう。

「ホホホホホ、おもしろうございますこと。ご冗談がお上手ですわね」

「冗談だと思いますか」

「ええ、そうとしか……」

「では、冗談でない証拠をお眼にかけましょうか。そうですね、たとえば……あなたのお友だちの山川健作氏が、このホテルを出てどこへ行かれたか、その行く先を僕が知っていたら、あなたはどう思います」

　緑川夫人はそれを聞くと、サッと青ざめて、思わずヨロヨロとよろめいた。

「山川氏が名古屋までの切符を買いながら、どうして途中下車したか。そして、同じ市内のMホテルへ宿を取ったか。また、同氏の大型トランクの中には、一体なにがはいっていたのか。それを僕が知っていたら、あなたはどう思います」

「うそです。うそです」

　女賊はもう物をいう力もないかに見えた。ただ口の中で否定の言葉をつぶやくばかりだ。

「うそですって。ああ、あなたはさっきの電話が、どこからかかってきたかを気づかないのですね。では、説明してあげましょう。僕の部下からです。僕はさいぜんあなたに罵倒《ばとう》されながらも、ただそれだけを待っていたのです。なぜといって、もし早苗さんがホテルからつれ出されたとしたら、ホテルの四方に配置しておいた五人もの僕の部下が、それを見のがすはずがないからです。五人のものに、いささかでも疑わしい人物は片っぱしから尾行して見よと、固く言いつけておいたからです。

ああ、あの電話が、どんなに待ち遠だったでしょう。だが、結局勝利は僕のものでしたね。奥さん、あなたの失策は、僕が一人ぼっちだと早合点をなすったことですよ。僕には部下なんかないものと、ひとりぎめをなすったことですよ。では、奥さん、お約束にしたがって、あなたの宝石をすっかり頂くことにしましょうかね。ハハハハハハ」

止めどのない哄笑《こうしょう》であった。今こそ勝者と敗者の位置が逆転したのだ。つい今し方まで緑川夫人が味わったと同じ、或いはそれ以上の勝利の快感が、明智の胸をくすぐった。笑うまいとしても、笑わずにはいられなかった。女賊はしかし、さすがに、さっき明智が示したのと同じほどの気力をもって、この哄笑を堪え忍んだ。

「では、早苗さんは取り戻せたのですか、おめでとう。そして、山川さんはどうなったのでしょうか」

彼女は声をふるわすまいと気を張りながら、さも冷やかにたずねた。

「残念ながら逃亡してしまったそうです」

明智が正直に答える。

「おや、犯人は逃げてしまいましたの。まあ……」

緑川夫人は、安堵《あんど》の色をかくすことができなかった。

「いや、ありがとう、ありがとう、明智さん。わたしはそうとも知らず昂奮《こうふん》してしまって、失礼しました。許してください。だが、さっきあんたは、犯人をとらえたようにおっしゃったと思うが、今のお話では、やっぱり逃がしてしまったのですか」

岩瀬氏が、この意外の吉報に、すっかり機嫌を直してたずねる。

「いや、そうではありません。山川というのは今度の犯罪の主謀者ではないのです。僕がさっき犯人をとらえたと言ったのは、決してでたらめではありません」

明智のこの言葉は、緑川夫人の顔を紫色にする力を持っていた。彼女はたちまち、追いつめられた猛獣のような恐ろしい表情になって、キョロキョロとあたりを見廻《みまわ》した。だが、逃げ出そうにも、入口のドアにはちゃんと鍵《かぎ》がかけてあるのだ。

「では、犯人はどこにいるのです」

岩瀬氏はそれとも気づかず聞きかえす。

「ここに、われわれの眼の前にいます」

明智がズバリといってのける。

「ホウ、眼の前に、だが、ここにはあんたとわたしと緑川さんのほかには、だれもいないようじゃが……」

「その緑川夫人こそ恐ろしい女賊です。早苗さんを誘拐した張本人です」

十数秒のあいだ、死のような沈黙がつづいた。三人が三様のまなざしをもって、お互いをにらみ合った。

やがてその沈黙を破ったのは緑川夫人であった。

「まあ、飛んでもないことです。山川さんが何をなさろうと、あたしの知ったことではありません。ただ、ちょっとしたお知合いの縁で、ホテルへご紹介しただけですもの。あんまりですわ。そんな、そんな……」

だが、これが妖婦《ようふ》の最後のお芝居であった。

彼女の言葉が終るか終らぬに、コツコツとドアをノックする音が聞こえた。

明智はそれを待ちかねていたように、素早くドアに近づいて、手にしていた鍵でそれをひらいた。

「緑川夫人、君がいかに言いのがれようとしても、ここに生きた証人がいる。君は早苗さんの前でも、そんな空々しい嘘をいえるのか」

明智が最後のとどめを刺した。

ドアの向こうから現われたのは、明智の部下の青年、青年の肩にぐったりとよりかかってわずかに立っている青ざめた早苗、それを守るように付きそっている制服警官の三人の姿であった。

女賊「黒トカゲ」は絶体絶命の窮地に立った。味方はかよわい女一人、敵は早苗さんを除いても、警官まで加わった四人の男、逃げようとて逃げられるものではない。

だが、なんというやせ我慢であろう。彼女はまだへこたれたようには見えなかった。

いや、そればかりではない。実に驚くべきことには、彼女の青ざめた頬に、一脈の血の気がのぼったかと思うと、ゾッとするような微笑が浮かび、それがだんだん大きくほころびて行ったではないか。

ああ、不敵の女賊は、最後のどたん場に立って、何がおかしいのか、異様に笑い出したのだ。

「フフフフ、これが今晩のお芝居の大詰めってわけかい。まあ、名探偵っていわれるだけのことはあったわね。今度はどうやら僕の負けだね。負けということにしておこうよ。だが、それで、どうしようっていうの？　僕を捕縛しようとでも思っているの？　そいつは少し虫がよすぎはしないかしら。探偵さん、よく思い出してごらん。あんた何か失策をしてやしない。え、どうなの？　うっかりしているあいだに、何か無くしゃしなくって、ホホホホホ」

彼女は一体なんの頼むところがあって、この大言を吐いているのであろう。明智がどんな失策をしたというのであろう。

名探偵の敗北

探偵の職にある者が、手ごわい犯罪者を捕えた時の喜悦は、常人の想像にも及ばない。その喜悦のあまり、彼がつい気をゆるし過ぎてしまったとしても、あながち無理ではな

のだ。

の窮地を脱する計画を思いめぐらした。そして、とっさのまに一つの冒険を思い立った

「黒トカゲ」は敗北にうちひしがれながらも、持ち前の鋭い頭脳を敏捷《びんしょう》に働かせて、こ

かった。

彼女はやっと引きつった表情をやわらげ、明智探偵を笑い返すことができた。

「で、どうしようっていうの？　僕を捕縛しようとでも思っているの？　ホホホホホ、

それはちっと、虫がよすぎやしなくって？」

なんという傍若無人。かよわい女の身で、味方は一人、相手は、病人同然の早苗さん

を除いても、屈強の男が四人、その中には制服いかめしいおまわりさんもまじっている

ではないか。

逃げ路はたった一つ、廊下に通ずるドアしかない。しかもそのドアの前には、今はい

ってきたばかりの明智の部下と警官とが、通せんぼうをして立ちはだかっている。窓か

ら飛び出そうにも、ここは階上だし、そのそとは、グルッと建物でかこまれた内庭なの

だ。一体全体、彼女はどんな方法で、この窮地を脱するつもりなのだろう。

「つまらない虚勢はよしたまえ。さあ、警官、この女をお引き渡しします。遠慮なく縄

をかけてください。これが今度の誘拐団の主犯です」

明智は「黒トカゲ」の挑戦を黙殺して、入口の警官に言葉をかけた。

よく事情を知らない警官は、この美しい貴婦人が犯人と聞いて、面くらったように見

えたが、捜査課で信用のあつい明智の顔は見知っていたので、いわれるままに、緑川夫人のそばに近づこうとした。

「明智さん、右のポケットをさわってごらんなさい。ホホホホホ、からっぽじゃなくって」

緑川夫人の「黒トカゲ」が、近づく警官を尻目《しりめ》にかけながら、かん高く叫んだ。

明智はハッとして、思わずそのポケットへ手をやった。ない。確かに入れておいたブローニングがない。女賊「黒トカゲ」は指先の魔術にもたけていたのだ。さいぜん、寝室での騒ぎのあいだに、用意周到にも、明智のポケットから、そのピストルをちゃんとぬき取っておいたのだ。

「ホホホホホ、明智さん、スリの手口もご研究にならなくっちゃだめだわ。あなたの大切のもの、ここにありますのよ」

女賊はにこやかに笑いながら、洋服の胸から小型の拳銃《けんじゅう》をつまみ出してキッと前に構えた。

「さあ、皆さん、手をあげてくださらない。でないと、あたしだって、明智さんにおとらない射撃の名手なのよ。それにあたし、人間の命なんて、なんとも思ってませんのよ」

今一歩で彼女に組みつこうとしていた警官が、立ち往生をしてしまった。

残念なことには、誰も飛び道具を持っているものはなかった〔注、そのころの警官はピストルを持たされていなかった）。

「手を、さあ、手をあげなっていったら」

「黒トカゲ」は眼をすえて、紅《あか》い唇をなめながら、男たちに向かって次々と筒口を向けて行った。引き金にかけた白い指が、今にもギュッと力を入れそうに、ブルブルふるえている。

彼女の殺気ばしった、というよりは一種気違いめいた表情を見ると、いわれるままに手をあげないではいられなかった。大の男が意気地のない話だけれど、警官も、明智の部下も、岩瀬氏も、名探偵明智小五郎さえも、ばんざいを中途でやめたような恰好《かっこう》をしないわけにはいかなかった。

緑川夫人は（その時も例の黒ずくめの洋服であったが）あだ名の「黒トカゲ」そっくりの素早さで、サッとドアのそばへ駈《か》け寄った。

「明智さん、これが、あんたの第二の失策よ。ほら」

言いながら、あいている左手をうしろに廻《まわ》して、さっき明智がドアをあけた時、鍵穴《かぎあな》に差したままにしておいた鍵を抜き取ると、キラキラと顔の前で振って見せた。

まさかこんなことになろうとは想像もしなかったので、あわただしい折りから、明智はなんの気もなく鍵をそのままにしておいたのだが、それを見のがさず、とっさに利用することを考えついた女賊の知恵のするどさ。

「それから、お嬢さん！」

彼女はもうドアをあけて、片足を廊下にふみ出しながら、しかしピストルは油断なく構えたまま、今度は早苗さんに声をかけた。

「あんたはほんとうにかわいそうだと思うけど、日本一の宝石屋の娘さんに生まれついたのが不運とあきらめてね。それに、あんたは、あんまり美し過ぎたのよ。僕は宝石もご執心だけど、宝石よりも、あんたのからだがほしくなった。決して断念しないわ。ねえ、明智さん、僕は断念しないよ。お嬢さんは改めて頂戴《ちょうだい》に上がりますよ。じゃ、さよなら」

バタンとドアがしまって、そとからカチカチと鍵をかける音。早苗さんと四人の男とは、部屋の中へとじこめられてしまった。鍵は一つしかない。それを持ち去られたのでは、ドアを叩《たた》き破るか、高い窓から飛び降りるほかに、ここを脱け出す方法はない。

だが、たった一つ、電話という武器が残っている。

明智は卓上電話に飛びついて、交換台を呼び出した。

「もしもし、僕は明智、わかったね。大急ぎだよ。ホテルの出口という出口に見張りをさせてくれたまえ、そして、緑川夫人、緑川夫人だよ。あの人がいま外出するから、つかまえるんだ。重大犯人だ。どんなことがあっても逃がしちゃいけない。早く、支配人やみんなにそういってくれたまえ。いいかい。ああ、もしもし、それからね、ボーイにね、岩瀬さんの部屋へ合鍵を持ってくるようにいってくれたまえ。これも大急ぎだよ」

電話をかけ終ると、明智は地だんだをふむようにして、部屋の中を往《い》ったり来たりしていたが、また、せっかちに受話器を取った。

「もしもし、さっきのこと、うまくやってくれたかい。支配人にそういってくれたかい。ウン、よしよし、それでいい。ありがとう。じゃ、ボーイに合鍵を早くって言ってくれたまえ」

それから、彼は岩瀬氏の方に向き直っていうのだ。

「ここの交換手はなかなか気が利いている。手早く計らってくれましたよ。出口という出口には見張りがついたそうです。あの女がいくら早く走っても、ここから階段までは相当距離があるんだし、階段を降りて出口までもなかなか遠いのだから、多分、ええ、多分大丈夫ですよ。まさかあの有名な緑川夫人を見知らない雇人はいないでしょうからね」

だが、この明智の機敏な手配それ自身が、またしても一つの失策であった。

「黒トカゲ」は大急ぎで階段を降りると、実に意外にも、出口に向かおうとしないで、自分の部屋へはいってしまった。

三分間、かっきり三分間であった。

再び彼女の部屋のドアがあくと、そこから一人の意外な青年紳士が出てきた。恰好のいいソフト帽、はでな柄の背広服、気取った鼻目がね、濃い口ひげ、右手にはスネークウッドのステッキ、左手にはオーバーコート。

これがわずか三分間の変装とは、お染の七化けもはだしの早業、魔術師と自称する

「黒トカゲ」でなくてはできない芸当だ（そういう変装用の服装は、いつも旅行鞄《かばん》の底に用意されていたのだ）。その上、なんとまあ抜け目のないことには、トランクの中の宝石類は、一つもあまさず、その背広服のポケットにおさまっていたのである。

青年紳士は廊下の曲がり角で、ちょっと躊躇《ちゅうちょ》した。表からにしようか、それとも裏口からにしようかと。

その時分にはもう、合鍵が間に合って、明智たちは階下へ降りていたが、まさか表玄関から逃げ出しもしまいと、その方は支配人にまかせ、手分けして幾つかの裏口の見張りをしていたのだが、「黒トカゲ」は早くもそれと察したのか、大胆不敵にも、胸を張り、ステッキを振りながら、靴音も高く表玄関を通ってそとに出た。

そこには、支配人をはじめ三人のボーイが、ひどく緊張して見張り番を勤めていたのだけれど、なにをいうにも百人に近い泊まり客、そこへそれぞれそとからのお客様があるのだから、一人一人の顔を見覚えているわけではないし、それに、目ざすは緑川夫人と、女客ばかりを注意していたものだから、ニッコリえしゃくして通り過ぎたこの青年紳士を、まさかそれとは思いもよらず、「どうもお騒がせいたしまして」と、丁寧にお辞儀までして、送り出したのであった。

青年紳士は、玄関の石段をコツコツ降りると、おひろいで、口笛など吹きながら、ゆっくりと門のそとへ歩いて行った。

ホテルの塀にそって、薄暗いペーブメントを、少し行った所で、煙草を吹かしながら様子ありげにたたずんでいる一人の洋服男に出会った。

青年紳士はなに思ったのか、いきなり男の肩をポンと叩いて、快活にいった。

「やあ、君はもしや明智探偵事務所のかたじゃありませんか。なにをぼんやりしているんです。今ホテルでは賊が捕まったといって大騒ぎですよ。早く行ってごらんなさい」

すると、案のじょう、その男は明智の部下であったと見えて、

「人違いじゃありませんか。明智探偵なんて知りませんよ」

とさすがに用心深い返事をしたが、滑稽《こっけい》にも、言葉と仕草とはうらはらに、青年紳士が二、三歩行くか行かないうちに、もうアタフタとホテルの方へ駈け出していた。

「黒トカゲ」は、クルリと廻れ右をして、そのうしろ姿を見送ったが、こみ上げてくるおかしさに、ついわれを忘れて、

「ウフフフフフ」

と、無気味な笑いをもらすのであった。

怪老人

明智は敗北した。しかし弁解の余地がないではなかった。少なくとも、依頼を受けた早苗さんの保護の役目だけは、完全に果たしたからだ。

岩瀬氏は、女賊を逃がしたことなどは二の次にして、ただ娘の助かったことを感謝し

た。明智の手腕を讃美《さんび》しておかなかった。それに、こういう結果になった大半の責任は、岩瀬氏にあったといってもいいのだ。「男トカゲ」の変装をわが娘と信じきって、その隣のベッドに寝ながら、賊のからくりを看破し得なかったのは、なんといっても岩瀬氏の手落ちであった。

だが、明智はそういうことで慰められはしなかった。相手もあろうに、かよわい女のためにこの敗北を見たかと思うと、悔んでも悔み足りない気持であった。

殊に、見張りの部下の口から、相手が素早い変装でのがれ去ったことを知ると、思わず「ばかっ」と、その部下をどなりつけたほど腹が立った。

「岩瀬さん、僕は負けました。あれほどのやつが僕のブラック・リストに載っていなかったのは不思議です。たかをくくっていたのがいけなかったのです。しかしもうこの失敗は繰り返しません。岩瀬さん、いま僕は僕の名にかけてちかいます。たとえあいつが再びお嬢さんを狙うようなことがあっても、今度こそは決して負けません。僕が生きているあいだは、お嬢さんは安全です。これだけを、ハッキリ申しあげておきます」

明智は青ざめた顔に、恐ろしいほどの熱意をこめて断言した。稀代《きたい》の強敵を向こうに廻《まわ》して、彼の闘争心は燃え上がったのだ。

読者諸君、この明智の言葉を記憶にとどめておいてください。彼の誓約は果たして守られるか。再び失敗を繰り返すようなことはないか。もしそういうことがあったなら、彼は職業的に自滅するほかはないのだが。

その翌日、岩瀬氏父子は、予定を変更して、大いそぎで大阪の自宅に帰った。途中が非常に不安だったけれど、ホテル住まいをつづけるよりは、早く自宅に帰って、一家眷《けん》族《ぞく》の中に落ちつきたかったからだ。

明智小五郎もそれをすすめ、途中の護衛の任にあたった。ホテルから駅までの自動車、汽車の中、大阪に到着して出迎えの自動車、賊の手はどこに伸びてくるかわからなかったので、それらの点には綿密の上にも綿密の注意がはらわれた。

結局、早苗さんの一行は無事に自宅に帰ることができたのだ。明智はそれから引きつづき岩瀬家の客となって、早苗さんの身辺をはなれなかった。そして、数日はなんの異変もなく過ぎ去った。

さて読者諸君、作者は、ここに舞台を一転して、今までこの物語に一度も現われなかった一人の女性の、不思議な経験を語る順序となった。それは黒トカゲや早苗さんや明智小五郎とは、なんの関係もない事柄のように見えるかもしれない。しかし、敏感な読者は、この一女性の奇異な経験が、事件に関してどんな深い意味を持っているかを、容易にさとられるに違いない。

それは早苗さんが大阪に帰って間もないある夜のことであったが、同じ大阪市内の盛り場S町の通りを、両側のショウ・ウインドウを眺めながら、用もなげに漫歩している一人の娘があった。

襟と袖口《そでぐち》にチョッピリと毛皮のついた外套《がいとう》が、しかしなかなかよく似合って、ハイ・

ヒールの足の運びも軽やかに見えたが、彼女の美しい顔には、なぜか生気がなかった。どことなく捨てばちな、「どうにでもなれ」というような気色がただよっていた。それゆえに、ともすればストリート・ガールなどと見ちがえられそうであった。

現に、彼女をその種類の女性と考えてか、さいぜんから、それとなく彼女のあとをつけている一人の人物があった。茶色のソフトに、厚ぼったい茶色のオーバー、太い籐《とう》のステッキ、大きなロイド目がね、髪もひげもまっ白なくせに、テラテラとした赤ら顔の、気味のわるい老紳士だ。

娘の方でも、とっくにそれを気づいていた。だが、彼女は逃げようともしないのだ。ショウ・ウインドウの鏡を利用して、その老人の様子を、何か興味ありげに眺めさえした。

S町の明るい通りを、ちょっと曲がった薄暗い横町にコーヒーのうまいので有名な喫茶店がある。娘はふと思いついたように、尾行の老紳士をちょっと振り返っておいて、その店へはいって行った。そして、シュロの鉢植えで眼かくしをした隅っこのボックスに腰掛けると、なんと人を喰《く》った娘さんであろう、コーヒーを二つ注文したのである。一つはむろん、あとからはいってくる老紳士のためにだ。

案のじょう、老人は喫茶店へはいってきた。そして、暗い店内をジロジロ眺め廻していたが、娘を見つけると、この老人も彼女の上を行くあつかましさで、そのボックスへ近づいて行った。

「やあ、ごめんなさい。あんたお一人かな」

そう言いながら、彼は娘と向かい合って、腰をおろしてしまった。

「おじさん、きっといらっしゃると思って、あたし、コーヒーを注文しておきましてよ」

娘が老人の倍の大胆さで応酬した。

さすがの老紳士も、これには面くらったように見えたが、やがて、さも我が意を得たとばかりにニコニコして、娘の美しい顔をまっ正面から眺めながら、妙なことをたずねた。

「どうじゃな、失業の味は？」

すると、今度は娘の方でギョッとしたらしく、顔を赤くして、どもりどもり答えた。

「まあ、知ってらしたの？　あなた、どなたでしょうか」

「フフフフフ、あんたのちっともご存じない老人じゃ。だが、わしの方では、あんたのことを少しばかり知っているのですよ。いってみようかね。あんたの名前は桜山葉子、関西商事株式会社のタイピスト嬢であったが、上役と喧嘩《けんか》して、きょう首になったばかりじゃ。ハハハハハハ、どうだね、当たったでしょう」

「ええ、そうよ。あなたは探偵さんみたいなかたね」

葉子は、たちまちさいぜんからの捨てばちな表情に返って、そんなことに驚くもんかという調子で、うけ流した。

「まだある。あんたはきょう三時頃に会社を出てから今まで、一度も家へ帰っていない。友だちを訪問しようともしない。ただブラブラと大阪の町じゅうを歩き廻っていた。一体これからどうするつもりなんだね」

老人は何もかも知っている。彼はきっと、その午後三時から夜ふけまで、ずっと葉子を尾行しつづけていたのにちがいない。一体全体なんの目的で、そんなばかばかしい骨折りをしたのであろう。

「それを聞いてどうなさいますの。で、もしあたしが今晩からストリート・ガールに転業したとしたら……」

娘はやけっぱちな薄笑いを浮かべて言った。

「ハハハハハ、わしがそういう不良老人に見えるかね。ちがうちがう。それに、あんたはそんなまねのできるたちじゃない。わしが知らんと思っているのかね、二時間ほど前、君が薬屋の店へはいって、買物をしたのを」

老紳士は、どうだというように、グッと葉子の眼を見すえた。

「ホホホホホホ、これですか。眠り薬よ」

葉子はハンド・バッグからアダリンの函《はこ》を二つ出して見せた。

「あんたはその若さで不眠症かね。まさかそうじゃあるまい。それに、アダリン二《ふ》た函というのは……」

「あたしが自殺するとおっしゃるの？」

「ウン、わしは若い女性の気持が、まんざらわからぬ男じゃない。おとなたちには想像もできない青春の心理じゃ。死が美しいものに見えるのじゃ。けがれぬからだで死んで行きたいという処女の純情じゃ。そしてお隣には、やけっぱちな、われとわが肉体を泥沼へ落としこもうとするマゾヒズムがいる。ホンの紙一重のお隣同士じゃ。あんたがストリート・ガールなんて言葉を口ばしるのも、アダリンを買ったのも、みんな青春のさせるわざじゃよ」

「で、つまり、あたしに意見をしてくださろうってわけですの？」

葉子は興ざめ顔に、突き放すようにいう。

「いや、どうしまして、意見なんて野暮ったいことはしませんよ。意見じゃない。あんたの窮境を救ってあげようというのじゃ」

「ホホホホホホ、まあそんなことだろうと思ってましたわ。ありがと。救って頂いてもよくってよ」

彼女はまだ誤解しているのか、さもおかしそうに冗談らしく答える。

「いや、そういう品のわるい口をきいてはいけません。わしはまじめに相談しているのじゃ。あんたをお囲いものにしようなんて、へんな意味は少しもない。だが、あんたはわしに雇われてくれますか」

「ごめんなさい。それ、ほんとうですの？」

やっと葉子にも、老人の真意がわかりはじめた。

「ほんとうですとも。ところで、あんたは関西商事で、失礼じゃが、いくら俸給をもらっていましたね」

「四十円ばかり……」

「ウン、よろしい。ではわしの方は、月給二百円ということにきめましょう。そのほかに、宿所も、食事も、服装もわしの方の負担です。それから、仕事はというと、ただ遊んでいればいいのじゃ」

「ホホホホホホ、まあすてきですわね」

「いや、冗談だと思われては困る。これには少しこみ入った仔細《しさい》があって、雇い主の方ではそれでも足りないくらいに思っているの。それはそうと、あんた両親は？」

「ありませんの。生きていてくれたら、こんなみじめな思いをしなくてもよかったのでしょうけれど」

「すると、今は……」

「アパートに一人ぼっちですの」

「ウン、よしよし、万事好都合じゃ。それでは、あんたはこのまますぐ、わしと同道してくださらんか。アパートへは、あとからわしの方でよろしく話しておくことにするから」

　実に奇妙な申し出であった。普通の場合なれば、とうてい承諾する気にはなれなかったにちがいない。だが、桜山葉子はその時、貞操をさえ売ろうとしていたのだ。自殺をさえ考えていたのだ。そのやけっぱちな気持が、つい彼女をうなずかせてしまった。

　老紳士は喫茶店を出ると、タクシーを拾って、彼女を、見知らぬ場末町の、みすぼらしい煙草屋の二階へつれて行った。そこは畳の赤茶けた、なんの飾りもない六畳の部屋で、品物といっては、隅っこに小さな鏡台とトランクが一つ置いてあるばかりだ。

　ますます奇怪な老人の行動であったが、葉子はそこへ着くまでの車中で、老人からこの不思議な雇傭《こよう》契約の秘密を、ある程度まで聞かされていたので、もう少しも不安は感じなかった。むしろ彼女の奇妙な役割に少なからぬ興味を持ちはじめていた。

「では、一つ着がえをしてもらおう。これもあんたを雇い入れるについての一つの条件なのじゃ」

　老紳士はトランクの中から、ちょうど葉子の年頃に似合いの、はでな模様の和服の一《ひ》と揃いと、帯、長襦袢《ながじゅばん》、毛皮の襟のついた黒いコート、それから草履までも、残りなく揃った衣裳《いしょう》を取り出して、

「小さな鏡で、なんだけれど、一つうまく着がえをしてくれたまえ」

と言い残して階下へ降りて行った。葉子はいわれるままに着がえをすませたが、そうして高価な和服に包まれた気持は、決して不快なものではなかった。

「うまいうまい。それでいい。実によく似合ったぞ」

　いつの間にか老紳士があがってきて、彼女のうしろ姿に見とれていた。

「でも、この着物にこの髪ではなんだか変ですわね」

葉子は鏡をのぞき込みながら、少しはにかんでいう。

「それも、ちゃんと用意がしてある。ほら、これだ。これをかぶってもらわなくてはならんのだ」

老人はそういって、さいぜんのトランクから、白布にくるんだものを取り出した。それをほどくと、中から無気味な髪の毛の塊まりが出てきた。それは上品な洋髪のカツラであった。

老人は葉子の前に廻《まわ》って、上手にそのカツラをかぶせてくれた。鏡を見ると、おやっと思うほど顔が変っている。

「それからこれじゃ。少し度があるけれど、我慢してくれたまえ」

そういって老紳士がさし出したのは、縁なしの近眼鏡であった。葉子はそれをも、ひとことも反問しないで眼に当てた。

「さあ、もう時間がない。すぐに出かけることにしよう。約束は十時かっきりなんだから」

老人がせき立てるので、葉子は大いそぎで、ぬぎ捨てた洋服を丸めて、トランクにおしこんでおいて、階段を降りた。

煙草屋を出て、少し行った大通りに、一台の自動車が待っていた。さいぜん乗ってきたタクシーではない。やっぱり、ボロ車ではあったけれど、運転手はなかなか立派な男で、老紳士とも知り合いらしく見えた。

二人が乗りこむと、指図も待たず、車は走り出した。街灯の明かるい大通りを幾曲がりして、やがて暗闇の郊外に出た。

「来ましたが、時間はどうでしょうか」

運転手がうしろを向いてたずねる。

「ウン、ちょうどいい。かっきり十時だ。さあ、あかりを消したまえ」

運転手がスイッチをひねると、ヘッド・ライトも、テイル・ライトも、客席の豆電灯も、すべての電灯が消え去って、闇の中を、闇の車が走るのだ。

程もなく、自動車は、どこかの大きな邸宅のコンクリート塀にそって徐行していた。半町おきほどに立っている常夜灯の微光によって、わずかにそれと知られる。

「さあ、葉子さん、用意をして、素早くやるんだよ。いいかね」

老人が競技選手を力づけるようなことをいう。

「ええ、わかってますわ」

葉子はこの不可思議な冒険に、わくわくしながら、しかし元気よく答えた。

突如、車はその邸宅の通用門らしいくぐり戸の前に停車した。と同時に、そとから、何者かが自動車のドアをサッとひらいて、「早く」と、ただ一ことささやいた。

葉子は無言のまま、夢中で車を飛び出すと、あらかじめ言いふくめられていた通り、いきなり、その小さなくぐり戸の中へ駈《か》けこんで行った。

すると、それと入れ違いに、これは潜り戸の内側から、葉子の肩にぶつかって、鞠《まり》のようにころげ出し、自動車の、今まで葉子がかけていた座席へ飛びこんだ人がある。

葉子はとっさの場合、遠くの電灯のほのかな光の中で、その人を見た。そして思わずゾッとしないではいられなかった。

彼女は幻を見たのであろうか。それとも、さいぜんからの出来事がすべて恐ろしい悪夢なのではあるまいか。

葉子はもう一人の葉子を見たのだ。むかし離魂病という病《やまい》があったことを聞いている。もしや彼女は、その奇病にとりつかれたのではないだろうか。

桜山葉子が二人になったのだ。一人は潜り戸の中へ、一人はその袖《そで》をくぐって自動車へ。髪かたちから着衣まで、これほどよく似た人間があってよいものか。いやいや、そればかりではない。彼女を真底から怖がらせたのは、そのもう一人の女性の顔までが、葉子とそっくりに見えたことだ。

だが、もう一人の女性を乗せた自動車は、彼女の底知れぬ恐怖を後にして、もときた道へと黒い風のように消え去って行った。

「さあ、こっちへお出《い》でなさい」

ふと気がつくと、闇の中に、さいぜん自動車の扉をひらいた男の黒い影が、彼女の耳元に顔を寄せていた。

クモと胡蝶と

大阪の南の郊外、南海電車沿線H町に、大宝石商岩瀬庄兵衛氏の邸宅がある。このごろその邸《やしき》をとりまくコンクリート塀の頂きに、一面にガラスの破片が植えつけられた。「どうしたんだろう。岩瀬さんは、あんな高利貸みたいなまねをする人柄じゃないんだが」と、付近の人々はいぶかしく思わないではいられなかった。

だが、岩瀬邸の異変は、それだけにとどまったのではない。先《ま》ず第一に、門長屋の住人が変った。これまでは岩瀬商会の古い店員が住んでいたのに入れかわって、土地の警察に勤務している剣道の剛の者と噂の高い、某警官の一家が引越してきた。

庭園には所々に柱を立てて、明かるい屋外電灯が取りつけられ、建物の要所要所の窓には、さも頑丈な鉄格子がはめられた。その上、従来からいる書生のほかに、筋骨たくましい二人の青年が、用心棒として邸内に寝泊まりすることになった。

岩瀬邸はいまや小さい城郭であった。

そもそも何を恐れて、これほどの用心をしなければならなかったのか。ほかではない、女アルセーヌ・リュパンとまでいわれる、女賊「黒トカゲ」の襲来が予知されていたからだ。岩瀬氏の最愛のお嬢さんの身辺に、世にも恐ろしい危険がせまっていたからだ。

東京のKホテルでは、名探偵明智小五郎にさまたげられて、女賊の誘拐の企ては失敗に終ったけれど、それであきらめてしまったのではない。彼女はかならず、かならず、早苗さんをうばい取って見せると揚言しているのだ。いずれはもうこの大阪へ潜入しているにちがいない。ひょっとしたら、H町の岩瀬邸の間近くまで忍び寄っていないとも限らぬのだ。

魔術師のような女賊の手なみのほどは、Kホテルの事件で肝に銘じている。岩瀬庄兵衛氏ならずとも、これほどの用心をしないではいられなかったに違いない。

当の早苗さんは可哀そうに、奥の一間、例の鉄格子を張った部屋に、監禁同然の身の上となった。次の間には、早苗さんお気に入りの婆や、そのもう一つ手前の部屋には、東京から出張してきた明智小五郎が寝泊まりをして、玄関わきには三人の書生、そのほか数人の男女の召使いたちが、早苗さんの部屋を遠巻にして、事あらばわれ一番に駈けつけんものと、手ぐすね引いて待ちかまえていた。

早苗さんは部屋にとじこもったまま、一歩も外出しなかった。時たま庭園を散歩するのにも、必ず明智なり書生なりが付きそっていた。

いかな魔術師の「黒トカゲ」でも、これでは手も足も出ないにちがいない。それかあらぬか、早苗さんたちが本邸に帰ってから、もう半月ほども経過したけれど、女賊のけはいは全く感じられなかった。

「わしはどうやら臆病《おくびょう》すぎたようだわい。あいつのおどし文句をまに受けたのは、ちとおとなげなかったかもしれんて。それとも、あいつは、こちらの用意を知って、とても手出しができないとあきらめてしまったのだろうか」

岩瀬氏はだんだんそんなふうに考えるようになった。

だが、賊の方の心配が薄らぐと、今度は娘のことが心がかりになり出した。

「わしの用心はちと手きびし過ぎたかもしれない。娘を座敷牢《ざしきろう》へなどとじこめるようにしておいたのがいけなかったかもしれない。それでなくてもビクビクしている娘を、一そうおじけさせてしまった。あれのこの頃の様子はまるで人が変ったようだ。青い顔をしてふさぎこんでばかりいる。わしが物をいっても返事をするのもいやそうにして、そっぽを向いてしまう。どうかして、少し気を引き立ててやりたいものだが」

そんなことを考えていた時、岩瀬氏はふと、きょうでき上がってきた、応接室の洋家具のことを思い出した。

「ウン、そうだ。あれを見せたら、きっと喜ぶにちがいないて」

洋家具というのは、贅沢《ぜいたく》な椅子のセットで、一《ひ》と月ばかり前それを注文する時、椅子に張る織物を、早苗さんが選定したのであった。

岩瀬氏はこの思いつきに元気づいて、さっそく奥の早苗さんの居間へやって行った。

「早苗、お前の好みで注文した椅子が、きょうできてきたんだよ。もう応接間にすえつけてある。一度見にきてごらん。思ったよりも立派な出来栄えだったよ」

ふすまをあけて、部屋をのぞきこみながら声をかけると、机にもたれていた早苗さんが、ビクッとしたように振り向いたが、すぐまたうなだれてしまって、

「そうですか、でも、あたし今……」

と、いっこうに気乗りのしない返事だ。

「そんなあいそうのない返事をするものじゃない。まあいいからきてごらんなさい。婆や、ちょっと早苗を借りて行きますよ」

岩瀬氏は、隣室の婆やにそうことわって、進まぬ早苗さんの手を取るようにして、つれ出して行った。

婆やのつぎの明智探偵の部屋は、あけ放ったままからっぽになっていた。彼はやむを得ない所用があって、午前から外出したまま、まだ帰らないのだ。彼が出掛ける時、岩瀬氏の在宅をたしかめ、召使いたちにも、早苗さんから眼をはなさぬよう、くどく注意を与えて行ったことはいうまでもない。

やがて、早苗さんはお父さんのあとにしたがって、広い応接間にはいった。

「どうだね、少し派手すぎるくらいだったね」

岩瀬氏は言いながら、その新らしい椅子の一つへ腰をおろした。

丸テーブルをかこんで、ソファ、アームチェア、婦人用のもたれのない椅子、木製のもたれの小型の椅子など、つごう七脚のセットが、はでやかに並んでいた。

「まあ、きれいですこと……」

無口の早苗さんがやっと物を言った。いかにもその椅子が気に入ったらしい。彼女は長椅子に腰をかけてみた。

何かしら普通の長椅子とは、掛け心地が違うような感じがした。

「そりゃ、こしらえたてには、少し固いものなんだよ。そのうちになれて柔らかみが出てくるだろう」

「少し固いようですわ」

もしその時、岩瀬氏も早苗さんと並んで、その長椅子に腰かけてみたならば、彼とても不審をいだかないではいられなかったにちがいない。長椅子の掛け心地は、それほど異様であった。だが、彼は一つのアームチェアに沈みこんだまま、ほかの椅子を試みようともしなかったのだ。

そうしているところへ、小間使いがドアから顔を出して、電話を知らせた。大阪の店からの用件らしい。岩瀬氏は奥の居間の卓上電話へといそいで出て行った。だが、さすがに用心深く、書生部屋に声をかけて、応接室の早苗さんを注意するようにと命じることを忘れなかった。

主人の声に二人の書生が廊下へ出て、そこで見張り番を勤めた。その廊下の突きあたりが応接間のドアになっていた。書生たちの前を通らないでは、だれも早苗さんのいる部屋へはいることはできないのだ。

むろん応接間には、庭に面していくつかの窓がひらいていたけれど、それにはすべて、例のいかめしい鉄格子がはめてある。庭からも、廊下からも、早苗さんの身辺に近づく道は、全く杜絶《とぜつ》されていた。でなくては、いかに急用の電話とはいえ、岩瀬氏がその部屋に早苗さんを一人ぼっちで残して行くはずはなかった。

電話の結果、岩瀬氏は急に大阪の店へ出向かなければならなくなった。彼は大急ぎで着がえをして、夫人と小間使いに見送られて、玄関に出た。

「早苗に気をつけてくださいよ。今応接間にいる。書生たちに見張りを言いつけておいたけれど、お前もよく注意してください」

彼は小間使いに靴の紐《ひも》を結ばせながら、夫人に幾度も念を押した。

夫人は主人が自動車におさまるのを見送っておいて、娘の様子を見ようと応接間に近づいたが、気がつくと、ピアノの音が聞こえている。

「まあ、早苗さんがピアノをひいている。近頃にないことだわ。いいあんばいだ。じゃソッとしておいてやりましょう」

彼女はなんとなく軽やかな気持になって、書生たちに見張りをおこたらないように注意を与えた上、居間の方へ引き返して行った。

応接間の中の早苗さんは、父親が行ってしまうと、一つ一つの椅子の掛け心地をくらべてみたり、立って窓のそとを眺めたりしていたが、やがてピアノの蓋《ふた》をひらいて、でたらめにキイを叩《たた》きはじめた。叩いているうちに興が乗って、童謡の曲になったり、それがいつの間にかオペラの一節に変っていたりした。

しばらくはピアノに夢中になっていたが、それにも飽きて、もう居間へ帰りましょうと立ちあがって、ひょいと振り向いた時、彼女はそこに、実に思いもかけない恐ろしい物の姿を発見して、ギョッと立ちすくんでしまった。

ああ、どうしてこんなことが起こり得たのであろう。窓からも廊下からも、その部屋へ忍びこむ道は全く杜絶していたのだ。ピアノとか長椅子とか、そのほかの調度のうしろには人がかくれるほどのすき間はないのだし、近頃の低い椅子では、その下へひそむことなど思いもよらぬ。つい今し方までこの部屋には、早苗さんのほかに生きたものとては、猫一匹さえもいなかったのだ。

それにもかかわらず、今早苗さんの眼の前に、一人の異様な人物が立ちはだかっていたではないか。モジャモジャの髪の毛、顔じゅうを薄黒くした無精ひげ、ギラギラと油断なく光る恐ろしい眼、ところどころに破れの見えるきたない背広服……どこをどうしてはいってきたのか、このおばけみたいな男は、考えてみるまでもない、女賊「黒トカゲ」の手下のやつにきまっている。

ああ、とうとう、予期したものがやってきたのだ。しかも、人々がやや油断しはじめた虚につけこんで、魔術師のような怪賊は、やすやすと警戒を突破し、幽霊みたいに、ドアのすき間から忍びこんできたのだ。

「おっと、声を立てちゃいけないよ。手荒なことはしやしない。おれたちにも大切なお嬢さんだからね」

曲者《くせもの》が低い声で、おどしつけた。

だが、そんな注意を受けるまでもなく、かわいそうな早苗さんは、恐ろしさに、からだじゅうがしびれたようになって、身動きも、叫び声を立てることもできなくなっていた。

賊はニヤリと無気味な微笑を浮かべて、素早く早苗さんの背後に廻《まわ》り、ポケットから丸めたハンカチのようなものを取り出すと、やにわに彼女におどりかかって、そのハンカチで口をおさえてしまった。

早苗さんは、肩から胸にかけて、蛇にしめつけられたような、いやらしい圧力を感じた。口はハンカチのために、にわかにムッと息苦しくなった。いくらなんでも、もうじっとしてはいられない。彼女はかよわい少女の力のあらんかぎり、曲者の手からのがれようともがいた。クモの糸にかかった美しい一匹の蝶《ちょう》のように、みじめに、物狂おしくはね廻った。

だが、やがて、彼女の活潑《かっぱつ》に動いていた手足が、徐々に力を失い、いつしか、ぐったりと静まり返ってしまった。麻酔剤のききめである。

曲者は、蝶が羽ばたきしなくなると、そのからだをソッとジュウタンの上に寝かせ、はだかった着物の裾《すそ》を合わせてやりながら、美しく眠った早苗さんの顔を眺めて、またしてもニヤニヤと、底気味のわるい微笑を浮かべるのであった。

令嬢変身

応接間からもれていたピアノの音がやんでしまってからもう三十分もたったのに、早苗さんは、いっこう出てくる様子がない。ついさいぜんまでは、コトコトと物を動かす音などが聞こえていたが、それさえ今はバッタリとだえて、ドアの向こう側は死んだように静まりかえっている。

「おい、長いね。いいかげんに部屋へ帰ってくれればいいのに」

「それにしてもばかに静かになってしまったじゃないか。へんだぜ、なんだか」

見張りの書生が、辛抱しきれなくなって、ささやきはじめたところへ、これもお嬢さんを案じた婆やが来合わせた。

「お嬢さんは、応接間にいらっしゃるの？　旦那《だんな》様もごいっしょなんだろうね」

婆やは主人の外出を知らないでいたのだ。

「いや、御主人はさっき、店から電話がかかって、大阪へ出かけられましたよ」

「おやおや、じゃあ、あすこにお嬢さん一人ぼっちなの。いけないねえ、そんなことしちゃあ」

婆やは不服顔だ。

「だから、僕らが見張りをしているんだけれど、さっきからだいぶ時間がたつのに、いっこう出ていらっしゃらない。それにあまり静かなので、少しへんに思っているのですよ」

「じゃあ、わたしが行って見ましょう」

婆やはそういって、ツカツカとドアに近づき、なにげなくそれをひらいて、中をのぞいて見たが、のぞいたかと思うと、またすぐしめて、いきなり書生たちの所へ走りもどってきた。どうしたのか彼女の顔はまっさおになっている。

「大変ですよ、ちょっと行って見てください。へんなやつが長椅子の上に寝そべっているの。それにお嬢さんは、あすこには見えませんよ。早くあいつをつかみ出してください。まあ気味のわるい」

書生たちはむろんそんなことを信じなかった。この婆さん気でも違ったのではないかと疑った。しかし、ともかくも行って見るほかはない。彼らはいきなりドアをあけて、応接室へ飛びこんで行った。

見ると、驚いたことには、婆やの言葉は決して嘘ではなかった。たしかに長椅子の上に、グッタリと死んだようになって、寝そべっているやつがある。ボロボロの背広を着た、顔じゅう無精ひげの、乞食《こじき》みたいな男だ。

「こらっ、貴様何者だっ」

柔道初段の豪傑書生が、曲者の肩に手をかけてゆすぶった。

「わあ、たまらねえ。こいつ酔っぱらいだぜ。長椅子の上へ小間物店をならべやがった」

彼は滑稽《こっけい》な身振りで飛びのいて鼻をつまんだ。

なるほど、酔っぱらいの証拠には、男の顔は異様に青ざめていたし、長椅子の下には、ウイスキーの大瓶が、からっぽになってころがっていた。それにしても、その部屋で酒を飲んだものとすれば、少し酔いの廻り方が早すぎるように思われるのだが、書生たちはそこまで気がつかなかった。

ゆり起こされた曲者は、薄眼をあいて、きたなくよごれた口のはたを、赤い舌でペロペロとなめ廻しながら、フラフラと上半身を起こした。

「すまねえ、おらあ、もうだめだよ。苦しくって、とても、もう飲めねえ」

この紳商の応接室を、酒場とでも思いちがえているのか、男はわけのわからぬくだを巻きはじめた。

「馬鹿っ、ここをどこだと思っている。それに、貴様、一体どうしてここへはいってきたんだ」

「え、ウン、どうしてはいってきたっていうのか。そりゃおめえ、蛇の道はへびだあな。どこにうめえ酒がかくしてあるくれえのことあ、ちゃあんと、ご存じだってことよ。へッヘッヘッヘッヘ」

「それよりも君、お嬢さんの姿が見えないんだぜ。こいつが、どうかしたんじゃないかい」

別の書生が、それに気づいて注意した。

実に不思議なことには部屋じゅうくまなく探してみたけれど、えたいの知れぬ酔っぱらいのほかには、人の影もないのであった。一体これはどうしたというのだ。あの美しいお嬢さんが、たった三十分かそこいらのあいだに、まるで天勝嬢の魔術みたいに、このきたならしい酔っぱらいに変ってしまったのであろうか。前後の事情だけから考えると、いくらばかばかしくても、どうもそうとしか思えないのだが。

「おい、お前、いつここへきたんだ。ここに美しいお嬢さんがいらしったはずだが、お前見なかったか。おい、ハッキリ返事をしろ」

肩をこづき廻されても、男はいっこう無感覚だ。

「へっ、美しいお嬢さんだって、おなつかしいね。つれておいで、ここへ。おらア、久しく美しいお嬢さんの顔を拝まねえんだ。拝ましてくんな。早くさあ。早く、ここへ引っ張ってこいってんだ。ワハハハハ」

実にたわいがなかった。

「こんなやつに、何を聞いたってむだだよ。ともかく警察へ電話をかけて、引き渡すことにしようじゃないか。いつまでもここへ置いといたら、部屋じゅうヘドだらけになっちまうぜ」

岩瀬夫人は、婆やの知らせに驚いて駈《か》けつけたが、人一倍潔癖な彼女は、乞食みたいな男がヘドをはいていると聞くと、部屋へはいる勇気がなく、女中たちにとりまかれて

ドアのそとからこわごわのぞいていたのだが、今の書生の言葉を聞くと、

「ああ、それがいい、早くおまわりさんを呼んでください。だれか警察へ電話を」

と指図した。

そして、結局、そのえたいの知れぬ無頼漢は、土地の警察の留置場にぶちこまれたのだが、二人の警官が、曲者の両手をつかんで、ぶら下げるようにしてつれ去ると、あとには、彼の吐いたもののために、無残によごれた長椅子と、耐えがたい臭気とが残った。

「できて来たばかりの椅子を、まあもったいない」婆やが顔をしかめながら遠くからそれを眺めていうのだ。

「おやおやへドばかりじゃありませんよ。大へんなかぎ裂きだ。まあ気味のわるい。あいつ刃物でも持っていたのでしょうか。長椅子のきれがひどく破けてますよ」

「いやだねえ、せっかく綺麗《きれい》になったばかりなのに。そんなもの応接間に置けやしない。だれか家具屋へ電話をかけてね、取りにくるようにそういってください。張りかえなくっちゃ仕方がない」

潔癖家の岩瀬夫人は、一刻でも、そのきたないものを、邸内に置くにたえなかったのだ。

さて、酔いどれ騒ぎが一段落すると、今度はにわかに早苗さんのことが気になりはじめた。主人岩瀬氏にこのことが急報されたのはいうまでもない。明智の行先もわかっていたので、急いで帰るように電話がかけられた。

同時に、邸内の大捜索が開始された。出張してきた三人の警官と、書生をはじめ召使いたちの総動員で、応接室や早苗さんの居間を手はじめに、階上、階下、庭園から縁の下まで、残る所もなく探し廻《まわ》った。

だが美しいお嬢さんは、朝日にとける葉末の露のように、かげろうとなって蒸発してしまったのでもあろうか。その姿は、影も形も見えないのであった。

魔術師の怪技

酔っぱらい騒ぎがあってから二時間ほど後《のち》、急報に接して大阪から帰った岩瀬氏と明智小五郎とが、主人の居間で、この不可解な出来事について、あわただしい会話を取りかわしていた。そのそばには岩瀬夫人と婆やとがひかえ、責任者の二人の書生も呼び出されて、かしこまっている。

「失策でした。僕はまたしても油断しすぎたようです」

明智はいかにも申しわけがないという様子であった。

「いやいや、あなたの失策じゃない。これは全くわしがわるかったのです。娘があまり沈みこんでいるものだから、ついかわいそうになって、応接間などへ連れ出したのがわるかったのです。油断といえば、わしこそ、全く油断をしておりましたよ」

「わたくしたちも不注意でございました。書生にまかせておいて安心していたのがいけませんでした」

岩瀬夫人も同じようなことをいう。

「しかし、そういうことは今さら言ってみても仕方がありません。それよりも、われわれは、お嬢さんがいつ応接室を出られたか、そしてどこへ連れ去られたか、その点を確かめなければなりません」

明智が返らぬ繰り言を打ち切るようにいった。

「さあ、それですて。そこがわしにはどうも解《げ》せんのじゃが、おい倉田、お前たちはわき見をしていたんじゃあるまいな。お嬢さんがあの部屋を出て行くのを、気がつかなかったのじゃあるまいな」

岩瀬氏がたずねると、倉田と呼ばれた書生の一人は、少し憤慨の面持で答えた。

「いや、断じてそんなことはありません。僕らは、ちゃんとドアの方を見張りつづけていたのです。それに、お嬢さんが応接間からほかの部屋へいらっしゃるためには、どうしても僕らの立っている廊下を通らなければならないのです。いくらなんでも、お嬢さんが眼の前をお通りなさるのを、僕らが見のがしたはずはありません」

「フン、お前たちはそんな生意気なことをいうが、それじゃ、どうしてお嬢さんがいなくなったのだ。それとも、お嬢さんはあの頑丈な鉄格子を破って飛び出して行ったとでもいうのか。え、どうだね。鉄格子がはずれてでもいたかね」

岩瀬氏は感情が激すると、つい憎まれ口を利くくせがあるようだ。

書生はたちまち恐縮して、頭をかきながら、わかり切ったことを正直に答える。

「いえ、鉄格子どころか、ガラス窓さえも、掛け金をはずした形跡はありませんでした」

「それ見ろ、それじゃ、つまりお前たちが見のがしたことになるじゃないか」

「まあお待ちください。どうもこの人たちが見のがしたようにも思われません。見のがしたといえば、お嬢さんだけではなくて、あの酔っぱらいが応接間へはいるところも見のがしているわけです。いくら不注意でも、二人もの人間が出たりはいったりするのを気づかないでいるというのは、どうもありそうもないことですな」

明智が考え考え言った。

「いかにもありそうもないことです。だが、それがあったのじゃ」

岩瀬氏はなおも毒口をたたく。明智はそれにかまわずつづけた。

「鉄格子も破れていない。書生さんたちも見のがしていないとすると、結論はたった一つ、あの応接室へはいったものも、出たものもなかったということになります」

「フフン、すると、早苗がその酔っぱらいに化けたのだとでもおっしゃるのですね。冗談じゃない、わしの娘は役者じゃありませんぜ」

「御主人、あなたはお嬢さんに、新らしくできた椅子をお見せなすったのですね。その椅子はきょう届けられたのですか」

「そうです。あんたが出かけられて間もなく届いたのです」

「妙ですね。あなたは、その椅子が届いたのと、お嬢さんの誘拐とのあいだに、何か偶然でないつながりがあるようには思われませんか。僕にはなんだか……」

明智はそう言いかけたまま、眼を細くして、しばらく考えに沈んでいたが、ハッと顔を上げると、何かしら意味のわからぬことを口走った。

「人間椅子……あんな小説家の空想が、はたして実行できるのだろうか」

そして、彼はスックと立ちあがると、何か非常に昂奮《こうふん》した様子で、人々に挨拶《あいさつ》もせず、いきなり部屋を出て行ってしまった。

人々は、名探偵の突飛な行動に、あっけにとられて、しばらくは口を利くものもなく、ぼんやりと顔を見合わせていたが、すると、たちまち明智の駈《か》けもどってくる足音がして、廊下からどなるのが聞こえた。

「長椅子をどこへやったのです。応接間に見えないじゃありませんか」

「まあ、明智さん、落ちついてください。椅子なんかどうだっていい、わしたちはいま娘のことを心配しているのだ」

岩瀬氏が声をかけると、明智はやっと部屋の中へはいってきたが、まだ立ちはだかったまま同じことをくり返す。

「いや、僕は長椅子の行方が知りたいのです。どこへやったのですか」

すると書生の一人が、それに答えた。

「あれは、つい今しがた、家具屋の職人が受取りにきたので、渡してやりました。張りかえさせるようにという、奥様の言いつけだったものですから」

「奥さん、それはほんとうですか」

「ええ、酔っぱらいが破いたり、よごしたりして、あんまりむさいものですから、急いで取りにこさせましたの」

岩瀬夫人が、まだそれとも気づかないで、とりすまして答える。

「そうでしたか、ああ、困ったことをしてしまったなあ。もう取り返しがつかない……いやもしかしたら、そうだ。もしかしたら、僕の思いちがいかもしれない。ちょっとそのお電話を拝借します」

明智は気違いめいたことを、ブツブツつぶやいていたかと思うと、いきなりそこの卓上電話にしがみついて、受話器を取った。

「君、その家具屋の電話番号を教えてくれたまえ」

書生がそれに答えるのを、口写しに、明智は交換手へとどなった。

「ああ、N家具店ですか。こちらは岩瀬の屋敷です。さいぜん長椅子を取りによこしてくれたのだが、あれはもう君の方へ着きましたか」

「へえ、へえ、長椅子を、かしこまりました。どうもおそくなってすみません。実はいま店のものを伺わせようと思っておりましたところでございます」

受話器の向こうから頓狂《とんきょう》な返事が聞こえてきた。

「えっ、なんだって？　これから取りにくるんだって？　君、それはほんとうかい。こちらでは、もうさっき渡してしまったのだが」

　明智がもどかしそうにどなり返す。

「へええ、そんなはずはございませんがな。手前どもではだれもまだお屋敷へ伺っておりませんのですが」

「君は御主人かね。しっかり調べてくれたまえ。もしや君の知らぬ間に、だれかこちらへきたんじゃありませんか」

「いいえ、そんなことはございません。まだわたくしは、お屋敷へ伺うことを、店の者に伝えておりませんので、伺う道理がありません」

　そこまで聞くと、明智はガチャンと受話器をかけて、また立ちあがって、どこかへ駈け出しそうにしたが、思いなおして、今度は土地の警察署へ電話をかけ、捜査主任を呼び出した。明智は、岩瀬家の客となった最初の日、先《ま》ずこの捜査主任と懇意を結んでおいたので、この場合それが充分役立った。

「僕は岩瀬家の明智ですが、例の酔っぱらいがよごした長椅子ですね、あれを、家具屋の名をかたって屋敷から持ち出し、トラックに積んで逃げ出したやつがあるのです。どちらへ走ったかはわかりませんが、至急手配をして、そいつを捉《とら》えてくださいませんか……そうです、そうです。あの長椅子です……人間椅子、ええ、人間椅子。いや、じょうだんなもんですか……ええ、そうでしょう。ほかに考え方がないじゃありませんか。ではお願いします。僕の見こみは、決して間違っていないと思います。いずれあとからくわしくお話ししますけれど」

そうして電話を切ろうとすると、今度は先方から、意外な報告がもたらされた。

「えっ、逃亡した。そいつは非常な手抜かりですね……酔っぱらいと思って油断していた？ ウン、それは無理もないけれど、あいつ飛んだ喰《く》わせものですぜ。『黒トカゲ』の手下にきまっている。惜しいことをしましたね。まだつかまりませんか。何分よろしく、全力をつくしてください。人の命にかかわることだ……二つともね。長椅子の方も、酔漢の方も……ではまた後ほど」

ガチャリと受話器の音。明智はガッカリしたように、そこにうずくまってしまった。

一座の人々は異常な緊張で電話の声に聞き入っていた。そして、一句ごとに、この名探偵の突飛な行動の理由がわかって行くように思われた。

「明智さん、お話しの様子で、大体わしにも事の次第がわかりました。わしはあんたの御明察に驚き入りました。いや、それにもまして、賊のこの思いきった、ズバぬけた手品には、あいた口がふさがりませんよ。つまり、あの酔っぱらいをよそおった男が、仕かけをした長椅子の内部にかくれて、どっかで家具屋の作った本物とすりかえたのですね。そして、応接間には、人間のはいった長椅子がすえてあったというわけですね。そこへ早苗がはいって行く……男が椅子の中からソッと抜け出して娘を……明智さん、あいつはまさか娘を殺したのでは……」

岩瀬氏は、ギョッとして言葉を切った。

「いや、決して殺すようなことはありません。Kホテルの場合でもわかっている通り、あいつは生きたお嬢さんをほしがっているのです」

明智が安心させるように答える。

「ウン、わしもそうとは思いますがね……それから、正気を失った娘を、今まで自分のひそんでいた長椅子の内部のうつろの中に入れて、蓋《ふた》をしめる。そして、あいつめ長椅子の上に寝そべって酔っぱらいのまねをはじめたのですね。しかし、あのよごれもの」

「ああ、お見事です。御主人も『黒トカゲ』にまけない空想家ですね。僕の考えもその通りなのです……あいつの恐ろしさは、こういうズバぬけた考え方によって、ばかばかしいトリックを、平然として実行する胆っ玉にあるのです。今度の着想などは全くおとぎ話ですよ。或る小説家の作品に『人間椅子』というのがあります。やっぱり悪人が椅子の中へかくれて、いたずらをする話ですが、この小説家の荒唐無稽《こうとうむけい》を、『黒トカゲ』はまんまと実行して見せました。今お話しのよごれものにしてもそうですよ。あらかじめそういう液体を用意しておいて、口からではなく瓶から長椅子の上にぶちまけたのです。ええ、瓶ですよ。ほら、あのウイスキーの大瓶、あの中に残っている液体を調べたら、きっとヘドの臭いがすることでしょう。それとても、実は昔々の西洋のおとぎ話にある手なんです。そのおとぎ話の方は、ヘドではなくて、もっときたないものでしたがね」

「で、あの酔っぱらいは、警察の留置場から逃げ出してしまったとか……」

「ええ、逃げ出したそうです。酔っぱらいも長椅子も、おとぎ話のように、どっかへ消え失《う》せてしまいました」明智は思わず苦笑したが、またキッとなって付け加えた。「しかし、御主人、僕はいつかKホテルでお約束したことを忘れはしません。御安心ください。命にかけても、お嬢さんを守ります。決して取り返しのつかぬようなことはしないつもりです。どうか僕を信じてください……僕の顔色を見てください。青ざめてますか。心配らしい影でも見えますか。そうではないでしょう。僕は平気なのです。この通り平気なのです」

明智はそういって、にこやかに笑って見せた。虚勢とは思えない。彼は真から微笑しているのだ。人々は、頼もしげに、明かるい名探偵の顔を見上げた。

「エジプトの星」

宝石商令嬢誘拐事件は、その翌日の新聞記事によって、全国に知れわたった。土地の警察はもちろん、大阪府の全警察力をあげて早苗さんの行方捜索が行なわれた。デパートの陳列所でも、家具商のショウ・ウインドウでも、駅々の貨物倉庫でも、長椅子という長椅子が無気味な嫌疑を受けた。神経質な人たちは、自宅の応接間のソファにさえも、一応底のぐあいをあらためないでは、腰かける気になれなかった。

そうして、事件からまる一昼夜が経過したけれど、人間詰め長椅子の行方は少しも知れなかった。生きているのか死んでしまったのか、美しい早苗さんの姿は、全くこの世からかき消されてしまったように感じられた。

岩瀬氏や、夫人などの嘆きはいうまでもなかった。早苗さんを危地にみちびいたのも、賊を見のがしたのも、全く岩瀬氏夫妻の手落ちであって、誰を恨むこともなかったが、悲しみのあまり、憤りのあまり、つい度を失って、明智探偵の不用意な外出を、責めたい気持にもなるのであった。

明智はむろんその気持を察しないではなかった。また彼自身としても、名探偵の名にかけて、この誘拐事件に責任を感じ、取りかえしのつかぬ油断をくやまないわけではなかった。それにもかかわらず、さすがは百戦練磨の勇将、彼は深く心に期するところあるもののごとく、少しも狼狽《ろうばい》はしなかった。

「岩瀬さん、僕を信じてください。お嬢さんは安全です。必ず取り返してお眼にかけます。それに、賊の手中にあっても、お嬢さんは決して危害を加えられることはありません。あいつらはきっと、早苗さんを大切な宝物のように扱っているでしょう。そうしなければならない理由があるのです。少しもご心配なさることはありません」

明智は岩瀬氏夫妻に、くり返しくり返しこういう意味のことを言ってなぐさめた。

「だが、明智さん。取り返すといっても、娘は今どこにいるのですかね。あれのありかが、あんたにわかっているとでもおっしゃるのかね」

岩瀬氏は、またしても例の毒口をきいた。

「そうです。わかっているといってもいいかもしれません」

明智は動じない。

「フン、じゃ、なぜそこへ取り戻しに行ってはくださらんのかね。見ていると、あんたは、きのうからまるで警察まかせで、何もしないで手をつかねていなさるようじゃが、そんなにわかっていれば、早く適当な処置を講じてほしいものですね」

「僕は待っているのですよ」

「え、待っているとは？」

「『黒トカゲ』からの通知をです」

「通知を？　それはおかしい。賊が通知をよこすとでもおっしゃるのかね。どうかお嬢さんを受け取りにきてくださいといって」

岩瀬氏は、憎まれ口をきいて、フフンと鼻さきで笑って見せた。

「ええ、そうですよ」名探偵は子供のように無邪気である。「あいつはお嬢さんを受け取りにこいという通知をよこすかもしれませんよ」

「え、え、あんた、それは正気でいっていなさるのか。なんぼなんでも、賊がそんなことを……明智さん、この場合、冗談はごめんこうむりますよ」

宝石王がにがにがしく言い放った。

「冗談ではありません。今にきっとおわかりになりますよ……ああ、ひょっとしたら、そのなかに通知状がまじっているかもしれません」

彼らはその時、例の早苗さんの誘拐された応接間に対坐《たいざ》していたのだが、ちょうどそこへ、書生の一人が、その日の第三便の来翰《らいかん》をまとめて持ってきたのであった。

「このなかにですか？　賊の通知状がですか？」

岩瀬氏は書生から数通の手紙を受け取って、何をばかばかしいといわぬばかりに、うわの空の返事をしながら、一つ一つ差出人をしらべていたが、たちまちハッとして頓《とん》狂《きょう》な声を立てた。

「やあ、こりゃなんじゃ。この模様はいったいなんじゃ」

それは上等の洋封筒に包まれた一通の手紙であったが、見ると、その裏面には、差出人の名はなくて、封筒の左下の隅に、一匹のまっ黒なトカゲの模様が、たくみにえがかれてあった。

「『黒トカゲ』ですね」

明智は少しも驚かない。それごらんなさいといわぬばかりだ。

「『黒トカゲ』じゃ。大阪市内の消印がある」岩瀬氏はさすがに商人らしい眼早さで、それを見て取った。「ああ、明智さん、あんたには、これがどうしてあらかじめわかっていたのです。確かに賊の通知じゃ。フーン、これはどうも……」

彼は感にたえたように、名探偵の顔をみつめている。怒りっぽいかわりには、機嫌のなおるのも早い老人であった。

「ひらいてごらんなさい。『黒トカゲ』はなにかを要求してきたのですよ」

明智の言葉に、岩瀬氏は注意深く封を切って、中の書翰箋《せん》をひろげて見た。なんの印もない純白の用紙である。そこに下手な書体で――なんとなくわざと下手に書いたような書体で――次の文句がしたためてあった。

昨日はお騒がせして恐縮。お嬢さんはたしかにお預かりしました。警察の捜索からは絶対に安全な場所におかくまいしてあります。

お嬢さんを私からお買い戻しになるお気持はありませんか。もしそのお気持があるのでしたら、左の条件によって商談に応じてもよいと考えます。

（代金）ご所蔵「エジプトの星」一個。（支払期日）明七日午後五時。（支払場所）T公園通天閣頂上の展望台。（支払方法）岩瀬庄兵衛氏単身にて右時間までに通天閣上に現品を持参すること。

右の条件に少しでも違背したる場合、またはこのことを警察に告げ知らせたる場合、または現品授受ののち私を捕縛させようとしたる場合は、令嬢の死を以《もっ》てこれにむくいること。

右の条件が正確に履行された上は、その夜のうちにお嬢さんをお宅まで送り届けます。右貴意を得ます。御返事には及びません。明日所定の時間、所定の場所へ御いでなき限りは、この商談不成立と認め、ただちに予定の行動に移ります。以上

黒蜥蜴

岩瀬庄兵衛様

これを読み終ると、岩瀬氏は当惑の色を浮かべて考えこんでしまった。

「『エジプトの星』ですか」

明智がそれと察してたずねる。

「そうです。困ったことになりました。あれはわしの私有にはなっているが、国宝ともいうべき品物で、いまわしい賊の手などに渡したくはないのです」

「非常に高価なものと聞いていますが」

「時価二十万円です。だが、二十万円には替えられない宝です。あんたは、あの宝石の歴史をご存じですか」

「ええ、聞き及んでいます」

この国最大最貴のダイヤモンド「エジプトの星」は、南アフリカ産、ブリリアント型、三十幾カラットの宝石であって、その名の示すごとく、かつてはエジプト王族の宝庫に納まっていたものだが、それが欧州諸国の高貴の方々の手を渡り渡って、第一次大戦当時、或《あ》る事情から宝石商人の手に移り、それがまた転々して、つい数年前のこと、岩瀬商会パリ支店の買収するところとなり、現在は大阪本店の所有となっている。

「由緒の深い宝石じゃ。わしはあれを命から二番目ぐらいに大切に思っております。盗難についても用心に用心をかさね、その宝石を納めてある場所は、わし自身のほかに、店員はもちろん家内さえ知らないのです」

「すると、つまり、賊にしては、一個の宝石を盗むよりも、生きた人間を盗み出す方が、たやすかったというわけですね」

明智はしきりにうなずいている。

「そうです、『エジプトの星』はたびたび盗難に狙われた。そのたびごとにわしはかしこくなったのです。そして、とうとう、そのかくし場所をわしだけの秘密にしてしまった。どんなにえらい盗賊でも、わしの頭の中の秘密を盗むことはできませんからね……しかし、その苦心も今はむだじゃ。さすがのわしも、娘の身代金として宝石をゆするという手には、少しも気がつかなんだ……明智さん、いかな宝物でも、人間の命にはかえられませんわい。残念じゃが、わしはあきらめました。宝石を手ばなすことにしましょう」

岩瀬氏は青ざめた顔で決意のほどを示した。

「それほどのものを手ばなすことはありませんよ。なあに、こんな脅迫状なんか黙殺してもかまわないのです。お嬢さんの命にかかわるようなことは断じてありません」

明智が頼もしくなぐさめても、一徹の岩瀬氏は彼の言葉を信用しない。

「いやいや、あの恐ろしい悪党は、何を仕でかすか知れたものではない。いくら高価とはいえ、たかが鉱物です。鉱物などを惜しんで、娘に万一のことがあっては取り返しがつきません。わしはやっぱり賊の申し出に応ずることにしましょう」

「それほどの御決心なれば、僕はお止めしません。一応敵のたくらみにかかったと見せかけて、宝石を手渡すのも一策でしょう。僕の探偵技術からいえば、むしろその方が便宜なのです。しかし岩瀬さん、決してご心配なさることはありません。僕はハッキリお約束しておきます。お嬢さんもその宝石も、必ず僕の手で取り戻してお眼にかけますよ。ただちょっとのあいだ、あいつにぬか喜びをさせてやるだけです」

明智はなんの頼むところあってか、自信に満ちた力強い口調で、こともなげに言い切るのであった。

塔上の黒トカゲ

その翌日、約束の午後五時少し前、岩瀬庄兵衛氏は、文字通り敵の条件を守って、明智以外のなにびとにも告げず、ただ一人、T公園の入口、天空高くそびえる鉄塔の下にたどりついた。

T公園といえば、その地域の広さ、日々呑吐《どんと》する群衆のおびただしさでは、大阪随一の大遊楽境であった。立ち並ぶ劇場、映画館、飲食店、織るがごとき雑沓《ざっとう》、露店商人の叫び声、電蓄の騒音、子供の泣き声、数万の靴と下駄とのかなでる交響楽、蹴《け》立てる砂ぼこり。そのまん中に、パリのエッフェル塔を模した通天閣の鉄骨が、大大阪を見おろして、雲にそびえているのだ。

ああ、なんという大胆不敵、なんという傍若無人、女賊「黒トカゲ」は、選《よ》りに選《よ》って、この大歓楽境のまっただ中、衆人環視の塔上を、身代金授受の場所と定めたのであった。このお芝居気、この冒険、あの黒衣婦人でなくてはできない芸当である。

岩瀬氏は神経の太い商人ではあったけれど、いよいよ賊と対面するかと思うと、胸騒ぎを禁じ得なかった。彼は少しばかり固くなって塔上へのエレベーターにはいった。

エレベーターの上昇とともに、大阪の街がグングン下の方へ沈んで行く。冬の太陽はもう地平線に近く、屋根という屋根の片側は黒い影になって、美しい碁盤模様をえがいていた。

やっと頂上に達して、四方見晴らしの展望台に出ると、下界ではそれほどでもなかった冬の風が、ヒューヒューと烈しく頬を打った。冬の通天閣は不人気だ。それに夕方のせいもあって、展望台には一人の遊覧客も見えなかった。

風よけの帆布を張りめぐらした、菓子や果物や絵葉書などの売店に、店番の夫婦者が寒そうに坐《すわ》っているほかには全く人影はなく、何かこう、人界をはなれて、天上の無人の境へ来たような、物さびしい感じであった。

欄干にもたれて、下界をのぞくと、ここのさびしさと打って変った雑沓の、数千匹の蟻の行列のような人通りが、足もとにくすぐったく眺められた。

そうして寒風に吹きさらされながら、しばらく待っていると、やがて次のエレベーターが到着して、ガラガラと鉄の扉のひらく音とともに、一人の奥様らしいよそおいの、金縁の目がねをかけた和服の夫人が、展望台に現われ、ニコニコ笑いながら、岩瀬氏の方へ近づいて来た。

今時分、このさびしい塔上へ、こんなしとやかな婦人が、たった一人でのぼってくるなんて、なんとなくそぐわぬ感じであった。

「物ずきな奥さんもあるものだ」

と、ボンヤリ眺めていると、驚いたことには、その婦人がいきなり岩瀬氏に話しかけたのである。

「ホホホホホ、岩瀬さん、お見忘れでございますか。わたくし東京のホテルでご懇意願いました緑川でございますわ」

ああ、ではこの女が緑川夫人、すなわち「黒トカゲ」であったのか。なんという化物だ。和服を着て、目がねをかけて、丸髷《まるまげ》なんかに結って、まるで相好が変っているではないか。このしとやかな奥様が、女賊「黒トカゲ」であろうとは。

「………」

岩瀬氏は、相手の人を喰《く》ったなれなれしさに、烈しい憎悪を感じて、だまったままその美しい顔をにらみつけていた。

「このたびはどうも飛んだお騒がせをいたしまして」

彼女はそういって、まるで貴婦人のように、上品なお辞儀をした。

「何もいうことはない。わしは君の条件を少しもたがえず履行した。娘は間違いなく返してくれるのだろうね」

　岩瀬氏は相手のお芝居に取り合わず、用件だけをぶっきらぼうに言った。

「ええ。それはもう間違いなく……お嬢さん大へんお元気でいらっしゃいます。どうかご安心あそばして……そして、あの、お約束のものはお持ちくださいましたでしょうか」

「ウム、持ってきました。さあ、これです。しらべて見るがいい」

　岩瀬氏は懐中から、銀製の小函《こばこ》を取り出して、思い切ったように、夫人の前につきつけた。

「まあ、ありがとうございました。では、ちょっと拝見を……」

「黒トカゲ」は落ちつきはらって、小函を受け取り、袖《そで》のかげで蓋《ふた》をあけて、白ビロードの台座におさまった巨大な宝石を、じっと見入った。

「ああ、なんてすばらしい……」

　みるみる、彼女の顔に歓喜の血がのぼった。稀代《きたい》の宝石には、千枚張りの女賊の頬をさえあからめさせる、神秘の魅力がこもっていたのだ。

「五色の焔《ほのお》、ほんとうに五色の焔が燃えているようでございますわね。ああ、わたくし、どんなに恋いこがれていたことでしょう。この『エジプトの星』に比べては、わたくしが長年収集しました千顆《か》に近いダイヤモンドも、まるで石ころ同然でございますわ。ほんとうにありがとうございました」

そしてまた、彼女はうやうやしく一礼をするのであった。

相手が喜べば喜ぶだけ、岩瀬氏の方では、命から二番目とまで大切にしていた宝物を、むざむざこの女に奪われてしまうのかと思うと、覚悟はしながらも、言い知れぬ憎しみが感じられて、眼の前にとりすましている女が、一そう憎々しく見えてくる。すると、例の庄兵衛老人のくせで、こんな場合にも、つい憎まれ口がききたくなるのだ。

「さあ、これで代金の支払いはすんだ。あとは君の方から品物がとどくのを待つばかりだが、わしは君をこんなに信用していいのかしらん。相手は泥棒なんだからね。泥棒と前金取引をするなんて、実に危険千万な話だ」

「ホホホホホ、それはもう間違いなく……では、お先にお引き取りを、わたくし、一《ひ》と足あとから帰らせていただきます」

女は相手の毒口にとりあわず、この奇妙な会見を打ち切ろうとした。

「フフン、品物を受け取ってしまえば、御用はないとおっしゃるのだね……だが、君もいっしょに帰ったらいいじゃないか。わしといっしょにエレベーターに乗るのはいやかね」

「ええ、わたくしもごいっしょしたいのは山々なんですけれど、何を申すにも、お尋ね者のからだでございますから、あなたが無事にお帰りなさるのを、よく見届けました上でなくては……」

「危険だというのだね。わしが尾行でもすると思っていなさるのか。ハハハハハ、これはおかしい。君はわしが怖いのかね。それでよく、こんなさびしい場所で、わしと二人きりで会見しなすったね。わしは男だよ。もし、もしだね、わしが娘の一命を犠牲にして、天下に害毒を流す女賊を捕えようと思えば、なんのわけもないことだぜ」

岩瀬氏は女の小面憎さに、ついいやがらせをいってみたくなった。

「ええ、ですから、わたくし、ちゃんと用意がしてございますの」

ピストルでも取り出すのかと思うと、そうではなくて、彼女はツカツカと売店の方へ歩いて行って、そこに並べてあった賃貸しの双眼鏡を持ってきた。

「あすこにお湯屋の煙突がございますわね。あの煙突のすぐうしろの屋根の上をごらんなすってくださいまし」

彼女はその方を指し示して、双眼鏡を岩瀬氏に手渡すのであった。

「ホウ、屋根の上に何かあるのかね」

岩瀬氏はふと好奇心にかられて、双眼鏡を眼に当てた。塔から三町ほどへだたった、長屋の大屋根である。湯屋の煙突のすぐうしろに物干台が見え、その物干台の上に、一人の労働者みたいな男が、うずくまっているのがハッキリ眺められる。

「物干台に洋服を着た男がおりますでしょう」

「ウン、いるいる。あれがどうかしたのかね」

「よくごらんくださいまし。その男が何をしていますか」

「や、これは不思議じゃ。先方でも双眼鏡を持って、こちらを眺めているわい」

「それから、片方の手に何か持っておりませんですか」

「ウンウン、持っている。赤い布のようなものじゃ。あの男はわしたちを見ているようだね」

「ええ、そうですの。あれはわたくしの部下でございますのよ。ああしてわたくしたちの一挙一動を見張っていて、もしわたくしに危険なことでも起こりました場合には、赤い布を振って、別の場所からあの大屋根を見つめているもう一人の部下に通信します。するとその部下が、お嬢さんのいらっしゃる遠方の家へ電話で知らせます。その電話と一しょに早苗さんのお命がなくなるという仕かけなのでございます。ホホホホホ、賊などと申すものは、ちょっとした仕事にも、これだけの用意をしてかからなければならないのでございますわ」

なるほど実にうまい思いつきである。女賊が不便な塔の上を、会見の場所に選んだ一つの意味はここにあったのだ。まったく安全な遠方から見張りをさせておくなんて、平地では不可能なことなのだから。

「フン、ご苦労千万なことじゃ」

岩瀬氏はへらずロをたたいたものの、内心では、寸分も抜け目のない女賊の用心を讃《さん》嘆《たん》しないではいられなかった。

奇妙な駈落者

だが、岩瀬氏がいわれるままに、一と足先に塔を降りて、少しはなれた場所に待たせてあった自動車に乗って立ち去ってしまっても「黒トカゲ」はまだ安心ができなかった。相手には明智小五郎といういやなやつがついているのだ。あいつが、どんな知恵をしぼり、どんな恐ろしいことをたくらんでいるか、知れたものではない。

彼女は双眼鏡を眼に当てて、欄干から塔の下のおびただしい群衆を入念に眺め廻《まわ》した。挙動の不審なやつはいないかと、熱心に調査した。そうして眼まぐるしく動く群衆を眺めているうちに、われとわが心の弱味に負けて、彼女は言い知れぬ不安になやまされはじめた。

あすこに塔を見上げてたたずんでいる洋服の男が刑事かもしれない。こちらに、さいぜんからじっとうずくまっているルンペンが、なんだか怪しい。明智の部下が変装しているのかもしれない。

いやいや、このおびただしい群衆の中には、明智小五郎その人が、何かに姿を変えて、まぎれこんでいまいものでもない。

彼女はイライラしながら、双眼鏡を眼に当てたまま、展望台の周辺を、何度となく歩き廻った。

捕縛を恐れることは少しもない。そんなことをすれば、大切な早苗さんの命がなくなることは、敵の方でも知り抜いているはずだ。恐ろしいのは尾行であった。尾行の名人にかかっては、いくら機敏に立ち廻っても、まき切れるものではない。明智小五郎がその尾行の名人なのだ。もしも明智があの群衆の中にまじって、人知れず彼女を尾行し、かくれがをつきとめられるようなことがあったら……それを考えると、さすがの女賊もゾッとしないではいられなかった。

「やっぱりあの手を用いてやろう。用心にこしたことはありゃしない」

彼女はツカツカと売店の前に近づいて、店番のおかみさんに声をかけた。

「お願いがあるのですが、聞いてくださらないでしょうか」

売店の台のうしろに、火鉢をかこんで丸くなっていた夫婦の者が、びっくりして顔を上げた。

「何かさし上げますか」

可愛らしい顔のおかみさんが、愛想笑いを浮かべて答えた。

「いえ、そんなことじゃありません。折りいってお願いがあるのですが。さっきあすこで話していた男の人があったでしょう。あれは恐ろしい悪人なのです。あたしあいつに脅迫されて、ひどい目に遭いそうなんです。助けてくださいませんでしょうか。さっきはうまく言って先へ帰しましたけれど、あいつはまだ塔の下に待ち伏せしています。どうかお願いです。しばらくのあいだ、あなたあたしの替玉になって、あちらの欄干のところに立っていてくださらないでしょうか。その幕のかげで、着物を取りかえっこして、おかみさんがあたしに、あたしがおかみさんに化けるのです。幸い年頃も同じだし、髪の形もそっくりなんですから、きっとうまくいきます。そして、御亭主さん、ほんとうにすみませんけど、おかみさんに化けたあたしを、そのへんまで送ってくださらないでしょうか。お礼は充分します。ここに持ち合わせているだけ、すっかり差し上げます。ねえ、お願いです」

彼女はさもまことしやかに嘆願しながら、札入れを取り出し、七枚の十円紙幣を、辞退するおかみさんの手に無理ににぎらせた。

夫婦者はボソボソと相談していたが、思わぬ金もうけに仰天して、別に疑うこともなく、この突飛千万な申し出を承諾してしまった。

売店は風よけの帆布でグルッと取りかこまれているのでその中にかくれて、そとからは少しもわからぬように着がえをすることができた。

色白のおかみさんが、「黒トカゲ」のやわらかものを着こんで、みだれた髪をととのえ、金縁目がねをかけて、シャンとすると、見違えるばかり上品な奥様姿になった。

「黒トカゲ」の方は、変装ときてはお手のものである。髪の形をくずし、そのへんのほこりを手の平になすりつけて、ぐるぐると顔をなで廻すと、もう立派な下級商人のおかみさんになりすましてしまった。それに縞《しま》の和服に、袖《そで》つきの薄よごれたエプロン、継ぎのあたった紺足袋《たび》という衣裳《いしょう》だ。

「ホホホホホ、うまいわね。どう？　似合って？」

「飛んだことになったもんだね。かかあのやつ、貴婦人みたいにすましこんでいやあがる。奥さんの方はきたなくなっちまいましたね。上出来ですよ。それなら旦那《だんな》様にだって、わかりっこはありゃあしない」

売店の亭主は両人を見比べて、あっけに取られている。

「ああ、そうそう、あんたマスクをはめていたわね。ちょうどいいわ。それを貸してちょうだい」

「黒トカゲ」の口辺は、白布のマスクに覆いかくされてしまった。

「じゃあね、おかみさん、その欄干に立って、双眼鏡をのぞいてくださいね。お願いしますわ」

そして、売店の女房になりすました女賊は、その御亭主といっしょにエレベーターに乗って、雑沓《ざっとう》の地上に降りた。

「さあ、急いでくださいね。見つかっては大へんなんだから」

二人は群衆をかき分けるようにして映画街を通り抜け、公園の木立ちのあいだを、さびしい方へさびしい方へと歩いて行った。

「ありがとう。もう大丈夫ですわ……まあおかしいわね。あたしたち、まるで駈落者《かけおちもの》みたいじゃありませんか」

いかにも彼らは奇妙な駈落者の姿であった。男は耳がわるいのか、頭から顎《あご》にかけて、グルグルと繃帯《ほうたい》を巻き、その上からきたならしい鳥打帽をかぶり、木綿縞の着物の上に黒らしゃの上っ張りを着て、革のバンドを締め、素足に板裏草履といういでたち。女は前にしるした通りの女房姿。両人とも、不意気なマスクをかけている。その男が女の手を引いて、人眼を忍ぶように、木立ちから木立ちをぬって、チョコチョコと小走りに道を急いでいたのだ。

「へへへへへ、どうもすみません」

男は気がついて、にぎっていた女の手をはなすと、少しはにかみながら笑った。

「そんなこと、よござんすわ……あなた、どうかなさいましたの、その繃帯？」

「黒トカゲ」は危地を脱し得たお礼心に、そんなことをたずねてみた。

「ええ、中耳炎をやってしまいましてね。もう大分いいのですけれど」

「まあ、中耳炎なの。大切にしなければいけませんわ。でも、あなたいいおかみさんを持ってお仕合わせですわね。ああして二人で商売をしていたら、さぞ楽しみなことでしょうね」

「へへへへへ、なあにね、あんなやつ、しようがありませんや」

この男少し甘いんだなと、おかしくなった。

「じゃあ、これでお別れしますわ。おかみさんによろしく、ほんとうにこの御恩は忘れませんことよ……ああ、それから、あの着物は、着古したんですけど、おかみさんにさし上げますから……」

木立を出はずれた公園を縦貫する大通りに、一台の自動車がとまっていた。「黒トカゲ」は男に別れると、その自動車へと走って行った。

自動車の運転手は、彼女を待ち構えてでもいたように、急いでドアをひらく。女賊はいきなりそのドアの中へ姿を消しながら、何か一こと合図のような声をかけると、車はたちまち走り出した。その車の運転手は「黒トカゲ」の部下であって、あらかじめ打ち合わせておいて首領を待ち受けていたのにちがいなかった。

売店の亭主は、女賊の車が動き出すのを見ると、何をとまどいしたのであろう。塔の方へは帰らないで、やにわに大通りに飛び出して、キョロキョロとあたりを見廻していたが、ちょうどそこへ通りかかった一台の空《から》自動車に、彼はサッと手をあげて、その車を呼びとめ、飛び乗るが早いか、さいぜんとは打って変った歯切れのよい口調で叫んだ。

「あの車のあとを追跡するんだ。僕はその筋のものだ。チップは充分に出すから、うまくやってくれたまえ」

車は前の自動車を追いつつ、適当な間隔を取って走り出した。

「先方に気づかれないように注意して」

彼はときどき指図を与えながら、中腰になって、勇ましい騎手のように、前方をにらみつづけていた。

彼は「その筋の者だ」といった。だが、はたして警察官なのであろうか。どうもそうでもないように思われる。彼の声には、何かしらわれわれに親しい響きがこもっていた。

いや声だけではない。グルグルとまきつけた繃帯の下から、じっと前方を見つめているあの鋭い両眼には、どこかしら見覚えがあるように感じられるではないか。

追跡

どんよりと曇った冬の日、夕暮れの薄闇、大阪市を南北につらぬくSという幹線道路を、烈しいタクシーの流れにまじって、絶えず一定の距離を保ちながら、不思議な追っ駈けっこをしている二台の自動車があった。

先の車には、和服にエプロン姿の下級商人のおかみさんといった、若くて美しい女が、一人ぼっちで、クッションの隅っこの方に隠れるようにして乗っていた。

ちょっと見たのでは、タクシーなんかに乗りそうもないみすぼらしいおかみさん。だが、その実は、この女こそ、稀代《きたい》の女賊「黒トカゲ」の変装姿であった。

さすがの女賊も、彼女のすぐうしろから、もう一台の自動車が、送り狼のように、執念深く尾行していることを、少しも気づかなかったけれども、その尾行車の中には、顔半面に繃帯を巻きつけた、やっぱり下級商人ていの異様な男が乗っていて、恐ろしい形相で前の車を見つめながら、運転手に「もっと早く」「もう少しゆっくり」などと横柄な命令を下していた。

この男、そもそも何者であったのか。

彼は前方をにらみつけたまま、着ていた羅紗《らしゃ》のモジリと縞の着物とを、手早く脱ぎすててしまった。すると、その下から現われたのは、薄よごれたカーキ服、カーキ・ズボン。小商人が、たちまちにして工場労働者と早変りしてしまった。

職工風になりますと、彼は今度は、半面の繃帯を、大急ぎで、引きちぎるようにしながら、解きはじめた。みるみる隠れていた顔の半分が現われてくる。耳の病気でもなんでもなかったのだ。

ただそう見せかけて、たくみに顔をかくしていたのだ。

たちまち、らんらんとかがやく両眼が、一文字の濃い眉《まゆ》が、この不思議な人物の正体を暴露した。明智だ。明智小五郎だ。

彼は女賊のはかりごとの裏をかいて、塔上の売店の主人と化けおおせ、きょうこそは「黒トカゲ」の秘密をつきとめ、その本拠をあばかんと、手ぐすね引いて待ち構えていたのだ。

女賊はそれとも知らず、明智の術中におちいって、彼に逃走の手助けをさえ乞《こ》うた。捕えようと思えば、いつでも捕えられたのだ。しかし奪われたお嬢さんの居所を確かめないうちは、賊の本拠をつきとめないうちは、うかつな手出しは禁物である。彼ははやる心をおし静めて、気永い尾行を余儀なくさせられた。そして、結局は、一挙にして、お嬢さんと宝石とを、二つながら取り戻し、同時に女賊「黒トカゲ」をその筋の手に引き渡そうというのが、彼の計画であった。

もうそとはまっ暗になっていた。うしろへうしろへと飛び去る街灯の中を、二台の車は、大阪の町から町をグルグルと曲がりながら、不思議なレースをつづけた。

女賊の車の車内灯は消えているので、ただ飛び去る街灯の光線で、背後のガラス窓から、彼女の頭部がほのかに眺められるばかりだ。自然、明智は両車の距離を危険のない程度で、できるだけ接近させなければならなかった。

車がとある町角を曲がると、そこに大阪名物の運河の一つが流れていた。片側は大戸をおろした問屋町、片側は直接河に面して、荷役をするため、河岸がダラダラ坂に傾斜していた。市内にこんなさびしい場所がと思うほど、夜はまっ暗な町筋である。

先の車は、なぜかその暗闇の中をノロノロと運転して行ったが、少し先の橋の袂《たもと》まで行くと、そこの明かるい街灯の下で、急に停車してしまった。

「アッ、いけない、とめてくれたまえ」

明智が運転手に命じて、ブレーキをかけさせているうちに、相手の車は、グルッと方向転換をしたかと思うと、こちらに向かって引き返してくる。

見ると、その風よけガラスに「空車」という赤い標示が出ている。いつのまにか、後部の客席はからっぽになっていた。

何を考えるひまもなく、怪自動車はもう眼の前にいた。のんきらしく警笛を鳴らしながら、ゆっくりとすれちがって行く。

明智は一尺の近さで、相手の車の内部を、くまなく見て取ることができた。確かに空車だ。ついさっきまで見えていた女の姿は、影も形もなかった。

運転手は明らかに賊の手下、車も賊のものにちがいないのに、その筋の疑いを防ぐためにか、何喰《く》わぬ顔をして、空タクシーをよそおっているのだ。

この運転手を引っ捕えてみようか。いや、そいつは事こわしだ。「黒トカゲ」を探し出さなければならない。そして、あくまであいつの本拠をつきとめなければならない。

だが、それにしても、女賊は一体全体どこへ隠れてしまったのであろう。あの車が橋の袂で停車した時には、だれも降りたものはなかった。そこは明かるい街灯の下なのだから、見のがすはずはない。また、ついさいぜんまで、河岸縁《かしぶち》へ車が曲がるまでは、あの女は確かに車内にいた。

すると、賊はその角から橋の袂までのわずか半町ほどの暗闇を利用して、車を徐行させたまま飛び降り、どこかへ姿を隠したものであろうか。どこかへとて、片側はビッシリ立ち並んだ商家が、大戸をしめて静まり返っているのだし、片側は黒い水の流れる運河なのだ。明智は車を降りて、その疑わしい半町ほどを一往復して入念にしらべてみたけれど、どこの隅っこにも、人間はおろか犬の子さえも見当たらなかった。

「へんですね。まさかこの河の中へ飛びこんだのじゃありますまいね」

元の場所に帰ってくると、運転手がとんきょうなことをいった。

「ウン、河へね。そうかもしれない」

明智は言いながら、そこの荷揚場の下の闇にもやってある、一艘《そう》の大きな和船を見つめていた。

船上には人影もないけれど、艫《とも》の舷側《げんそく》の油障子に、ランプの灯影が赤くさしている。あの中には船頭の一家族が住んでいるはずだ。見れば、歩みの板もまだ渡したままになっている。もしや、もしや、あの赤い油障子の蔭《かげ》に、あの女、女賊「黒トカゲ」は、息を殺して身をひそめているのではあるまいか。

実に途方もない想像であった。だが、そのほかに女賊の逃げ道は全くなかったのだ。それに「黒トカゲ」の場合にかぎっては、常識は禁物だ。できるだけ突拍子もないことを考えると、それがちゃんと当たっているのだ。

「君ね、少し頼まれてくれないか」

明智は一枚の紙幣をにぎらせながら、ソッと運転手の耳元にささやいた。

「あの船の明かりがついている障子があるだろう。一度ヘッド・ライトを消してね、今度スイッチを入れた時には、ちょうどあの障子のあたりを照らすように、自動車の向きをかえてくれたまえ。それから、こいつは少しむずかしい注文だが、君に悲鳴をあげてもらいたいんだ。助けてくれっといってね。できるだけ大きな声を出すんだ。そして、ヘッド・ライトをパッとつけてほしいんだがね。できるかい」

「へえ、妙な芸当を演じるんですね……ああ、そうですかい。わかりました。よござんす。やってみましょう」

お札が物をいって、運転手はたちまち承諾した。ヘッド・ライトが消えた。車は静かに向きをかえた。

　職工姿の明智は、その辺に落ちていた大きな石ころを両手に拾い上げると、ダラダラ坂の荷揚場を、河岸へと降りていく。

「助けてくれえっ、ワーッ、助けてくれえっ！」

　突如として起こる運転手の金切声。今にも殺されそうな、真にせまった叫喚。

　と、同時に、ドブンという恐ろしい水音。明智が石ころを水中に落としたのだ。音だけを聞けば、だれかが川へ飛びこんだとしか思えない。

　予想した通り、この騒ぎに船の油障子がひらいた。そしてそこからヒョイとのぞいた顔。たちまちヘッド・ライトの直射にあって、びっくりして引っこんだ顔。明智は見のがさなかった。「黒トカゲ」だ。おかみさんに化けた「黒トカゲ」だ。

　むろん先方からは、明智の姿は見えない。さいぜんからの尾行を気づいていないこともたしかだ。そうと知ったら、あの女が窓から顔を出したりするはずがないからだ。

　物音に驚いた商家の雇人たちが、ガラガラと大戸をひらいて往来へ飛び出してきた。

「なんだ、なんだ」

「喧嘩《けんか》じゃないか。やられたんじゃないか」

「へんな水の音がしたぜ」

　だが、その時分には、素早い運転手は、車の方向をかえて、もう半町も先を走っていた。

明智は明智で、闇の河岸縁を走って、橋の袂の公衆電話へ駈《か》けこんでいた。

敵は水を利用しようとしている。追跡はどこまでつづくかわかったものではない。味方の者に、あとのことを指図しておかなければならなかった。

怪談

その翌未明、大阪の川口を出帆した二百トンにも足らぬ小汽船があった。しあわせと風波のない航海日和、畳のような海原を、その船は見かけによらぬ快速力で、午後には紀伊半島の南端に達したが、どこへ寄港するでもなく、伊勢湾などは見向きもしないで、まっしぐらに、太平洋のただなかを、遠州灘《なだ》めがけて進んで行った。ちっぽけな船のくせに、大胆にも、遠洋航路の大汽船と同じコースを通っているのだ。

外見はなんのへんてつもないまっ黒な貨物船。だが、船内には貨物倉などは一つもなくて、ハッチを降りると、そとのみすぼらしさに引きかえて、驚くほど立派な船室が、ズラリと並んでいた。貨物船と見せかけた客船、いや客船というよりは、一つのぜいたくな住宅であった。

それらの船室のうちでも、船尾に近い一室は、広さといい、調度といい、きわだって立派やかに飾られていた。おそらくはこの船の持ち主の居間にちがいない。

敷きつめた高価なペルシャジュウタン、まっ白に塗った天井、船内とは思われぬ凝ったシャンデリヤ、飾り箪笥《だんす》、織物に覆われた丸テーブル、ソファ、幾つかのアームチェア。

その中に、一つだけ模様の違う長椅子が、居候といった恰好《かっこう》で、部屋の調和を破って、一方の隅にすえてある。

おや、この長椅子はどっかで見かけたように思うが……ああ、そうだ。かぎ裂きをつくろったあとがある。確かにあれだ。三日以前、岩瀬氏の応接間から、お嬢さんの早苗さんをとじこめてかつぎ出された、あの長椅子だ。それが、どうしてこんな船の中などにおいてあるのだろう。

はて、ここにこの長椅子があるからには、もしかしたら……いやいや、もしかしたらではない。われわれは長椅子ばかりに気を取られ、それに腰かけている一人物を、つい観察しないでいたが、その人物こそ……つやつやと光るまっ黒な絹の洋装、耳たぶにも、胸にも、指にも、キラキラとかがやく宝石装身具、一種異様の凄味《すごみ》を帯びた美貌《びぼう》、黒絹の衣裳《いしょう》のそとまで透いて見える豊満な肉体、これを見忘れてよいものか、黒トカゲだ。つい一昼夜以前、明智探偵に尾行されているとも知らず、大型和船の油障子のなかへ姿をかくした、女賊「黒トカゲ」だ。

女賊をかくまったあの和船は、夜のうちに枝川から大川へと漕《こ》ぎ下り、川口に碇泊《ていはく》していたこの本船へ「黒トカゲ」を乗り移らせたものであろう。

では、この小汽船は一体どうした船かしら。普通の商船なれば、女泥棒なぞが、その一ばん上等の船室を、我物顔にふるまっているわけがない。ひょっとしたら、これは「黒トカゲ」自身の持ち船なのではあるまいか。

そうだとすれば、ここに例の「人間椅子」があるわけもわかってくる。そして、「人間椅子」があるからには、その中にとじこめられていた早苗さんも、今はこの船内のどこかに監禁されているのではないだろうか。

それはともかく、われわれは眼を転じて、次の部屋の入り口を眺めなければならない。そこにまた、別の一人物が立ちはだかっていたからだ。

金モールの徽章《きしょう》のついた船員帽、黒い縁とりの詰襟服、普通の商船なれば、事務長といった風体の男である。だがこの男も、どっかで見かけたような気がする。ひしゃげた鼻、頑丈な骨格、まるで拳闘《けんとう》選手みたいな男だが……ああ、わかった、あいつだ。東京のKホテルで、山川博士に化けて早苗さんを誘拐した、拳闘不良青年、「黒トカゲ」に命をささげた子分の一人、雨宮潤一、潤ちゃんの変装姿であった。

「まあ、あんたまで、そんなこと気にかけているの。いやだわねえ。男のくせにお化けが怖くって？」

「黒トカゲ」は、例の長椅子にゆったりともたれて、美しい顔でせせら笑って見せた。

「気味がわるいのですよ。なんだかへんなぐあいですからね。それに、船のやつらは、揃いも揃って迷信家ときている。あんただって、あいつらが物蔭でボソボソささやいているのを聞いたら、きっといやな気がしますぜ」

船の動揺によろよろとよろけながら、潤ちゃんの事務長はさも無気味そうな顔をする。

室内には、シャンデリヤがあかあかとついているけれど、鉄板の壁一重そとは、とっぷりと日が暮れて、見渡すかぎり黒い水、黒い空、静かだとはいっても、山のようなうねりが、間をおいては押し寄せてくる、そのたびごとに、あわれな小船は、無限の暗闇にただよう一枚の落葉のように、たよりなくゆれているのだ。

「一体どんなことがあったっていうの？　くわしく話してごらんなさい。そのお化けをだれが見たの？」

「だれも姿を見たものはありません。しかし、そいつの声は、北村と合田《あいだ》の二人が、別々の時間に、たしかに聞いたっていうんです。一人ならともかく、二人まで、同じ声に出っくわしたんですからね」

「どこで？」

「例のお客さんの部屋です」

「まあ、早苗さんの部屋で」

「そうですよ。きょうお昼頃に、北村がドアの前を通りかかると、部屋の中で、ボソボソ物をいっているやつがあったんです。あんたも僕も、みんな食堂にいた時ですよ。早苗さんは例の猿ぐつわをはめてあるんだから、物をいうはずはない。ひょっとしたら水夫か何かがいたずらをしているんじゃないかと思って、ドアをあけようとすると、そとから錠がかかったままになっている。北村はへんに思って、大急ぎで鍵《かぎ》を取ってきて、ドアをあけて見たというのです」

「猿ぐつわがとれていたんじゃない？　そして、あのお嬢さん、また呪いの言葉でもつぶやいていたんじゃない？」

「ところが、猿ぐつわはちゃんとはめてあったのです。両手を縛った縄もべつにゆるんでなんかいなかったのです。むろん部屋の中には、早苗さんのほかにだれもいやあしない。北村はそれを見て、なんだかゾーッとしたって言います」

「早苗さんに尋ねてみたんだろうね」

「ええ、猿ぐつわを取ってやって、尋ねてみると、かえって先方がびっくりして、少しも知らないと答えたそうです」

「へんな話ね。ほんとうかしら」

「僕もそう思った。北村の耳がどうかしていたのだと、軽く考えて、そのままにしておいたのです。ところが、つい一時間ほどまえ、妙なことに、今度も、みんなが食堂にいたあいだの出来事ですが、合田がまた、その声を聞いちゃったんです。合田も鍵を取ってきて、ドアをあけて見たといいます。すると、北村の場合と全く同じで、早苗さんのほかには人の影もなく、猿ぐつわにも別状はなかったそうです。この二度の奇妙な出来事が、いつとなく船員に知れ渡って、先生たちお得意の怪談ばなしができあがっちまったというわけですよ」

「どんなことをいっているの？」

「みんなうしろ暗い罪を背負っている連中ですからね。人殺しの前科者だって二人や三人じゃありませんからね。怨霊《おんりょう》というようなものを感じるのですよ。この船には死霊がたたっているんだなんていわれると、僕にしたってなんだかいやあな気持になりますぜ」

また一つ、大きなうねりが押し寄せて、ゴーッという異様な音を立てながら、船体を高く高く浮き上がらせたかと思うと、やがて、果て知れぬ奈落《ならく》へと沈めて行く。ちょうどその時、発電機に故障でもあったのか、シャンデリヤの光が、スーッと赤茶けていって、何かの合図でもあるかのように、薄気味のわるい明滅をはじめた。

「いやな晩ですね」

潤一青年が、おびえた眼で息つく電灯を見つめながら、さも無気味らしくつぶやいた。

「大きな男のくせして、弱虫ねえ。ホホホホホ」

黒衣婦人の笑い声が、壁の鉄板にこだまして、異様に響き渡った。

すると、その時、まるで彼女の笑い声の余韻でもあるように、ソーッとドアをあけてはいってきた白いものがあった。白の大黒頭巾《ずきん》、白の詰襟服、白のエプロン、大黒さまのように肥《ふと》った顔が、異様に緊張している。この船のコックである。

「ああ、君か。どうしたんだ。びっくりさせるじゃないか」

潤一青年が叱ると、コックは低い声で、さも一大事のように報告した。

「またへんなことがおっぱじまりそうですぜ。化物のやつ炊事室にまで忍びこんできやあがる。鶏が丸のまま一羽見えなくなっちまったんです」

「鶏って？」

黒衣婦人が不審そうにたずねる。

「なあに、生きちゃいねえんです。毛をむしって、丸ゆでにしたやつが、七羽ばかり戸棚の中にぶら下げてあったのですが、昼食の料理をする時には、たしかに七つあったやつが、今見ると、一羽足りなくなっているんです。六羽しきゃねえんです」

「夕食には鶏は出なかったわね」

「ええ、だからおかしいんです。この船には、一人だって食いものにガツガツしている者はいねえんですからね。お化けでもなけりゃあんなものを盗むやつはありゃしませんぜ」

「思い違いじゃないの」

「そんなこたアありません。あっしはこれでごく物覚えがいい方ですからね」

「へんだわねえ、潤ちゃん、みんなで手分けして船の中をしらべて見てはどう？　ひょっとしたら何かいるのかもしれない」

女賊とても、かさなる怪事に妙な不安を感じないではいられなかった。

「ええ、僕もそうしてみようと思っているのです。死霊にもせよ、生霊にもせよ、物をいったり、食いものを盗んだりするところをみると、何か形のあるやつにちがいないですからね。厳重にしらべたら、化物の正体を見届けることができるかもしれません」

そこで潤一事務長は、船内の捜索を命ずるために、そそくさと部屋を出て行った。

「ああ、それから、美しいお客さんのことづけがあったんですがね」

コックが思い出して、女首領に報告した。

「え、早苗さんがかい」

「そうですよ。つい今しがた、食事を持って行ったんですがね。縄を解いて猿ぐつわをはずしてやると、あの娘さんきょうはどうしたことか、さもおいしそうに、すっかり御《ご》馳走《ちそう》を平らげちゃいましたよ。そして、もうあばれたり、叫んだりしないから、縛らないでくれっていうんです」

「素直にするっていうの？」

黒衣婦人は意外らしく聞き返す。

「ええ、そういうんです。すっかり考えなおしたからって、とてもほがらかなんです。きのうまでのあの娘さんとは思えないほどの変り方ですぜ」

「おかしいわね。じゃ、あの人を一度ここへ連れてくるように、北村にいってくれない」

コックが旨を領して退出すると、間もなく、縛《いまし》めを解かれた早苗さんが、北村という船員に手をとられてはいってきた。

恐ろしき謎

早苗さんはひどくやつれていた。誘拐されたままの銘仙の不断着が、クチャクチャにしわになって、髪もみだれるにまかせ、おびただしいおくれ毛が、青白い額をかくし、頬もげっそり落ちて、ひとしお高く見える鼻の上に、つるのゆがんだ目がねが、みすぼらしくかかっている。

「早苗さん、お気分はいかが？　そんな所に立っていないで、ここへお掛けなさいな」

黒衣婦人が、自分の長椅子を指さしながら、やさしく言った。

「ええ」

早苗はいわれるままに、素直に二、三歩前に出たが、黒衣婦人の掛けているその長椅子をはっきり意識すると、幽霊でも見たように、ハッと恐怖の表情を浮かべて、あとじさりをはじめた。

人間椅子、人間椅子。三日前に、この中へとじこめられた恐ろしい記憶が、まざまざと浮かんでくる。

「ああ、これなの。この椅子が怖いの？　無理はないわね。じゃ、そちらの肘掛《ひじかけ》椅子にするといいわ」

早苗さんは、いわれた椅子におずおずと腰をおろした。

「あんなに、あばれたりなんかして、すみませんでした。もうこれから、なんでもおっしゃる通りにいたしますわ。ごめんなさい」

うなだれたまま、かすかに詫《わ》びごとをいうのだ。

「とうとう、あなた観念なすったのね。それがいいわ。もうこうなったら、素直にしているほうが、あなたのおためなのよ……でも不思議ねえ、きのうまであれほど反抗していた早苗さんが、急に、こんなにおとなしくなるなんて、何かあるの？ 何かわけがあるの？」

「いいえ、別に……」

女賊は鋭い眼で、うなだれている相手を、刺すように見つめながら、次の質問に移った。

「北村と合田から聞いたんですがね。あなたの部屋で人の声がしたっていうのよ。だれかあなたの部屋へはいった者があるんじゃないの？ ほんとうのことをいってくださらない？」

「いいえ、あたしちっとも気がつきませんでしたわ。何も聞きませんでしたわ」

「早苗さん、うそいってるんじゃないの？」

「いいえ、決して……」

「……………」

「黒トカゲ」は早苗さんをじっと見つめたまま、何か考えこんでいる。異様な沈黙がしばらくつづく。

「あの、この船、どこへ行きますの？」

やっとしてから、早苗さんが、おずおずと尋ねた。

「この船？」女賊はハッと冥想《めいそう》からさめたように、「この船の行く先、教えて上げましょうか。あたしたちは今、遠州灘《なだ》を東京に向かって走っているのよ。東京にはね、或《あ》る秘密の場所に、あたしの私設美術館がありますの。ホホホホホ、早苗さんにお眼にかけたいわね。それがどんなにすばらしい美術館だか……そこへ、あなたと『エジプトの星』を陳列するために、こうして急いでいるのよ」

「…………」

「汽車に乗れば、そりゃ早いにきまっているけれど、あなたという生きたお荷物があっては、あぶなくって陸路をとることができなかったのよ。船なれば、少し遅いけれど、まったく安全ですからね。早苗さん、これあたしの持ち船なのよ。『黒トカゲ』のお姐《ねえ》さんは、ちゃんと蒸汽船まで用意しているのさ。驚いたでしょう。でも、あたしだって、こんな船の一艘《そう》ぐらい自由にする資力はあるのよ。あたしたち、陸路をとれない時は、いつもこの船を利用していますの。こういううまい道具がなくっちゃ、その筋の眼を、長いあいだのがれていることなんぞ、思いもおよばないわね」

「でも、あたし……」

早苗さんが、何かしら強情な様子をして、上眼使いにチラと黒衣婦人を見た。

「でも、どうだとおっしゃるの？」

「あたし、そんな所へ行くの、いやですわ」

「そりゃ、あたしだって、あんたがすき好んで行くなんて思ってやしない。いやでしょうけど、あたしはつれて行くのよ」

「いいえ、あたし、行きません、決して……」

「まあ、大へん自信がありそうね。あんたはこの船から逃げ出せるとでも思っているの？」

「あたし信じていますわ。きっと救ってくださいますわ。あたしちっとも怖くはありませんわ」

この確信に満ちた声を聞くと、黒衣婦人は何かしらギョッとしないではいられなかった。

「信じているって、だれをなの？　だれがあんたを救ってくれるの？」

「おわかりになりません？」

早苗さんの口調には、解きがたき謎と、不思議に強い確信がふくまれていた。かよわいお嬢さんを、これほど強くさせたものは、一体全体何者の力であったか。

もしや、もしや……黒衣婦人はみるみる青ざめて行った。

「ええ、わからないこともありませんわ。言ってみましょうか……明智小五郎！」

「まあ……」

早苗さんは虚を衝かれたように、かえって狼狽《ろうばい》を感じた様子であった。

「ね、当たったでしょう。あなたの部屋でこっそりあなたをなぐさめてくれた人。みんなはお化けだなんて言っているけれど、お化けが物をいうはずはない。明智小五郎でしょう。あの探偵さんがあんたを助けてやると約束したんでしょう」

「いいえ、そんなこと」

「ごまかしたってだめよ。さあ、もうあんたから聞くことは、何もないわ」

黒衣婦人は物凄《ものすご》い形相をして、スックと立ち上がった。

「北村、この娘を元の通り縛って、猿ぐつわをはめて、あの部屋へとじこめておしまい。そして、お前もその部屋へはいって、内側から鍵《かぎ》をかけて、もういいというまで見張りをしているんです。ピストルの用意はいいだろうね。どんなことがあっても、逃がしたりしたら、承知しないよ」

「よござんす。たしかに引き受けました」

北村が早苗さんを引きずるようにしてつれ去るあとから、「黒トカゲ」もあわただしく廊下へ飛び出して行ったが、ちょうどそこへ、船内の捜索を終った潤一事務長が帰ってくるのとぶっつかった。

「あ、潤ちゃん、お化けの正体はね、明智探偵なのよ。明智が、どうかしてこの船の中に潜伏しているらしいのよ。さ、もう一度、探させてください。早く」

そこでまた、船内の大捜索が行なわれた。十名の船員が手分けをして、懐中電灯を振り照らしながら、甲板、船室、機関部は申すに及ばず、通風筒の中から、貯炭室の底までもしらべ廻《まわ》った。だが、それらしい人影はもちろん、これぞという手がかりさえも得られなかった。

水葬礼

黒衣婦人は、空しくもとの船室に引きあげて、例の長椅子にグッタリとなったまま、この解きがたい謎を解こうとして、長いあいだ冥想にふけっていた。

これらの出来事には関係なく、機関は絶え間なく活動し、船は暗闇の空と水の中を、全速力で、東に向かって進んでいた。

船全体を、小きざみに震動させる機関の響き、ひっきりなしに船べりをうつ波濤《はとう》の音、ふと忘れている頃に襲いかかる大うねりの、すさまじい動揺。

「黒トカゲ」は、長椅子の一方の腕にもたれて、何か怖いものでも見るように、その長椅子の表面のかぎ裂きのあとを見つめていた。

振りはらっても振りはらっても、湧き上がってくる恐ろしい疑惑をどうすることもできなかった。もうそのほかに考えようがないではないか。あらゆる隅々を探しつくしたのだ。たった一つ残っているのは、人々の盲点にかかったように、捜索を忘れられている、この長椅子のなかであった。

心をすますと、機関の震動とは別の、かすかな、かすかな鼓動が、クッションの下から、彼女の皮膚に伝わってくるように感じられた。人間の心臓が脈打っているのだ。椅子の中にひそんでいるだれかの鼓動が聞こえてくるのだ。

彼女はまっ青になって、歯を喰《く》いしばって、今にも逃げ出したい衝動をじっとおさえていた。

だが、そうしてじっとしているうちに、椅子の中から伝わってくる鼓動は、刻一刻その振幅を増して行くように思われた。彼女にはもう、波の音も機関の響きも聞こえなかった。ただ、お尻《しり》の下の、えたいの知れぬ鼓動だけが、まるで太鼓の音のように、異様に拡大されて鳴り響いた。

もう我慢ができなかった。逃げるもんか、だれが逃げるもんか。たとえあいつがこの中にひそんでいたとしても、袋の中の鼠じゃないか。恐れることはない、ちっとも恐れることとなんかありゃしない。

「明智さん、明智さん」

彼女は思い切って、大声に呼びながら、長椅子のクッションをコツコツと叩《たた》いた。

すると、ああ、はたして、椅子の中から、陰にこもった声が答えたのだ。

「僕は影法師のように、君の身辺をはなれないのだよ。君の作ったからくり仕掛けが、大へん役に立ったぜ」

地の底からのように、或《あ》るいは壁の中からのように響いてくる。その陰気な声が、黒衣婦人を思わず身ぶるいさせた。

「明智さん、怖くはないのですか。ここはあたしの味方ばかりですよ。警察の手のとどかない海の上ですよ。怖くはないのですか」

「怖がっているのは、君の方じゃないのかい……フフフフフフ」

まあ、なんて気味のわるい笑い方をするんだろう。椅子から出ようともしないで、平気でいる。奥底の知れない男だ。

「怖くはないけど、感心しているのよ。あなたに、どうしてこの船がわかりましたの」

「船は知らなかったけれど、君のそばにくっついていたら、自然とここへくることになったのだよ」

「あたしのそばに？　わかりませんわ」

「通天閣の上から君に尾行することのできた男は、たった一人しかなかったはずだぜ」

「まあ、そうだったの？　すてきだわ。ほめてあげますわ。売店の主人が明智小五郎だったのね。あたし、なんて間抜けだったのでしょう。あの繃帯《ほうたい》を中耳炎といわれて信用してしまうなんて、おかしかったでしょうね」

黒衣婦人は一種異様の感動にうたれ、彼女のお尻の下に横たわっている人物が、敵ではなく恋人ででもあるような、奇妙な錯覚を感じていた。

「ウン、まあね。ばかすつもりでばかされていた君の様子は、少しばかり愉快でないこともなかったね」

世にも不思議な会話が、ここまで運ばれた時、突然ドアがひらいて、事務長姿の雨宮潤一がはいってきた。彼は室内の異様な話し声に不審をいだいたのだ。

「黒トカゲ」は相手が物をいわぬうちに、素早く唇に指を当てて合図をした。そして潤一青年をソッと手招きすると、そばの卓にあったハンド・バッグから鉛筆と手帳を取り出して、口ではなにげなく明智に話しかけながら、手はいそがしく手帳の上を走った。

（手帳の文字）コノイスノ中ニ明智タンテイガイル。

「それじゃもしや、S橋の河岸で、妙な叫び声を立てたり水音をさせたりしたのも、あんたの仕草じゃなかったの？」

（手帳の文字）ハヤクミンナヲ呼べ。丈夫ナ縄ヲモッテコイ。

「お察しの通りだよ。あの時君が油障子から顔を出しさえしなければ、こんなことにはならなかったかもしれないぜ」

「やっぱりそうだったの。で、それから、どうして尾行なすったの？」

この会話のうちに、潤一青年は、ぬき足さし足、室外に立ち去った。

「自転車を借りてね、君の船を見失わぬように、河岸から河岸と、陸上を尾行して行ったのさ。そして、夜のふけるのを待って、小舟を頼んでこの本船に漕ぎつけ、暗闇の中で曲芸のようなまねをして、やっと甲板の上まで登りついたのだよ」

「でも、甲板には見張りの者がいたでしょう」

「いたよ。だから、船室へ降りるのにひどく手間取ってしまった。それから、早苗さんの監禁されている部屋を見つけるのが大へんだった。やっと見つかったかと思うと、ハハハハハ、ざまを見ろ、船はもう出帆していたんだ」

「どうして早く逃げ出さなかったの？　こんな所にかくれていたら、見つかるにきまっているじゃありませんか」

「ブルブルブル、この寒さに水の中はごめんだ。僕はそんなに泳ぎがうまくないんだ。それよりは、この暖かいクッションの下に寝ころんでいた方が、どんなにか楽だからね」

実にへんてこな会話であった。一人は椅子の中の闇に横たわっているのだ。一人はそのからだの上に、クッションをへだてて腰かけているのだ。お互いに体温を感じ合わぬばかりである。しかもこの二人はうらみかさなる仇敵《きゅうてき》。すきもあらば敵の喉笛《のどぶえ》に飛びかからんとする二匹の猛虎《もうこ》。そのくせ、言葉だけは異様にやさしく、まるで夫と妻の寝物語のようであった。

「ねえ君、僕は夕食からずっとここに寝ているので、あきあきしてしまったよ。それに、君の美しい顔も見たくなった。ここから出てもいいかい」

いかなる神算鬼謀があるのか、明智はますます大胆不敵である。

「シッ、いけません。そこを出ちゃいけません。男たちに見つかったら、あなたの命がありません。もう少しじっとしていらっしゃい」

「ヘエー、君は僕をかばってくれるのかい」

「ええ、好敵手を失いたくないのよ」

そこへ、潤一青年を先頭に、五人の船員が、長いロープを持って、音をたてぬように注意しながらはいってきた。

(手帳の文字)明智ヲイスノ中ニトジコメタママ、ソトカラ縄ヲマキツケテ、イスゴト甲板カラ海ヘナゲコンデシマエ。

男たちは無言の命令にしたがって、長椅子の端から、ソッと縄を巻きはじめた。黒衣婦人はニヤリと笑いながら、作業の邪魔にならぬよう、椅子を立ち上がった。

「おい、どうしたんだい。だれかきたのかい」

それとも知らぬ明智は、椅子のそとの異様なけはいに、お人好《ひとよ》しな不審をいだいている。

「ええ、今ロープを巻いているのよ」

やがて、縄はほとんど椅子全体にまきつけられてしまった。

「ロープだって？」

「ええそうよ。名探偵を簀巻《すま》きにしているところよ。ホホホホホ」

今や「黒トカゲ」は悪魔の本性を暴露した。彼女は一匹の黒い鬼の形相で立ちはだかると、女性とは思われぬ烈しい口調で指図を与えた。

「さあ、みんな、その椅子をかつぐんだ。そして甲板へ……」

六人の男が、苦もなく簀巻きの長椅子をかつぎ上げると、ドタドタと廊下から階段へ急いだ。椅子の中では、可哀そうな探偵が、網にかかった魚のように、ピチピチと身もだえしているのが感じられた。

甲板の上は星一つない闇夜であった。空も水もただ一面の黒暗々。その中に、スクリューで泡立てられた夜光虫の燐光《りんこう》が、一条の帯となって、異様に白々と長い尾を引いていた。

六人の黒法師が、棺桶《かんおけ》のような長椅子をかついだまま、船べりに立った。

「一チ、二ッ、三ン」

掛け声もろとも舷側《げんそく》をすべる黒い影。ドブンとあがる燐光の水けむり。ああ、名探偵明智小五郎はついに、あまりにもあっけなく、太平洋の藻屑《もくず》と消え去ったのであった。

地底の宝庫

明智を包んだ長椅子は、一瞬間、船尾に泡立つ燐光の中に、生あるもののごとくグルグルと廻転《かいてん》していたが、たちまちにして、その黒い影は水面下に没してしまった。

「水葬礼ってやつですね。これでわれわれの邪魔者がなくなった。だが、あの元気な明智先生が、もろくも海底のもくずと消えたかと思うと、ねえマダム、ちっとばかり可哀そうでないこともありませんね」

雨宮潤一が「黒トカゲ」の顔をのぞきこむようにして、憎まれ口をきいた。

「いいから、お前たちは早く下へ降りておしまい」

黒衣婦人は、叱りつけるようにいって、男たちを船室へ追いやると、たった一人、艫《とも》の欄干にもたれかかって、いま長椅子を呑《の》んだ水面を、じっと見おろしていた。

同じリズムをくり返すスクリューの音、同じ形に流れ去る波頭、湧き立つ夜光虫の燐光。船が走るのか水が流れるのか。そこには永劫《えいごう》かわることなき律動が、無神経に反覆されているばかりであった。

黒衣婦人は、寒い夜の風の中に、ほとんど三十分ほどのあいだも、身動きさえしないで立ちつくしていた。それから、やっと船室へ降りてきた時、そこの明かるい電灯に照らし出された彼女の顔は、恐ろしく青ざめていた。頰には涙のあとがまざまざと残っていた。

一度自分の船室へはいったけれど、彼女はそこにもいたたまれぬように、また廊下に出て、早苗さんの監禁されている部屋へ、フラフラと歩いて行った。

ノックすると、北村という船員が、ドアをあけて顔を出した。

「お前は少しあっちへ行っておいで、早苗さんはあたしが見ているから」

北村をしりぞかせて、彼女は部屋のなかへはいって行った。

かわいそうな早苗さんは、うしろ手に縛り上げられ、猿ぐつわをはめられて、部屋の隅に倒れていた。「黒トカゲ」はその猿ぐつわを解いてやって、声をかけた。

「早苗さん、あなたにお知らせしなければならないことがあるのよ。大へん悪いこと。あなたがきっと泣き出すことよ」

早苗さんは起きあがって、敵意に満ちた眼で女賊をにらみつけたまま返事をしなかった。

「どんなことだか、あなた、わかって？」

「………」

「ホホホホホ、明智小五郎、あんたの守護神の明智小五郎が、死んじまったのよ。あの長椅子の中へはいったまま、簀巻きにされて、海んなかへ沈められてしまったのよ。たった今、たった今、甲板からドブンと水葬礼にされちゃったのよ。ホホホホホ」

早苗さんはギョッとして、ヒステリイみたいに笑っている黒衣婦人の顔を見つめた。

「それ、ほんとうですの？」

「うそにあたしがこんなに喜ぶと思って？　あたしの顔をごらんなさい。嬉《うれ》しくってしようがないんですもの。でも、あんたはさぞガッカリしたでしょうね。たった一人の味方が、頼みの綱が、切れてしまったのだから。もう、あんたを救ってくれる人は、広い世界にだあれもいないのよ。未来永劫あたしの美術館にとじこめられたまま、二度と日の目を拝むことはできやしないのよ」

相手の顔色を読み、その言葉を聞いているうちに、この凶報が決してうそでないことが、早苗さんにもわかってきた。そして、名探偵の死が彼女にとって何を意味するかということを、ハッキリ理解した。

絶望だ。明智への信頼が強かったのに反比例して、その絶望はみじめであった。彼女は今や、恐ろしい敵の真ん中に、たった一人ぼっちでいることを、強く意識した。

少しのあいだ、唇をかみしめて、じっとこらえていたが、とうとう我慢がしきれなくなった。彼女は両手をうしろに縛られたまま、膝《ひざ》の上にうなだれて、顔をかくすようにして、シクシクと泣きはじめた。膝の上に熱い涙がひっきりなしにしたたり落ちた。

「およしなさい。泣くなんてみっともないわ。意気地なし、意気地なし」

「黒トカゲ」はそれを見て、妙に甲高い声で叱ったが、彼女もいつの間にか早苗さんのそばにくず折れていた。そしてこの妖婦《ようふ》の頬にも、止めどもない涙が流れていた。無二の好敵手を失ったさびしさか、それとも何かもっと別の理由があったのか、女賊はいとも不思議な悲しみに、うちひしがれていた。

いつのほどにか、誘拐するものとされるもの、「黒トカゲ」とその餌食《えじき》、敵同士《かたき》の二人が、まるで仲のよい姉妹のように手を取り合って泣いていた。悲しみの意味はそれぞれ違っていたけれど、悲しみの深さや激しさは、少しも変りがないように見えた。

黒衣婦人は、五つ六つの子供のようにワアワアと声を上げて泣いた。すると、早苗さんも誘われて、同じように手ばなしで泣きはじめた。なんという意外な、非常識な光景であったろう。今彼女らは二人のいたいけな幼女でしかなかった。それとも、二人の無邪気な野蛮人でしかなかった。あらゆる理知も感情も、まったく影をひそめて、ただ悲痛の感情だけが、痛々しいまでに露出していた。

この不思議な悲しみの合唱は、エンジンの単調な響きともつれ合って、いつまでも、いつまでもつづいた。泣きに泣いて、女賊の胸に日頃の邪悪が眼ざめるまで、早苗さんの心に敵愾心《てきがいしん》が湧きあがるまで。

その翌日の夕ぐれ、汽船は東京湾にはいって、Tという埋立地の海岸近くに錨《いかり》をおろした。闇の深くなるのを待ってボートがおろされ、数人の人々がそれにのって、人眼のない埋立地の一角に漕《こ》ぎつけた。

三人の漕ぎ手をボートに残して、上陸したのは黒衣婦人と、早苗さんと、雨宮潤一青年であった。早苗さんは両手を縛られたまま猿ぐつわをはめられた上、厚い布で眼かくしまでされている。いよいよ「黒トカゲ」の巣窟《そうくつ》に近づいたので、その路順《みちじゅん》をさとられない用心であろう。雨宮青年は、船員服をぬいで口ひげと頬ひげに顔をかくし、カーキ色の職工服、見たところ機械工場の職工長といったかっこうである。

T埋立地は広々とした工場街で、住宅はほとんどなく工業界不振時代のその頃には、夜業をいとなむ工場など皆無であったから、夜はまばらに立った青白い街灯のほかには灯火も見えず、廃墟《はいきょ》のような場所であった。

三人は、海岸につづく広い草原を横ぎり、工場街の道路を、グルグルと廻《まわ》りあるいた末、とある一《ひ》と構えの廃工場へとはいって行った。

塀は破れ、門柱はかたむき、門内には雑草がボウボウと生え茂った、化物屋敷めいたあき工場だ。むろん灯火などは一つもないので、黒衣婦人は用意の懐中電灯を点じて、ソッと地上を照らしながら、雑草をふみしだいて先に立つ。そのあとから、眼かくしされた早苗さんの背中を抱くようにして、職工服の雨宮青年がしたがって行く。

門から五、六間行くと、大きな木造の建物がある。懐中電灯がその建物の側面をスーとなでるように通り過ぎた。たくさんのガラス窓。だが、そのガラスはみな破れ落ちて、満足なのは一つもない。黒衣婦人は建物の破れ戸をガタピシひらいて、クモの巣だらけの内部へとはいって行く。

懐中電灯が、こわされた機械類、天井を這《は》うさびたシャフト、動輪、ちぎれたベルトなどを、次々とかすめて、最後にとまったのは、建物の一隅、監督者の事務室とおぼしき小部屋であった。

三人はそこの破れたガラス戸をひらいて、板ばりの床にあがった。

「トントン、トントントン、トントン……」

黒衣婦人の靴の踵《かかと》が調子をつけて床を蹴《け》る。まさかありふれたモールス信号ではあるまい。だが、何かの信号には違いなかった。その靴音が止むか止まぬに、懐中電灯の丸い光の中の床板が、方三尺ほど、音もなくスーッと横にひらいて、その下からコンクリートの地面が現われたが、驚いたことには、地面そのものが、蔵の戸前のような厚ぼったいドアになっていて、それが下方に落ちると、ポッカリと、地下道の黒い口がひらいた。

「マダム？」

地の底から誰何の低い声がひびく。

「ああ、きょうは大切なお客をつれてきたのよ」

あとは無言のうちに、早苗さんの背中を抱いた雨宮青年が、地下道の階段を、注意しながら、一段一段と降りて行く。つづいて黒衣婦人の姿も地底に消えると、コンクリートのかくし戸も、床板も、もとどおり閉じられて、あとはまた、何ごともなかったような暗闇の廃工場であった。

恐怖美術館

早苗さんは、本船からボートに乗り移る際に、厳重な眼かくしをされたままであったから、ボートがどこへ着いたのか、上陸してどこをどう歩いたのか、ここは地上なのか地下なのか、全く想像さえつかなかった。

「早苗さん、ずいぶん窮屈な思いをさせたわね。さあもういいのよ。潤ちゃん、すっかり自由にして上げるといいわ」

「黒トカゲ」の親切らしい声がしたかと思うと、猿ぐつわや両手の縄が順次にほどかれていって、眼界がパッと明かるくなった。長いあいだ暗い眼かくしに押さえつけられていた彼女の眼には、まぶしいほどの明かるさであった。

そこは、天井も床も、左右の壁も、コンクリートで固めた、長い曲がり曲がった廊下のような場所であった。天井からは、華美な切子ガラスのシャンデリヤが下がっていた。そのキラキラとまぶしい光に照らされて、左右の壁ぎわにズラリと並んだガラス張りの陳列台。その中には、あらゆる形状の宝石が、シャンデリヤの光を受けて、無数の星のようにきらめいていた。

早苗さんは、あまりの美しさ、豪華さに、捕われの身をも忘れて、思わずアッと感嘆の声を上げた。日頃宝石類はあきあきするほど見なれているはずの大宝石商の娘さんが、声を立てて驚いたのだ。そこに集まっていた宝石の質と量とがいかにすばらしいものであったかは、くだくだしく説くまでもないであろう。

「まあ感心してくれたのね。これあたしの美術館なのよ。いいえ、美術館のほんの入り口なのよ。どう？　あんたのお店の陳列とくらべて、まさか見おとりはしないでしょう。十何年のあいだ、命をかけて、智恵という智恵をしぼり、危険という危険をおかして、収集したんだもの、世界じゅうのどんな高貴のお方の宝石蔵にだって、これほどの数は集まっていないと思うわ」

黒衣婦人は誇らしげに説明しながら、大切そうに抱えたハンド・バッグをひらいて、例の大宝玉「エジプトの星」をおさめた銀製の小函《こばこ》を取り出した。

「あんたのお父さまには、ちっとばかりお気の毒だったけれど、これ、あたしの長いあいだの念願だったのよ。きょうこそ、それがこの美術館へおさまることになったのだわ」

パチンと小函の蓋《ふた》をひらくと、シャンデリヤの光を受けて、五色の焔《ほのお》と燃え立つ大宝石。「黒トカゲ」は、さも嬉《うれ》しげに、それを眺めていたが、やがてハンド・バッグから鍵束《かぎたば》を取り出し、一つの飾り台のガラス戸をひらき、銀器の蓋をひらいたまま、その大ダイヤモンドを中央に安置した。

「まあ、なんてすばらしいのでしょう。これであたしの美術館の名物が、一つ増えたってわけだわ。早苗さん、ありがとう」

皮肉をいったわけではないのだが、早苗さんに、どう答える言葉があろう。彼女は悲しげに眼を伏せたままだまっていた。

「さあ、ではもっと奥へ行きましょう。あんたに見せるものが、まだまだたくさんあるんだから」

それから、地底の廻廊《かいろう》を進むにつれて、古めかしい名画を懸け並べた一郭があるかと思うと、その隣には仏像の群、それから西洋ものの大理石像、由緒ありげな古代工芸品、まことに美術館の名にそむかぬ豊富な陳列品であった。

しかも、黒衣婦人の説明によれば、それらの美術工芸品の大半は、各地の博物館、美術館、貴族富豪の宝庫におさまっていた著名の品を、たくみな模造品とすりかえて、本物の方をこの地底美術館へおさめてあるのだという。

もしそれが事実とすれば、博物館は模造品を得々として展覧に供し、貴族富豪は模造品を伝来の家宝として珍蔵していることになる。しかも、所有者はもちろん、世間一般も、少しもこれを怪しまないとは、なんという驚くべきことであろう。

「でも、これでは、よくできた私設博物館というだけのことだわね。少し頭のはたらく、資力のある賊ならば、だれだってまねのできることだわ。あたしはこんなもので自慢しようなんて思っていやしない。早苗さんにぜひ見てもらいたいものは、まだこの先にあるのよ」

そして、彼女らが、廻廊の角を曲がると、そこには、これまでとは全く違った、不思議な光景がひらけていた。

おや、これは蠟《ろう》人形ではないか。だが、なんとよくできた蠟人形であろう。

一方の壁が、長さ三間ほど、ショウ・ウインドウのようなガラス張りになって、その中に、西洋人の女が一人、黒ン坊の男が一人、日本の青年と少女とが一人ずつ、つごう四人の男女が、全裸体で、ある者は立ちはだかり、ある者はうずくまり、あるものは寝そべっているのだ。

節くれ立った腕をくんで、仁王立ちになった、拳闘《けんとう》選手のような黒人。しゃがんだ膝《ひざ》の上に、両肘《ひじ》をもたせて、頬杖《ほおづえ》をついている金髪娘。長々とうつぶせに寝そべって、黒髪を肩のあたりにふさふさと波打たせ、重ねた腕に顎《あご》をのせて、じっとこちらを見つめている日本娘、円盤投げの姿勢でからだじゅうの筋肉を隆起させている日本青年。それらの男女はことごとく、容貌《ようぼう》といい肉体といい、比べるものもないほど、美しいのである。

「ホホホホホ、よくできた生き人形でしょう。でも、すこうしよくでき過ぎていはしなくって？　もっとガラスに近寄ってごらんなさい。ほら、この人たちのからだには、細かい産毛が生えているでしょう。産毛の生えた生き人形なんて、聞いたこともないわね」

早苗さんは、ふと好奇心をそそられて、そのガラス板に近づいた。彼女自身の運命の恐ろしさをも、つい忘れるほど、その人形たちには一種不思議な魅力があった。

まあ、ほんとうに産毛が生えているわ。それに、この肌の色、細かい細かいしわまでも、こんなに真にせまった蠟人形なんて、あるものかしら。

「早苗さん、これ、蠟人形だと思って？」

黒衣婦人が、薄気味のわるい微笑をふくんで、じらすようにたずねる。その言葉が、なぜか早苗さんをドキンとさせた。

「どことなく、人形とは違った、恐ろしいようなところがあるでしょう。早苗さんは、剝製《はくせい》の動物標本を見たことなくって？　ちょうどあんなふうに人間の美しい姿を、永久に保存する方法が発明されたら、すばらしいとは思わない？　それなのよ。あたしの部下のものが、その人間の剝製というものを考案したのよ。ここにいるのは、その人の試作品なの。まだ完全というところまではいっていないけれど、でも、蠟人形なんかのような死物ではありませんわ。生きているでしょう。中身はやっぱり蠟なのだけれど、皮膚と毛髪とは、ほんとうの人間なのよ。そこに人間の魂がつきまとっているんだわ。人間のにおいが残っているんだわ。すばらしくはなくって？　若い美しい人間を、そのまま剝製にして、生きていればだんだん失われて行ったにちがいないその美しさを、永遠に保っておくなんて、どんな博物館だって、まねもできなければ、思いつきもしないのだわ」

黒衣婦人は、われとわが言葉に昂奮《こうふん》して、いよいよ雄弁になって行った。

「さあ、こちらへいらっしゃい。この奥にはもっとすばらしいものが陳列してあるのよ。これはいくら真にせまっても、魂を持っていても、動くことはできないのだけれど、この奥には、ピチピチと動いているものがあるのよ」

みちびかれるままに、また一歩角を曲がると、今までの静的な風景とはガラリと変って、そこには、動く美術品が陳列されていた。

太い鉄棒の、獅子《しし》か虎の檻《おり》のようなものがあって、その中に、赤々と燃える電気ストーヴといっしょに、一人の人類がとじこめられているのだ。

それは日本人であったが、Tという映画俳優によく似た、二十四、五歳の水ぎわ立った美青年。それがスッキリと、均整のとれた肉体を丸はだかにされて、一匹の美しい野獣のように檻の中に入れられている。

彼はふさふさとした頭髪を、両手でかきむしるようにして、檻の中をイライラと歩き廻《まわ》っていたが、黒衣婦人の姿を見つけると、動物園の猿のように、鉄棒をゆすぶりながら、大声にわめき出すのであった。

「待て！　毒婦！　貴様はおれを気ちがいにしてしまう気か。いっそ早く殺してくれ。おれはもう一日も檻の中なんぞで、生きていたくはないんだ。コラ、ここをあけてくれ……」

彼は白い腕を鉄棒のあいだからニュッと突き出して、女賊の黒衣をつかもうとした。

「まあ、そんなに怒るもんじゃないわ。美しい顔が台なしじゃないの。ええ、お望み通り、今にやがて、息の根をとめて上げますわ。そして、このあいだまでこの檻の中に同居していたK子さんと同じように、永遠に年をとらないお人形さんにこしらえてあげますわ。ホホホホホ」

黒衣婦人が残酷に嘲笑《ちょうしょう》した。

「え、なんだって？　K子さんが人形になったって？　畜生め、それじゃ、とうとうあの人を殺したんだな。そして剝製人形にしたんだな……だれが、だれが人形なんぞになるもんか。おれは貴様のおもちゃじゃないんだ。ちっとでもおれに近づいてみろ、どいつこいつの容赦はない、片っぱしから嚙《か》み殺してやるぞ。喉笛《のどぶえ》に嚙みついて息の根をとめてやるぞ」

「ホホホホホ、まあ今のうちに、せいぜいあばれておくといいわ。お人形にされちまったら、石のように動けなくなるんだから。それに、あたしは、そうして美しい男の子のあばれているのを見るのが、この上もない楽しみなのよ。ホホホホホ」

黒衣婦人は、青年の苦悶《くもん》を享楽しながら、さらに新らしい恐怖に説き進んだ。

「あんた、K子さんがいなくなって、さびしいでしょう。どこの動物園へ行って見ても、猛獣の檻には大てい牡《おす》と牝《めす》とがお揃いでいるものだわ。あたし、もう先《せん》から、あんたにお嫁さんをお世話しなけりゃと思って、いろいろ心がけていたのよ。そして、きょうやっと、その花嫁さんをお連れ申したってわけなの。ごらんなさい。美しいお嫁さんでしょう。どう？　お気に召さなくって？」

早苗さんはそれを聞くと、ゾーッと悪寒を感じて、顎のあたりがガクガクふるえるのをどうすることもできなかった。

今こそ、「黒トカゲ」の邪悪なたくらみの全貌が明らかになった。女賊は、美しい早苗さんをまるはだかにして、この檻の中へ投げこむために、それから、頃を見て、彼女の生皮を剝《は》ぎ、恐ろしい剝製人形として、悪魔の美術館を飾るために、あれほどの苦心をして、彼女を誘拐してきたのだ。

「あら、早苗さん、どうなすったの？　ふるえているんじゃないの？　葦《あし》の葉のようにふるえているわね。わかって、あなたの役割が。でも、このお婿さん、まんざらでもないでしょう。それともお気に召さないの？　お気に召しても召さなくても、あたしは、もうちゃんと、そういうことにきめてしまったんだから、我慢してね」

早苗さんは、あまりの無気味さ恐ろしさに、もう口をきく気力もなかった。立っているのがやっとだった。頭の中がスーッとからっぽになって、フラフラとくずおれそうであった。

大水槽

「早苗さん、まだお見せするものがあるのよ。さあこちらへいらっしゃい。今度は、動物園ではなくて、水族館よ。あたしの自慢の水族館なのよ」

「黒トカゲ」は、ふるえおののく早苗さんを、手を取って引き立てながら、また次の角を曲がった。

そこは、長い地下道の行きづまりになっていて、その奥にガラス張りの大水槽がすえてある。水槽のま上に、非常に明かるい電燈がとりつけてあるので、正面の厚いガラス板をとおして、水の中の模様が、手に取るように眺められた。

水槽は間口、奥行、深さ、ともに一間ほどもあって、その底には、異様な海草が、無数の蛇のように、もつれ合ってゆらいでいる。

だが、これがどうして水族館なのであろう。その海草のほかは、魚類の影さえ見えないではないか。「おさかながいないでしょう。でも、不思議がることはないわ。あたしの動物園には、けだものなんていなかったのですもの。水族館におさかながいないからって、ちっともおかしいことはありゃしないわ」

黒衣婦人は薄笑いをして、また恐ろしい雄弁をふるいはじめた。

「この中へ、やっぱり人間を入れて遊ぶのよ。おさかななんかよりは、どのくらいおもしろいかもしれやしないわ。檻の中で昂奮している人間も美しいけれど、この水の中へ投げこまれた人間の、水中ダンスがどんなにすばらしいでしょう……」

早苗さんには、それはもう黒衣婦人の声ではなくて、まざまざと限界一ぱいにひろがる怪奇映画の幻であった。薄黒い水の中に、何か白いものがうごめいていた。ウヨウヨと鎌首をもたげた蛇のかたまりの中から、ボーッと巨大な人の顔が、ガラスの面に現われて、アップアップと鯉のように苦しい呼吸をしている。眼をつむって、眉《まゆ》をしかめて……その顔は男ではない。年寄りでもない。若い女だ……いやそうではない。これは決して他人ではない。そのもつれた蛇の中でもがいているのは、あの、早苗さん自身なのだ。

「まあ、すばらしいと思わない。なんて美しいお芝居でしょう。どんな名画だって、どんな彫刻だって、それから、どんな舞踊の天才だって、これほどの美を表現したことがあったでしょうか。命と引きかえの芸術だわ……」

だが、早苗さんはもう、この奇怪な雄弁を聞いてはいなかった。そんなには息がつづかなかったのだ。彼女は幻想の中で、おびただしい水を呑《の》んだ。もがけるだけもがいた。そして、とうとう力がつきてしまったのだ。身にあまる恐怖と苦悶とが、ついに彼女を失神させてしまったのだ。

黒衣婦人がふと気づいて彼女を支えようと両手をさし出した時には、早苗さんはもう、くらげのようにクナクナと、そこのコンクリートの床の上に、くず折れてしまっていた。

白い獣

それがどのくらいのあいだであったか、ハッキリわからないけれど、やがて、ふと正気づいて眼をひらいてみると、早苗さんは、先《ま》ず第一に、からだじゅうが直接空気にさらされているような感じがした。さわってみてもどこもかもスベスベしていて、なんの引っかかるものもない。つまり彼女はまっぱだかにされて、そこに横たわっていたのだ。ヒョイと気がつくと、眼の前に太い鉄の棒が何本も何本も縞《しま》のように立っている。ああ、わかった。ここは檻の中なのだ。彼女は気を失っているあいだに、檻の中へ入れられてしまったのだ。

あの檻にちがいない。気を失う前に見せられた、あの若い男のとじこめてあった檻にちがいない。では、ここには彼女一人ではないのだ。若い美しい男が、彼もまたまっぱだかにされて、どこかそのへんにいるはずだ。

早苗さんは、そこまで思い出すと、顔を上げて、あたりを見廻す勇気が失《う》せてしまった。ああ、どうすればいいのだ。彼女は身に一糸もまとってはいないのだ。その恥かしい有様で、若くて美しい、そのうえ、はだかの男の前に横たわっているのだ。

彼女は赤くなるどころか、もうまっ青になって、サッと身を起こすと、くくり猿みたいにちぢこまって、隅っこの方へあとずさりをして行った。そして、眼をそらすように、そらすようにしていても、なにぶん狭い檻の中だ、自然に眼界にはいってくるのを防ぐわけにはいかない。彼女はとうとうそれを見てしまった。まっぱだかの男を見てしまった。

エデンの園のアダムとイブみたいな二人が、地底の牢獄《ろうごく》で、いま眼と眼を見かわしたのだ。どうすればいいのだ。何を言えばいいのだ。恥かしさの極《きわみ》、早苗さんの両眼には子供のような涙が一ぱいあふれていた。その涙のギラギラする後光が男の白いからだを包んで、チロチロといびつに輝いている。

「お嬢さん、ご気分はどうですか？」

突如として、朗々としたバスの声が響いた。青年が物をいっているのだ。

早苗さんは、ハッとして、涙をはらうために眼をしばたたいて、青年の顔を眺めた。すぐ眼の前に、油で拭《ふ》いたようになめらかな白い顔があった。高くて広い額、ふさふさとした黒髪、二重瞼《ふたえまぶた》のすき通るような眼、ギリシャ型の高い鼻、赤くて引きしまった唇。その青年が美男であればあるだけ、しかし、早苗さんは恐ろしかった。

「黒トカゲ」は彼女をこの青年の花嫁になぞらえたではないか。青年はそういうつもりでいるのではないかしら。と考えると、その相手が、そして、自分までが、けだもののようにまっぱだかで、逃げようにも逃げられぬ檻《おり》の中に、とじこめられている有様を、からだじゅうの血の気が失せるほどあさましいことに思わないではいられなかった。

「いや、お嬢さん、決してご心配なさることはありません。僕はこんなふうをしていても野蛮人じゃないのですから」

青年は言いにくそうに、どもりながらそんなことをいった。彼の方でもひどく恥かしがっているのだ。早苗さんはそれを聞いて、ホッと胸をなでおろす気持だった。

やがて、彼らは、だんだんお互いの気心がわかっていくにつれて、身の上話をはじめたり、女賊の気違いめいた所業を呪ったり、よそ眼には仲のよい雌雄の白い動物ででもあるように寄りそって、ヒソヒソ話をつづけるのであった。

そうしているあいだに、いつか夜が明けたとみえて、穴蔵の底にも、人のざわめくけはいが感じられ、やがて「黒トカゲ」の部下の荒くれ男どもが、つながるようにして、檻の中の新来の客を見物に押しよせてきた。

早苗さんが、この無作法な見物たちに、どのような恥かしい思いをさせられたか、青年がいかに野獣のように怒号したか、賊の男どもがどんな烈しい侮辱の言葉を口にしたか、それは読者諸君のご想像にまかせるとして、そうして地下室に泊まっている四、五人の部下のものが、ガヤガヤやっているところへ、例のモールス信号みたいな合図の音がかすかに聞こえて、やがて一人の船員風の男が、何かただならぬ気色で穴蔵の中へはいって来た。

人形異変

その船員風の男は「黒トカゲ」の部下のうち、沖の汽船の中に寝泊まりをしている一人であったが、彼は地下道の奥にある首領「黒トカゲ」の私室の前に近づくと、やっぱり暗号めいた叩《たた》き方で、そこのドアをノックした。

「おはいり」

女賊の権威を以《もっ》て、荒くれ男ばかりの中にいても、ドアに鍵《かぎ》をかけるなんて不見識なことはしない。夜中であろうが、「おはいり」の一ことで、ドアはいつでもひらくようになっている。

「まあ、どうしたのさ、朝っぱらから。まだ六時じゃないの？」

「黒トカゲ」は白いベッドの上に、白絹のパジャマ一枚で、不行儀な腹ばいになったまま、はいってきた男を横眼で見ながら、巻煙草に火をつける。ムクムクと豊かな肉が、すべっこい白絹の表にまる出しだ。おかしらがそういう恰好《かっこう》でいる時ほど、部下の男どもが困ることはない。

「ちょっと、へんなことがあったんです。だもんだから、急いでお知らせにきたんですが」

男はなるべくベッドの方を見ないようにしながら、モジモジして言った。

「へんなことって、何？」

「船の火夫をやらせてある松公ですね。あいつが、ゆうべのうちにいなくなっちゃったんです。船じゅう探してみましたけれど、どこにもいねえ。まさかズラカルはずはねえんだから、もしや、陸《おか》で捕まったんじゃないかと思いましてね。それが心配だものだから」

「フーン、じゃ松公を上陸させたのかい」

「いや、決してそうじゃねえんで。ゆうべ一度船へ帰った潤ちゃんが、もう一度こちらへもどってきたでしょう。その時のボートの漕手《こぎて》の中に、松公がまじっていたんですが、ボートが本船へ帰ってみると松公だけいねえんです。みんなの思い違いじゃないかと船じゅうを探した上、こっちへきてたずねてみると、松公なんかきていねえというじゃありませんか。やつはどっかそのへんの町をウロウロしてて、おまわりにでもとっ捕まったんじゃねえでしょうか」

「そいつは困ったねえ。松公はいやに薄のろで、これという役に立たないもんだから、火夫なんかやらせておいたんだが、あいつのこった、捕まりでもしたら、どうせヘマをいうにきまっているわねえ」

「黒トカゲ」も、思わずベッドの上に起きなおって、眉《まゆ》をしかめながら、取るべき処置を考えたのであるが、ちょうどそうしているところへ、又してもへんてこな知らせが飛びこんできた。

突然ドアがひらいて、三人の部下が顔を出すと、一人が早口にしゃべり立てた。

「マダム、ちょっときてごらんなさい。へんなことがあるんだから。人形がね、着物を着てるんですぜ。それから、からだじゅうが宝石でもって、ギラギラ光りかがやいているんですぜ。一体だれがあんなふざけたまねをしやがったんだと、仲間しらべをしてみたんですが。だあれも知らねえっていうんです。まさかマダムじゃねえんでしょうね」

「ほんとうかい」

「ほんとうですとも、潤ちゃんなんか、びっくりしちゃって、まだボンヤリとあすこに立っているくらいです」

何かしら想像もできないへんなことが起こっているのだ。松公の行方不明とこれとのあいだに、どんな関係があるのか知らぬが、時も時、二つの異変が同じように起こるとは。地底王国の女王も、もう落ちついてはいられなかった。彼女は一同をそとに出しておいて、手早くいつもの黒ずくめの洋装になって、剝製《はくせい》人形陳列の現場へ急いだ。

行ってみると、いかにも狐にでもつままれたような、へんてこな事が起こっていた。仁王立ちの黒人青年が、ルンペンみたいなカーキ服を着て、その胸に例の大宝石「エジプトの星」を、まるで功一級の勲章のように得意然と光らせているかと思うと、膝《ひざ》の上に頰杖《ほおづえ》をついた金髪娘が、日本娘の袂《たもと》の長い着物を着て、両の手首と足首とに、ダイヤの胸飾り、真珠の首飾りを、手かせ足かせの形ではめてすましている。寝そべった日本娘は、胴中に古毛布を巻きつけて、ふさふさとした黒髪の上から、さまざまの宝石を瓔《よう》路《らく》みたいに下げて、ニヤニヤ笑っているかと思うと、円盤投げの日本青年はまっ黒によごれたメリヤスのシャツを着て、これも宝石の首飾り、腕環《うでわ》をはめて、光りかがやいているといったあんばいなのだ。

黒衣婦人は、そこに立っていた雨宮青年と顔を見合わせたまま、急には言葉も出ないほどびっくりしてしまった。

これはまあなんという人を喰《く》ったいたずらだろう。剝製人形の奇妙な衣裳《いしょう》の袂の長い着物は、早苗さんがゆうべまで着ていたもの。そのほかのは、みな「黒トカゲ」の部下の男たちの持ち物であった。寝室の戸棚の中や行李《こうり》にしまってあったのを、何者かが取り出して、人形に着せたのだ。それから宝石類は、むろん宝石陳列室のガラス箱の中から持ってきたもので、そこのガラス箱は、ほとんど空っぽになっているという始末だった。

「だれがこんなばかばかしいまねしたんでしょう」

「それがまるでわからないのですよ。今ここには、男は僕のほかに五人きゃいないんですが、みんな信用のおけるやつばかりですからね。一人一人聞いてみたんだけれど、だれも全くおぼえがないというんです」

「入り口の寝ずの番は大丈夫だったの？」

「ええ、へんなことは少しもなかったそうです。それに、仲間以外のものがはいろうとしたって、あすこの揚《あ》げ蓋《ぶた》は中からでなきゃ、ひらかないんですからね。いたずら者が外部から侵入することは、まったく不可能ですよ」

そんなことをボツボツささやき合ったあと、二人は、まただまって顔を見合わせていたが、やがて、黒衣婦人はふと気づいたように、「あっ、そうかもしれない」とつぶやきながら、顔色を変えてあの人間檻の前へ走って行った。だが、その檻の小さな出入口を調べてみても、別に錠前をこわした跡もない。

「君たち、ここをどうかしたんじゃないのかい。ほんとうのことをいってくれたまえね。あんないたずらしたの、君たちなんだろう」

黒衣婦人が、かん高い声で呼びかけた。そこには檻の中のアダムとイブとが、仲よく向かい合って、何かしきりとささやき交わしていたのだが、突然女賊の襲来にあって、たちまちそれぞれの身構えをした。早苗さんは隅っこの方で、またくくり猿の形になるし、青年はやにわに立ち上がって、拳《こぶし》を振りながら黒衣婦人の方へ近づいて行く。

「なぜ、返事をしないの。お前だろう人形に着物を着せたのは」

「ばかなことをいえ、おれは檻の中にとじこめられているんじゃないか、貴様は気でも違ったのか」

青年が満身に怒気をふくんでどなり返した。

「ホホホホホ、まだいばっているのね。君でなけりゃそれでいいのよ。僕の方にも考えがあるんだから。時に、そのお嫁さんお気に召したかい」

黒衣婦人はなぜか別のことを言い出した。青年がだまっているので、再びいう。

「お気に召したかって聞いているのよ」

青年は隅っこの早苗さんと、チラッと眼を見かわしたが、

「ウン、気に入った。気に入ったから、この人だけは、おれが保護するんだ。貴様なんかに指一本だって差させはしないぞ」

と叫んだ。

「ホホホホホ、多分そんなことだろうと思った。それじゃせいぜい保護してやるがいい」

黒衣婦人はあざ笑いながら、ちょうどそこへやってきた職工服の雨宮青年を振り返った。

「潤ちゃん、あの娘さんを引きずり出してね、タンクへぶちこんでおしまい」

烈しく命じて、檻《おり》の鍵《かぎ》を青年に手渡した。

「少し早過ぎやしませんか。まだ一《ひ》と晩たったきりですぜ」

雨宮青年は顔一ぱいのモジャモジャの付けひげの中から、眼をみはって聞き返した。

「いいのよ。あたしの気まぐれは今はじまったことじゃない。すぐやっつけておしまい……いいかい、あたしは部屋で食事をしているからね。そのあいだにちゃんと用意をしておくのよ。それから、あの宝石なんかを、陳列箱へ元通り返しておくように言いつけといてください。頼んでよ」

黒衣婦人はそう言い捨てたまま、振り向きもしないで、自分の部屋へ引き上げて行っ

た。

彼女は激怒していたのだ。えたいの知れぬ人形の異変が、彼女を極度に不快にした上に、いままた、檻の中の男女がさもむつまじく話し合っている有様を見せつけられて、かんしゃくが破裂したのだ。

女賊は決して、早苗さんをほんとうにお嫁入りさせるつもりはなかった。ただ、彼女を怖がらせ恥ずかしめ、おびえ悲しむ様子を見て楽しもうとしたのだ。それが全く当てがはずれて、男は身を以《もっ》て早苗さんを守ろうとし、早苗さんは早苗さんで、それをさも嬉《うれ》しげに、感謝にたえぬまなざしで見上げていたではないか。黒衣婦人が、嫉妬《しっと》にも似たはげしい不快を感じたのは無理ではなかった。

難儀な仕事をおおせつかった潤一青年は、迷惑らしく、しばらくためらっていたが、やがて仕方なく檻の出入口に近づいて行った。

「貴様、この娘さんをどうしようというのだ」

檻の中の青年は、恐ろしい形相でどなりながら、はいってきたらつかみ殺すぞといわぬばかりの身構えで、入り口の前に立ちはだかった。だが、さすがは拳闘《けんとう》青年、雨宮は別に恐れる様子もなく、錠前に鍵を入れてガチャガチャいわせたかと思うと、サッと戸をひらいて檻の中へ飛びこんでいった。

ひげモジャの職工服と、全裸の美青年とが、互いの腕をつかみ合いながら、恐ろしい権幕でにらみ合った。

「どっこい、そうはいかぬぞ。おれが生きてるあいだは、娘さんに指も差させない。連れ出せるものなら連れ出してみろ。だが、その前に、貴様しめ殺されない用心をするがいい」

青年の死にもの狂いの両腕が、雨宮潤一の首へ、気味わるくからんできた。

すると、不思議なことに、雨宮はいっこう抵抗する様子もなく、腕をからまれたまま、首をグッと前へ突き出して、青年の耳元へ口を持って行ったかと思うと、何かしらヒソヒソとささやきはじめた。

青年は、最初のあいだは、首を振って聞こうともしなかったが、やがて、彼の顔になんともいえぬ驚きの色が浮かんできた。それと同時に、彼はうって変ったようにおとなしくなり、相手の首に巻きつけていた両腕を、ダラリとたれてしまった。

離魂病

雨宮潤一は、檻の中の青年を、一体どんな口実でだましおおせたのか、それからしばらくすると、気を失ったようにグッタリとした全裸の乙女を、小脇にかかえて、例のガラス張りの大水槽の前へやってきた。水槽の横に垂直の梯子《はしご》がかかっている。彼は早苗さんを抱いたままそれを登って、上部の足だまりに立つと、鉄板でできた水槽の蓋をひらいて彼女のからだを水中へ投げこんだ。それから、蓋を元通り閉めて、梯子を降り、

「黒トカゲ」の私室のドアを細目にひらいて、そのすき間から声をかけた。

「マダム、お命じの通り運びましたよ。早苗さんは今、タンクの中で泳いでいる最中ですぜ。早く見てやってください」

それから彼は職工服のポケットから、小さくたたんだ一枚の新聞紙を取り出すと、それをひろげ、タンクの横の椅子の上へソッと置いて、なぜか急ぎ足で、廊下の向こうへ立ち去って行った。

それと行きちがいに、ドアがひらいて黒衣婦人が現われ、ツカツカと水槽の前に近づいて行った。

水槽の蒼味《あおみ》がかった水は、ガラス板の向こう側で、ひどく動揺していた。底には大小さまざまの海藻が無数の蛇のように鎌首をもたげて、あわただしくゆれ動いていた。

そして、その中を泳ぎもがく裸女の姿……前夜早苗さんが幻想した光景が、そっくりそのまま実現したのであった。

黒衣婦人の両眼は残虐にかがやき、青ざめた頰は昂奮《こうふん》のために異様にふるえて、両のこぶしをかたくにぎりしめ、歯を喰いしばりながら、水槽に見入っていたが、彼女はふと、裸女の様子がいつものように活潑《かっぱつ》でないことに気づいた。活潑でないどころか、実はもがきもなんにもしていないのだ。そんなふうに見えたのは、動揺する水のためで、娘の白いからだは、ただ水のまにまにゆらめいていたにすぎないことがわかってきた。

気の弱い早苗さんは、水槽にはいる前に、すでに失神していたので、水中の苦悶《くもん》を味わわなくてすんだのであろうか。だが、どうもそれだけではないらしい。見ていると、水中の娘のからだが徐々に廻転《かいてん》して、今まで向こう側にあった顔が、正面のガラス板に現われた。おや、これが早苗さんの顔だろうか。いやいや、いくら水の中だといって、こんな相好に変るはずはない。ああ、わかった、わかった。これは早苗さんではなくて、あの人形陳列所に飾ってあった剝製《はくせい》の日本娘ではないか。だが一体全体どうしてこんな間違いが起こったのであろう。

「だれか、だれかいないかい。潤ちゃんはどこへ行ったの」

黒衣婦人はわれを忘れて大声に叫び立てた。すると、部下の男たちが、剝製人形陳列所の方から、ドヤドヤとやってきたが、彼らの方にも何か異変があったのか、一同顔色が変っている。

「マダム、またへんなことがおっぱじまったのですよ。人形が一人足りねえんだ。さっき着物を脱がせたり、宝石をかたづけたりした時にはちゃんとあったんですが、今見ると、ほら、あの寝そべっている娘さんね、あれが一人だけ行方不明なんです」

一人の男が、あわただしく報告した。だが、それは黒衣婦人の方では先刻承知のことであった。

「お前たち、檻の中を見なかった？　早苗さんはまだ檻の中にいたかい」

「いいえ、男一人っきりですぜ。早苗さんといやあ、潤ちゃんがそのタンクの中へほうりこんだんじゃありませんかい」

「ああ、ほうりこんだにはほうりこんだけれど、早苗さんでなくて、よくごらん、お前たちが探している剝製人形なんだよ」

そういわれて男たちは水槽をのぞきこんだが、いかにもその中に浮いているのは、紛失した剝製人形に違いなかった。

「はあてね、こいつあ面妖《めんよう》だわい。だれが一体こんなまねをしたんですい？」

「潤ちゃんよ。お前たち潤ちゃんを見かけなかったかい。今ここにいたばかりなんだが」

「見かけませんでしたよ。先生きょうはなんだかひどく怒りっぽいんですぜ。僕たちを何か邪魔者みたいに、あっちへ行け、あっちへ行けって、追いまくるんですからね」

「フーン、それは妙ね。でもどこへ行ったんでしょう。そとへ出るはずはないんだから、お前たちよく探してごらん。そして、いたら、すぐくるようにってね」

男たちが、引き下がって行くと、黒衣婦人は何か不安らしく、じっと空《くう》を見つめて考えごとをしていた。

一体これはどうしたことであろう。汽船の火夫が行方不明になってしまった。それから、剝製人形の異変が起こった。今はまた、早苗さんであるべきはずの娘が、剝製人形に早変りしてしまった。これらの奇妙な出来事のあいだに何か連絡があるのではないかしら。偶然の一致とも思われぬ節が見えるではないか。

何かしら人力以上の恐ろしい力が働いているような気がする。それは一体なんであろう……ああ、もしかしたら。いやいや、そんなばかなことがあってたまるものか。断じて、断じて、そんなことはありゃあしない。

黒衣婦人は心中に湧き上がってくる大きな化物みたいなものを、押さえつけるのに一所懸命だった。さすがの女賊も、からだじゅうに冷たい脂汗がしっとりと浮かんでくるほどの恐ろしい不安になやまされていた。

やがて、彼女はそこにあった椅子に腰かけようとして、ヒョイとその上の新聞に気がついた。さいぜん雨宮潤一が何か意味ありげにひろげておいた新聞である。はじめはなにげなく、やがて非常に真剣な表情になって、黒衣婦人の眼が、その新聞記事に吸い寄せられて行った。

「明智名探偵の勝利——岩瀬早苗嬢無事に帰る——宝石王一家の喜び——」

三段抜きの大見出しが、信じがたい意味をもって女賊を捉《とら》えたのだ。彼女は大急ぎで新聞を拾い取ると、その椅子にかけて熱心に読みはじめた。記事の内容は大略左のようなものであった。

怪賊「黒トカゲ」のために誘拐されたと信じられていた宝石王岩瀬氏の愛嬢早苗さんが、昨七日午後岩瀬家の本邸に帰宅した。探聞するところによると、岩瀬氏は令嬢の身代りとして大宝玉「エジプトの星」を賊に与えた模様であるから、賊は約束を守って令嬢を送り返したのであろうか。記者はそのように考えて、岩瀬庄兵衛氏と早苗嬢に面会したのだが、両人ともこれは全く私立探偵明智小五郎氏の尽力によるものであって、決して賊が約束を守ったわけではない。しかし、詳しいことはいま申しあげかねる事情があるから、深く尋ねないでくれとの意外な言葉であった。怪賊「黒トカゲ」は一体どこに姿をひそめているのであろうか。問題の明智探偵は、単身「黒トカゲ」の後を追って、今のところ行方不明のよしであるが、名探偵と怪盗との一騎討ちは果たしていずれの勝利となるであろうか。名玉「エジプトの星」は再び岩瀬氏の手にもどるか否か。われらは限りなき不安をもって次の報知を待つものである。

そして「喜びの親子」と題する大きな写真版がかかげられ、岩瀬氏と早苗さんとが、応接室の椅子にもたれて、ニコニコ笑っている顔が、明瞭《めいりょう》に印刷されていた。

この信じがたい、まるで怪談のような新聞記事を読み、写真を見ると、さすがの女賊も、めったに見せたことのない驚きの色を、その美しい顔に現わさないではいられなかった。驚きというよりは、なんとも形容のできない恐怖であった。それはきのうの日付の大阪の大新聞であったが、記事中に「昨七日」とあるのは、ちょうど前々日、「黒トカゲ」の汽船が大阪湾を航海していた時にあたる。その日、早苗さんは、ちゃんと船の中にいたのだ。いや、その日ばかりではない。きのうもきょうも、つい今しがたまで檻《おり》の中にまっぱだかで震えていたではないか。

これは一体どうしたことなのだ。まさかこれほどの大新聞が、間違った記事をのせるはずはない。いや、何よりも確かなのは写真である。船の中にとらわれていたはずの早苗さんが、同じその日に、一方では大阪郊外の岩瀬邸でニコニコ笑って坐《すわ》っているなんて、こんなへんてこなことがあり得るだろうか。

聡明な黒衣婦人にも、この奇々怪々な謎だけは、どうにも解くすべがなかった。彼女は今、生まれてはじめての、なんともえたいの知れぬ恐怖にうちのめされて、顔は死人のように青ざめ、額には脂汗の玉が無残ににじみ出していた。「離魂病」という妙な言葉が、ふと彼女の頭に浮かんだ。一人の人間が二人になって、別々の行動をするという、不可能な言い伝えである。大昔の草子類でも読んだことがある。外国の心霊学雑誌でも見たことがある。心霊現象などを全く信じない現実家肌の黒衣婦人ではあったが、今はその信じがたいものを信じでもするほかに、考えようがないのである。

そうしているところへ、雨宮青年を探しに行った男たちがドヤドヤ帰ってきて、どこを探しても潤ちゃんの姿が見えないと報告した。

「今、入口の番をしているのはだれなの」

黒衣婦人は力ない声で尋ねた。

「北村ですよ、だれも通らないっていうんです。あの男にかぎって間違いはありませんからね」

「じゃあ、この中にいるはずじゃないか。まさか、煙みたいに消えてなくなるはずはありゃしない。もう一度よく探してごらん。それから、早苗さんもよ。このタンクの中のがそうじゃないとすると、あの娘もどこかに隠れているはずなんだから」

男たちは、首領の青ざめた顔を、不審らしくジロジロと眺めていたが、また不承不承《ふしようぶしよう》に、廊下の向こうへと引き返して行こうとした。

「ああ、ちょっとお待ち。お前たちのうち二人だけ残ってね、このタンクの中の人形を取り出しておくれ。念のためによく調べてみたいんだから」

そこで、二人の男が残って、梯子《はしご》を登って、大水槽の中から、剝製人形を抱きおろし、床の上に長々と横たえたのであるが、そのグッタリとなった人形を、いくら念入りにしらべてみても、早苗さんでないことはいうまでもなく、恐ろしい謎を解く手がかりなどは、どこにも発見できないのであった。

黒衣婦人は、イライラとそのへんを歩き廻《まわ》っていたが、また元の椅子に腰かけて、もう一度新聞記事を読みはじめた。何度読んでも同じことだ。早苗さんは二人になったのだ。写真の顔も早苗さんに間違いはない。

そうしていると、突然、彼女の椅子のうしろで、マダムと呼ぶ声がした。

黒衣婦人はギョッとしてふり返ったが、そこに立っている男を見ると、

「まあ、潤ちゃん、お前どこへ行っていたの」

と叱るように言った。

「そして、この始末は一体どうしたっていうのよ。早苗さんのかわりにこんな人形をほうりこんでおくなんて、いたずらも大概にするがいいじゃないか」

だが雨宮青年は、だまって突っ立ったまま、何も答えなかった。じらすようにニヤニヤ笑いながら、いつまでも、黒衣婦人の顔を眺めていた。

二人になった男

「なぜだまってるの？　何かあるんだわね。人が違ったようだ。どうしたの？　それともあたしに反抗しようとでもいうわけなの？」

潤一青年の態度があまりふてぶてしいものだから、黒衣婦人は思わずかん高い声を立てた。そうでなくても、さいぜんからの数々の怪異に、無性にいらだたしくなっていた矢先なのだから。

「早苗さんはどこにいるの？　それとも、お前知らないとでもいうのかい」

「そうです。僕はちっとも知らないのですよ。檻の中にでもいるんじゃありませんか」

やっと潤ちゃんが答えた。だがなんという無愛想な口のきき方であろう。

「檻の中って、お前が檻の中から出したんじゃないの」

「そこがどうもよくわからないのですよ。一度調べてみましょう」

潤一青年はそう言い捨てて、ノコノコ歩き出した。ほんとうに檻の中を調べてみるつもりらしい。この男は気でも違ったのかしら。それとも、何か別のわけでもあるのかしら。黒衣婦人は妙に気がかりになって、潤ちゃんの挙動を監視しながら、そのあとについて行った。

人間檻の鉄格子の前に行って見ると、出入り口の鍵《かぎ》が差したままになっている。

「お前、きょうはほんとうにどうかしているわね。鍵をそのままにしておくなんて」

つぶやきながら、薄暗い檻の中をのぞきこんだ。

「やっぱり、早苗さんはいやしないじゃないか」

向こうの隅っこに、裸体の男が一人うずくまっているばかりだ。どうしたのか、きょうはひどく元気のない様子で、グッタリとうなだれている。それとも眠っているのかしら。

「あいつに聞いてみましょう」

潤ちゃんは、ひとり言のようにいって、鉄格子をひらくと、檻の中へはいって行った。どうも、することがすべて常軌を逸している。

「おい、香川さん、お前早苗さんを知らないかね」

香川というのは、檻に入れられていた美青年の名だ。

「おい、おい、香川さん、寝ているのかい。ちょっと起きてくれよ」

いくら呼んでも返事しないので、潤一青年は香川美青年の裸体の肩に手をかけて、グイグイと揺り動かした。だが、相手のからだは無抵抗にゆれるばかりで、少しも手ごたえがない。

「マダム、へんですぜ。こいつ死んじまったんじゃないかしらん」

黒衣婦人はただならぬ予感に慄然《りつぜん》とした。一体何事が起こったというのだ。

「まさか自殺したんじゃあるまいね」

彼女は檻の中へはいって、香川青年のそばへ近づいて行った。

「顔を上げて見せてごらん」

「こうですかい」

潤ちゃんが、美青年の顎《あご》に手をかけて、うなだれていた顔をグイと上げた。

ああ、その顔！

さすがの女賊「黒トカゲ」も「アッ」と悲鳴を上げて、よろよろとあとずさりをしないではいられなかった。悪夢だ。夢にうなされているとしか考えられない。

そこにうずくまっていた男は、香川青年ではなかったのだ。実に意外なことには、ここにもまた、解しがたき人間の入れかえが行なわれていた。では、その裸体男は一体何者であったか。

黒衣婦人は、狂気の不安におののいた。一つのものが二つに見えるという精神病があるならば、彼女はその恐ろしい病気に取りつかれたのかもしれない。

潤一青年が、顎を持ってグイとあお向けているその男の顔は、やっぱり潤一青年であった。潤ちゃんが二人になったのだ。まっぱだかの潤ちゃんと、職工服を着て付けひげをした潤ちゃんと。架空に眼に見えぬ大鏡が現われて、一人の姿を二つに見せているとでも考えるほかはなかった。だが、どちらが本体、どちらがその影なのであろうか。

さいぜんは早苗さんが二人になった。それは新聞の写真であったけれども、今度は実物なのだ。しかも、その二人の潤ちゃんが、眼の前に顔を並べているではないか。そんなばかばかしいことが現実に起こるはずがなかった。そこに大きなトリックがかくれているのだ。だが、そんな途方もないトリックを、一体だれが考えついたのか。そしてなんのために……。

憎らしいことには、ひげもじゃの方の潤ちゃんが、あっけに取られた黒衣婦人を嘲《ちょう》笑《しょう》するように、お化けみたいに笑っている。何を笑うのだ。彼こそ驚かなければならないのではないか。それをまるで気ちがいかあほうみたいに、無神経にニヤニヤ笑っているとは。

潤一青年は笑いながら、またはげしく裸体の方の潤ちゃんをゆすぶりつづけた。すると、やがて、揺すぶられていた潤ちゃんが妙ななり声を立てて、ポッカリと眼をひらいた。

「ああ、やっと気がついたな。しっかりしろ。お前こんなとこで何をしていたんだ」

職工服の潤一青年がまたしても非常識な物の言い方をした。

裸体の方の潤ちゃんは、しばらくのあいだ、何がなんだかわからない様子で、眠そうな眼をしばたたいていたが、ふと前に立っている黒衣婦人に気づくと、それが気つけ薬ででもあったように、ハッと正気に返った。

「ああ、マダム、僕はひどい目にあいましたよ……ああ、こいつだ。この野郎だっ」

職工服の潤一青年を見るなり、彼は狂気のようにむしゃぶりついて行った。潤ちゃんがもう一人の潤ちゃんに組みついて、恐ろしい格闘をはじめたのだ。

だが、この悪夢のような争いは長くはつづかなかった。見る間に裸体の方が、コンクリートの床の上に叩《たた》きつけられてしまった。

「畜生め、畜生め、貴様おれに化けやがったな。マダム、油断しちゃいけません。こいつは恐ろしい謀反人ですぜ。火夫の松公が化けているんだ。こいつは松公ですぜ」

投げつけられて平べったくなったまま、裸体の潤ちゃんがわめき散らした。

「おい、そこのお方、手をあげてもらおう。潤ちゃんの話を聞くあいだ、おとなしくしているんだ」

事態容易ならずと察した黒衣婦人は、すばやく用意のピストルをにぎって、職工姿の方の潤一青年にねらいを定めた。言葉はやさしいけれど、キラキラ光る眼色に決心のほどが現われている。

職工服はいわれるままに、おとなしく両手をあげたが、顔は相変らずニヤニヤ笑っている。薄気味のわるい男だ。

「さあ、潤ちゃん話してごらん。一体これはどうしたわけなの？」

潤ちゃんはにわかに裸体を恥じるように、からだをちぢめながら、話しはじめた。

「皆がゆうべここへ着いてから、僕だけがもう一度本船へ帰ったのはご存じですね。あの時ですよ。本船の用事をすませて、ボートで上陸すると、いつの間にか、こいつが……

…火夫の松公が暗闇の中をノソノソついてくるじゃありませんか。僕は思いきり呶鳴《どな》りつけてやったんですが、すると、こいつめ、いきなり僕に飛びかかってきやあがった。

ボンクラの松公があんなに強いとは思いもよらなかったですよ。この僕をひどい目にあわせやあがった。とうとう当身《あてみ》でもって気を失ってしまった。それから、どれほどたったか、ふと眼をさますと、僕は手足を縛られて、まっぱだかにされて、ここの物置き部屋にころがされていたんです。どなろうとしても、猿ぐつわがはめてあるので、どうにもならねえ。もがいていると、こいつが物置き部屋へはいってきやあがった。見ると、ちゃんと僕の職工服を着ているんです。服ばかりじゃない、つけひげまでして、なんて変装のうまいやつでしょう。僕とそっくりの顔つきをしているじゃありませんか。

はは あ、こいつおれに化けて何か一仕事たくらんでいるな。見かけによらない悪党だわい、と感づいたけれど、縛られていてどうにもできない。すると、こいつめ、もう少し我慢しろよとぬかして、また当身を喰《く》らわしゃあがった。意気地のない話ですが、もう一度気を失っちまったんです。そして今やっと正気に返ったわけなんですよ。

ヤイ松公、ざまあ見ろ。こうなったら貴様、もう運のつきだぜ。今に思う存分仕返しをしてやるから、楽しみにして待っているがいい」

潤ちゃんの話を聞き終った黒衣婦人は、一方《ひとかた》ならぬ驚愕《きょうがく》を押しかくして、さも愉快らしく笑い出した。

「ホホホホホ、味をやるわね。松公がそんな隅におけない悪党とは知らなかった。ほめて上げるよ。するとさいぜんからのへんてこな出来事は、みんなお前の仕業だったのね。タンクの中へ人形をほうりこんだのも、剝製《はくせい》人形どもに妙な着物を着せたのも。だが、一体なんのためにあんなまねをしたんだい。かまわないからいってごらん。ねえ、ニヤニヤ笑ってないで返事をしたらどう?」

「返事をしなかったらどうするつもりだい?」

職工服の人物が、からかうようにいうのだ。

「いのちを貰《もら》うのさ。お前は、お前の御主人の気質をまだ知らないと見えるわね。御主人が、血を見ることが何よりも好物だってことをさ」

「つまり、そのピストルを、ぶっぱなすというわけなんだね。ハハハハハ」

傍若無人の高笑いだ。

見ると、彼はいつの間にか、上げていた両手をおろして、無精らしく、パンツのポケットに押しこんでいた。

黒衣婦人は思いもよらぬ部下の侮辱にあって、ギリギリと歯がみをした。

もう我慢ができなかった。

「笑ったね、じゃあ、これを受けてごらん」

と、叫ぶようにいったかと思うと、いきなりピストルの狙いを定めて、グッと引き金を引いた。

再び人形異変

職工服の男は、つまらない毒口をきいたばっかりに、ついに一命を失ったか。いやいや、決してそんなことは起こらなかった。彼はやっぱりパンツのポケットに両手を突っこんだまま、さもおもしろそうに笑っていた。

引き金は引かれたけれど、カチッという音がしたばかりで、弾丸は発射されなかったのだ。

「おや、妙な音がしましたね。ピストルが狂っているのじゃありませんかい」

嘲笑されて、黒衣婦人はあわて出した。二発目、三発目と、ぶっつづけに引き金を引いたが、やっぱりカチッカチッというはかない音がするばかりだ。

「畜生め、それじゃあ、お前がたまを抜いておいたんだな」

「ハハハハハ、やっと合点がいきましたね。いかにも仰《おお》せの通り、ほら、これですよ」

彼は右手のポケットから出して、手の平をひろげて見せた。そこには小さい弾丸が幾つも、可愛いらしいおはじきのようにのっかっていた。

ちょうどその時、檻《おり》のそとにあわただしい足音がして、部下の荒くれ男どもが駈《か》けつけてきた。

「マダム、大へんだ。入り口の見張り番をしていた北村が縛られているんです」

「縛られた上に気絶しているんです」

さては、これも松公の仕業にちがいない。だが、どうして北村だけを縛って、ほかの者をそのままにしておいたのだろう。これにも何か特別のわけがあるのかしら。

「おや、こいつは一体何者ですい？」

男どもは二人の潤一青年に気づいて、驚きの眼を見はった。

「火夫の松公だよ。何もかもこの松公の仕業だってことがわかったのだよ。早くこいつを引っくくっておくれ」

黒衣婦人が援軍に力を得て、かん高い声をふりしぼった。

「なに、松公だって？ こん畜生、ふざけたまねをしやがったな」

男共はドカドカと檻の中へふみこんで、職工服の松公を捕えようとした。だが、なんという素早さであろう。松公はかさなり合って押し寄せてくる男どもの手の下を、ヒラリ、ヒラリとくぐり抜けて、アッと思う間に檻のそとに飛び出していた。そして、やっぱりニヤニヤ笑いながら、「ここまでお出《い》で」のかっこうで、手まねきをしながら、だんだんあとずさりをして行く。底の知れない不敵さである。

黒衣婦人と荒くれ男どもとは、引かれるように檻を出て、ジリジリとそのあとを追って行く。無気味な移動撮影。コンクリート壁の地下道を、逃げるものはあとずさり、追うものは正面を切って、憤怒の形相物凄《ものすご》く、毛むくじゃらの腕をボクサーのように構えながら、ノソノソとせまって行く。

やがて、この不思議な行列が、剝製人形陳列所の前にさしかかった時、職工服の松公は突然ピッタリと立ち止まってしまった。

「おい、君たち、なぜ北村が縛られていたか、そのわけを知っているかね」

彼はやっぱり、のん気そうに両手をポケットに入れたまま、薄気味のわるい質問を発した。

「ちょっとおどき、あたし、この人にたずねたいことがあるんだから」

黒衣婦人は何を思ったのか、男どもをかき分けるようにして、松公の眼の前に近づいて行った。

「もしお前が松公だったら、これほどの人物を見そこなっていたことを、心からお詫《わ》びするよ。だがお前ほんとうに松公なの？　あたし考えれば考えるほど信じられない。あなたは松公なんかじゃないでしょう。そのうるさいつけひげを取ってください。早くそのひげを取ってください」

彼女はみじめにも、まるで嘆願するような口調であった。

「ハハハハハ、ひげなんか取らなくっても、君はもうちゃんと知っているでしょう。知っているけれど、僕の名を言い当てるのが怖いのでしょう。その証拠に、君の顔色はまるで幽霊みたいに青ざめているじゃありませんか」

職工服ははたして松公ではなかった。言葉さえも、もはや盗賊の手下などのものではない。しかも、その声！　その歯切れのよい口調には、何かしら耳なれた響きがあったではないか。

黒衣婦人はあまりの激情に、身内がブルブルとふるえてくるのをどうすることもできなかった。

「それじゃあ、あなたは……」

「遠慮することはない。何をためらっているのです。言ってごらんなさい、その先を」

職工服はもう笑っていなかった。彼のからだ全体に、何かしら厳粛なものが感じられた。

黒衣婦人はジリジリと、腋《わき》の下を冷たいものが流れ落ちるのを覚えた。

「明智小五郎……あなたは明智さんでしょう」

ひと思いにいってのけて、ホッとした。

「そうです。君はそれを、ずっと前から気づいていたではありませんか。気づきながら、君の臆病《おくびょう》がその考えを無理に抑えつけていたのです」

職工服の人物は、言いながら、顔じゅうの付けひげをむしり取った。すると、その下から現われてきたのは、潤ちゃんらしい顔色にメーク・アップはしていたけれど、まぎれもない明智小五郎、なつかしの明智小五郎であった。

「でも、どうして……そんなことがあり得るのでしょうか」

「あの遠州灘《なだ》のまっただ中に、ほうりこまれた僕が、どうして助かったかというのでしょう。ハハハハハ、君はあの時、この僕を、ほうりこんだつもりでいるのですか。そこに、根本的な錯覚があるのだ。僕はあの椅子の中にはいなかったのですよ。椅子の中へとじこめられていたのは、かわいそうな松公です。まさかあんなことになろうとは思わなかったので、僕は火夫に変装して探偵の仕事をつづけるために、松公を縛って、猿ぐつわをはめて、絶好の隠し場所、あの人間椅子の中へとじこめておいたのです。そのため、松公がああいう最期をとげたのは、実に申しわけないことだと思っています」

「まあ、それじゃあ、あれが松公でしたの？　そして、あなたは松公に化けて、ずっと機関室にいらしったの？」

さすがの女賊も毒気を抜かれて、まるで貴婦人のようにおとなしやかな口をきいた。

「それはほんとうでしょうか。でも、猿ぐつわをはめられていた松公が、どうしてあんなに物を言ったのでしょう。あの時、あたしたちは、クッションをへだてて椅子のそとと中とで、いろいろ話し合ったじゃありませんか」

「話をしたのは僕でしたよ」

「まあ、それじゃあ……」

「あの船室には、大きな衣裳《いしょう》戸棚がおいてありますね。僕はあの中にかくれて物をいっていたのだ。それが、君には椅子の中からのように聞こえたのですよ。現に椅子の中でモゴモゴしているやつがあるんだから、君が勘違いしたのも無理はないのです」

「すると、すると、早苗さんをどっかへ隠したのも、あの大阪の新聞を椅子の上へのせておいたのも、あんたの仕業だったのね」

「その通りです」

「まあ御念の入ったことだわね。新聞の偽造までして、あたしをいじめようとなすったの？」

「偽造？　ばかなことを言いたまえ。あんな新聞が急に偽造なんかできるものか。あの記事もあの写真も、正真正銘の事実ですよ」

「ホホホホホ、いくらなんでも、早苗さんが二人になるなんて、そんなばかばかしい……」

「二人になったんじゃない。ここへ誘拐されてきた早苗さんはにせものなんだよ。早苗さんの替玉を探すのに僕はどれほど骨を折ったろう。むろん無事に助け出す自信はあった。だが、親友の一粒種を、そんな危険にさらす気にはなれなかったのでね。君が早苗さんと信じ切っていたあの娘はね。桜山葉子という、親も身寄りもない孤児なんだよ。しかも少々不良性をおびたモダン・ガールなんだよ。不良娘なればこそ、この大芝居をまんまと仕こなすことができたし、あれほどの目にあってもがんばり通す胆っ玉があったのさ。葉子はあんなに泣いたりわめいたりしながらも、僕を信じ切っていた。僕が必ず救い出しにくるということを、確信していたのだよ」

読者諸君は、この物語のはじめの方の「怪老人」という一章を記憶されるであろう。名探偵明智小五郎のぎまん作業は、実にあの時に行なわれたのであった。怪老人はつまり明智の変装姿にほかならなかった。そして、あの夜から、ほんとうの早苗さんは、明智だけが知っている、別の場所にかくまわれ、それと入れ違いに、早苗さんになりすました桜山葉子が岩瀬家に入りこんだのであった。その翌日から、早苗さんは一間にとじこもったきり、家人には顔を見られることさえいやがるそぶりを示した。岩瀬氏夫妻は早苗さんはうちつづく迫害に、一種の気鬱《きうつ》症になったものときめてしまって、彼女がにせものだなどとは疑いさえもしなかった。葉子の名優ぶりはこの時からして、すでに抜群であったのだ。

名探偵の、意外につぐに意外をもってする物語を聞くにしたがって、黒衣婦人はもう、心底からこの大敵の前に兜《かぶと》をぬいだ。明智小五郎という一個不可思議の大人物を、心から崇拝したいほどの気持になっていた。だが、彼女の部下の無知な荒《あら》くれ男どもは、決して彼を崇拝しなかった。それどころか、首領にまんまと一ぱい喰《く》わした不届き者として、かつは彼らの同僚松公を海底のもくずとした仇敵《きゅうてき》として、かぎりなき憎悪と憤激を感じた。

彼らはこの長話をジリジリしながら聞いていたが、問答が一段落したとみるや、もう我慢ができなかった。

「めんどうだっ、やっつけてしまえ」

一人の叫び声が導火線となって、総勢四人の大男が、孤立無援の名探偵めがけて飛びかかって行った。女賊の威望を以《もっ》てしても、この勢いをはばむことはできなかった。うしろから喉《のど》をしめるもの、両手をねじ上げるもの、足を取って引き倒そうとするもの、いかな明智小五郎とて、この死にもの狂いの大敵には、全く力をふるうすべがなかった。あぶない、あぶない。せっかくここまでこぎつけて、最後のどたん場で、形勢逆転するようなことになるのではあるまいか。一代の名探偵も、ついにこの荒くれ男どものために、命を失うような羽目になるのではあるまいか。

だが、実に奇妙なことには、この激情のさなかに、人もなげなる朗らかな哄笑《こうしょう》が響き渡ったのである。しかしその哄笑の主は、四人の男に組み敷かれた明智小五郎その人ではなかったか。これはまあなんとしたことだ。

「ワハハハハハ、君たち眼がないのか。よく見るがいい、ホラこのガラスの中をとくと見るがいい」

ガラスというのは、例の剝製《はくせい》人形陳列場のショウ・ウインドウのようなガラス張りのことにちがいない。

人々は思わずその方に眼をやった。彼らはうかつにも、そのガラス張りの中に、どんなことが起こっているか、少しも気づかなかったのだ。激情のせいもある。それに、格闘の行なわれた場所からは、陳列所が斜め向こうになっていたために、眼が届かなかったせいもある。

見ると、そのガラス張りの中には、またしても驚くべき異変が起こっていた。人形どもが、今度は揃いも揃って、男の背広服を着せられていたではないか。剝製の男女が、元のままの姿勢で、しかつめらしい背広服を着て、すまし返っているのだ。

むろん明智の仕業にちがいないのだが、一度ならず二度までも、なんというつまらないいたずらをしたものであろう。だが、待てよ。明智ともあろうものが、そんな無意味ないいたずらをするはずはない。この奇妙な衣裳の着せかえにも、また何か、途方もない意味があったのではあるまいか。

最も早くそれに気づいたのは、さすがに黒衣婦人であった。

「アッ、いけない」

愕然《がくぜん》として逃げ腰になるすきもなく、人形どもがムクムクと起き上がった。衣裳だけが変っていたのではない。中身までも全く別物と置きかえられていたのだ。そこには剝製人形ではなくて、生きた人間が、さも人形らしいポーズを取って、時機のくるのを待ちかまえていたのだ。見よ、背広の男どもの手には、例外なくピストルがにぎられ、その筒口が盗賊たちに向けられているではないか。

たちまち「ガチャン」と物のこわれる音、ショウ・ウインドウのガラスにポッカリと大きな穴があいた。その穴から背広の男たちが素早く飛び出してくる。

「御用だっ、『黒トカゲ』神妙にしろ」

恐ろしく大時代な叱咤《しった》の声が鳴り響いた。現代の警察官にもこの有効な掛け声は、案外しばしば使用されているのだ。いうまでもなく背広の人たちは、明智の手引きで地底に侵入した、警視庁の腕利き刑事の一団であった。

さいぜん明智は、入り口の張り番をしていた北村だけが、なぜ縛られたのか、その意味がわかるかとたずねたが、それは暗に警察官の来援をほのめかしたのであった。入り口をひらかせる合図の信号は、明智から電話で警視庁に知らせてあった。その信号によって、刑事たちはなんなく地底にはいることができたのだ。そして入り口をはいると同時にそこの見張り番の北村を適当に処理したまでのことであった。内部から明智が手伝ったことはいうまでもない。さっき、しばらく、潤ちゃんが行方不明になっていたあいだの出来事だ。では、彼らはなぜすぐさま、「黒トカゲ」の逮捕に向かわなかったのか。それは、この捕物を充分効果的にするための、明智の指図であった。刑事とて、洒落《しゃれ》を解せぬ朴念仁《ぼくねんじん》ばかりではないのである。

いうまでもなく別の一隊は、水上署と協力して海上の賊船に向かっていた。もう今頃は、「黒トカゲ」の部下たちは、汽船もろとも一人残さず召捕られていることに違いない。地底の賊徒も、たちまちにして、刑事たちのピストルの前に頭を下げた。さしもに獰猛《どうもう》な荒くれ男どもも、この悪夢のような不意打ちには、どう手向かいするすきもなく、ことごとく縄をかけられてしまった。まっぱだかの潤ちゃんも例外ではなかった。だが、首領の「黒トカゲ」だけは、さすがに敏捷《びんしょう》であった。まっ先に背広人形の意味を悟った彼女は、逃げ足も早く、一人の刑事につかまれた腕を振り切って、飛鳥のように、廊下の奥の彼女の私室へ逃げこんで、中から鍵《かぎ》をかけてしまった。

うごめく黒トカゲ

黒衣婦人は、地底王国の女王のほこりからも、縄目の恥に堪えかねたのであろう。いずれのがれぬ運命とはいえ、せめて最期をいさぎよく、密室にとじこもって、われとわが命を絶とうとしたにちがいない。それと気づいた明智小五郎は、騒がしい捕物の場をあとにして、単身彼女の私室に駈《か》けつけた。

「おい、あけたまえ。僕は明智だ。一こと言いたいことがある。ぜひここをあけてくれたまえ」

急がしく叫ぶと、中から力ない声が答えた。

「明智さん、あなたお一人だけならば……」

「ウン、僕一人だよ。早くあけてくれたまえ」

鍵を廻《まわ》す音がした。ドアがひらいた。

「アッ、おそかった……君は毒を呑《の》んだのか」

ふみこみざま、明智が叫んだ。黒衣婦人は、やっとドアをあけたまま、その場に打ち倒れていたのである。

明智は床にひざまずいて、その膝《ひざ》の上に女賊の上半身をかかえのせ、せめては断末魔の苦悩をやわらげてやろうと試みた。

「今さら何をいっても仕方がない。安らかに眠りたまえ。君のためには、僕は命がけの目にもあわされた。しかし、僕の職業にとっては、それが貴重な体験にもなったのだよ。もう君を憎んでやしない。かわいそうにさえ思っている……ああ、そうそう、君に一こととわっておかねばならぬことがあった。君があれほど苦心をして手に入れた品だけれど、岩瀬さんの『エジプトの星』は、たしかに僕があずかって帰るよ。むろん本来の持ち主にお返しするためにだ」

明智はポケットから大宝玉を取り出して、女賊の眼の前にかざした。「黒トカゲ」はしいて微笑を浮かべ、二、三度うなずいて見せた。

「早苗さんは？」

彼女はしおらしくたずねるのだ。

「早苗さん？　ああ、桜山葉子のことだね。安心したまえ。香川君と一しょに、もうこの穴蔵を出て、警察の保護を受けている。あの娘にも苦労をかけた。今度大阪へ帰ったら、岩瀬さんから充分謝礼をしてもらうつもりだよ」

「あたし、あなたに負けましたわ。なにもかも」

戦いに敗れただけではない。もっと別の意味でも負けたのだということを、言外に含ませていうと、彼女はすすり泣きはじめた。もうろうわずった両眼から、涙がとめどもなくあふれ落ちた。

「あたし、あなたの腕に抱かれていますのね……嬉《うれ》しいわ……あたし、こんな仕合わせな死に方ができようとは、想像もしていませんでしたわ」

明智はその意味をさとらないではなかった。一種不可思議な感情を味わわないではなかった。しかしそれは口に出して答えるすべのない感情であった。

断末魔の女賊の告白は謎のごとく異様であった。彼女はこの仇敵《きゅうてき》を、彼女自身も気づかずして、愛しつづけていたのであろうか。それ故にこそ、闇の洋上に明智を葬った時、あのように烈しい感情におそわれ、あのように涙をこぼしたのであろうか。

「明智さん。もうお別れです……お別れに、たった一つのお願いを聞いてくださいません？……唇を、あなたの唇を……」

黒衣婦人の四肢はもう痙攣《けいれん》をはじめていた。これが最期だ。女賊とはいえ、この可憐な最期の願いをしりぞける気にはなれなかった。

明智は無言のまま、「黒トカゲ」のもう冷たくなった額にソッと唇をつけた。彼を殺そうとした殺人鬼の額に、いまわの口づけをした。女賊の顔に、心からの微笑が浮かんだ。そして、その微笑が消えやらぬまま、彼女はもう動かなくなっていた。

そこへ、捕物をすませた刑事たちが、ドヤドヤとはいってきたが、一《ひ》と眼この不思議な情景を見ると、入り口に立ちすくんでしまった。鬼といわれる刑事たちにも感情はあった。彼らは何かしら厳粛なものにうたれて、しばらく物いう力さえ失ったのである。

一世を震撼《しんかん》せしめた稀代《きたい》の女賊「黒トカゲ」は、かくして息絶えたのであった。名探偵明智小五郎の膝を枕に、さも嬉しげな微笑を浮かべながら、この世を去ったのであった。

ふと見ると、さいぜん刑事の手を振りはらって逃げた時、黒衣の袖《そで》が破れたのであろう。美しい二の腕があらわになって、そこに、彼女のあだ名の由来をなした、あの黒トカゲの入墨が、これのみは今もなお生あるもののごとく、主人との別離を悲しむかのように、かすかに、かすかに、うごめいているかに感じられたのである。

怪人二十面相

はしがき

その頃、東京中の町という町、家という家では、二人以上の人が顔を合わせさえすれば、まるでお天気の挨拶《あいさつ》でもするように、怪人「二十面相」の噂をしていました。「二十面相」というのは、毎日毎日新聞記事を賑《にぎ》わしている、不思議な盗賊の渾名《あだな》です。その賊は二十の全く違った顔を持っているといわれていました。つまり変装が飛び切り上手なのです。

どんなに明るい場所で、どんなに近寄って眺めても、少しも変装とは分からない、まるで違った人に見えるのだそうです。老人にも若者にも、富豪にも乞食《こじき》にも、学者にも無頼漢にも、イヤ女にさえも、全くその人になり切ってしまうことが出来るといいます。

では、その賊の本当の年は幾つで、どんな顔をしているのかというと、それは誰一人見たことがありません。二十種もの顔を持っているけれど、その内のどれが本当の顔なのだか、誰も知らない。イヤ賊自身でも、本当の顔を忘れてしまっているのかも知れません。それ程、絶えず違った顔、違った姿で、人の前に現れるのです。

そういう変装の天才みたいな賊だものですから、警察でも困ってしまいました。一体どの顔を目当に捜索したらいいものか、まるで見当がつかないからです。

ただ、せめてもの仕合せは、この盗賊は、宝石だとか、美術品だとか、美しくて珍しくて、非常に高価な品物を盗むばかりで、現金にはあまり興味を持たないようですし、それに、人を傷つけたり殺したりする、残酷な振舞は、一度もしたことがありません。血が嫌いなのです。

併《しか》し、いくら血が嫌いだからといって、悪いことをする奴のことですから、自分の身が危いとなれば、それを逃れる為には、何をするか分かったものではありません。東京中の人が、「二十面相」の噂ばかりしているというのも、実は怖くて仕方がないからです。

殊に、日本に幾つという貴重な品物を持っている富豪などは、震え上って怖がっていました。今までの様子で見ますと、いくら警察へ頼んでも、防ぎようのない、恐ろしい賊なのですから。

この「二十面相」には、一つの妙な癖がありました。何かこれという貴重な品物を狙いますと、必ず前以《まえもっ》て、いつ幾日にはそれを頂戴《ちょうだい》に参上するという、予告状を送ることです。賊ながらも、不公平な戦いはしたくないと心掛けているのかも知れません。それとも亦《また》、いくら用心しても、チャンと取って見せるぞ、俺の腕前はこんなものだと、誇りたいのかも知れません。いずれにしても、大胆不敵、傍若無人の怪盗といわねばなりません。

このお話は、そういう出没自在、神変不可思議の怪賊と、日本一の名探偵明智《あけち》小五郎との、力と力、智恵と智恵、火花を散らす、一騎討《うち》の大闘争の物語です。

大探偵明智小五郎には、小林芳雄《よしお》という少年助手があります。この可愛らしい小探偵の、栗鼠《りす》のように敏捷《びんしょう》な活動も、なかなかの見ものでありましょう。

さて、前置きはこのくらいにして、いよいよ物語に移ることにします。

鉄の罠

麻布《あざぶ》区の、とある屋敷町に、百メートル四方もあるような大邸宅があります。

四メートル位もありそうな、高い高いコンクリート塀が、ズーッと目もはるかに続いています。いかめしい鉄の扉の門を入ると、大きな蘇鉄《そてつ》が、ドッカリと植わっていて、その茂った葉の向こうに、立派な玄関が見えています。

幾間とも知れぬ、広い日本建てと、黄色い化粧煉瓦《れんが》をはりつめた、二階建ての大きな洋館とが、鉤《かぎ》の手に並んでいて、その裏には、公園のように、広くて美しいお庭があるのです。

これは、実業界の大立者、羽柴壮太郎氏の邸宅です。

羽柴家には、今、非常な喜びと非常な恐怖とが、織りまざるようにして、襲いかかっていました。

喜びというのは、今から十年以前家出をした、長男の壮一君が、南洋ボルネオ島から、お父さんにお詫《わ》びをする為に、日本へ帰って来ることでした。

壮一君は生来の冒険児で、中学校を卒業すると、学友と二人で、南洋の新天地に渡航し、何か壮快な事業を起したいと願ったのですが、父の壮太郎氏は、頑としてそれを許さなかったので、とうとう無断で家を飛び出し、小さな帆船に便乗して、南洋に渡ったのでした。

それから十年間、壮一君からは全く何の便りもなく、行方さえ分からなかったのですが、つい三か月程前、突然ボルネオ島のサンダカンから手紙をよこして、やっと一人前の男になったから、お父さまにお詫びに帰りたいといって来たのです。

壮一君は現在では、サンダカン付近に大きなゴム植林を営んでいて、手紙には、そのゴム林の写真と、壮一君の最近の写真とが、同封してありました。もう三十歳です。鼻下に気取った髭《ひげ》を生やして、立派な大人になっていました。

お父さまも、お母さまも、妹の早苗《さなえ》さんも、まだ小学生の弟の壮二君も、大喜びでした。下関《しものせき》で船を降りて、旅客飛行機で帰って来るというので、その日が待遠しくて仕方がありません。

さて、一方羽柴家を襲った、非常な恐怖といいますのは、外ならぬ「二十面相」の恐ろしい予告状です。予告状の文面は、

『余が如何《いか》なる人物であるかは、貴下も新聞紙上にて御承知であろう。

貴下は、嘗《かつ》てロマノフ王家の宝冠を飾りし大金剛石《こんごうせき》六顆《か》を、貴家の家宝として、珍蔵せらるると確聞する。

余はこの度、右六顆の金剛石を、貴下より無償にて譲り受ける決心をした。近日中に頂戴に参上するつもりである。

正確な日時は追って御通知する。

随分御用心なさるがよろしかろう』

というので、終りに「二十面相」と署名してありました。

そのダイヤモンドというのは、ロシヤの帝政没落ののち、ある白系露人が、旧ロマノフ家の宝冠を手に入れて、飾の宝石だけをとりはずし、それを支那商人に売り渡したのが、廻《まわ》り廻って、日本の羽柴氏に買い取られたもので、価にして二十万円という、貴重な宝物でした。

その六顆の宝石は、現に、壮太郎氏の書斎の金庫の中に納っているのですが、怪盗はそのありかまで、チャンと知り抜いているような文面です。

その予告状を受取ると、主人の壮太郎氏はさすがに顔色も変えませんでしたが、夫人を始めお嬢さんも、召使いなどまでが、震え上ってしまいました。

殊に羽柴家の支配人近藤老人は、主家の一大事とばかりに、騒ぎ立てて、警察へ出頭して、保護を願うやら、新しく猛犬を買い入れるやら、あらゆる手段をめぐらして、賊の襲来に備えました。

羽柴家の門長屋には、お巡《まわ》りさんの一家が住んでおりましたが、近藤支配人は、そのお巡りさんに頼んで、非番の友達を交代に呼んで貰《もら》い、いつも邸内には、二、三人のお巡りさんががん張っていてくれるように計らいました。

その上同家には、三人の屈強な書生がおります。お巡りさんと、書生と、猛犬と、この厳重な防備の中へ、いくら「二十面相」の怪賊にもせよ、忍び込むなんて、思いもよらぬことでしょう。

それにしても、待たれるのは、長男壮一君の帰宅でした。徒手空拳《くうけん》、南洋の野蛮島へおし渡って、今日の成功を収めた程の快男児ですから、この人さえ帰ってくれたら、家内のものは、どんなに心丈夫だか知れません。

さて、その壮一君が、羽田の飛行場へ着くという日の早朝のことです。

赤々と秋の朝日がさしている、羽柴家の土蔵の中から、一人の少年が姿を現しました。小学生の壮二君です。

まだ朝食の用意も出来ない早朝ですから、邸内はヒッソリと静まり返っていました。早起の雀だけが、威勢よく、庭木の枝や、土蔵の屋根で囀《さえず》っています。

その早朝、壮二君がタオルの寝間着姿で、しかも両手には、何か恐ろしげな、鉄製の器械のようなものを抱いて、土蔵の石段を庭へ降りて来たのです。一体どうしたというのでしょう。驚いたのは雀ばかりではありません。

壮二君は昨夜恐ろしい夢を見ました。「二十面相」の賊が、どこからか洋館の二階の書斎へ忍び入り、宝物を奪い去った夢です。

賊はお父さまの居間にかけてあるお能の面のように、不気味に青ざめた、無表情な顔をしていました。そいつが、宝物を盗むと、いきなり二階の窓を開いて、真暗な庭へ飛び降りたのです。

『ワッ。』といって目が覚めると、それは幸にも夢でした。併し何だか夢と同じことが起りそうな気がして仕方がありません。

『二十面相の奴は、キットあの窓から、飛び降りるに違いない。そして、庭を横切って逃げるに違いない。』

壮二君は、そんな風に信じ込んでしまいました。

『あの窓の下には花壇がある。花壇が踏みあらされるだろうなあ。』

そこまで空想した時、壮二君の頭に、ヒョイと奇妙な考えが浮かびました。

『ウン、そうだ。こいつは名案だ。あの花壇の中へ罠《わな》を仕掛けて置いてやろう。もし僕の思っている通りのことが起るとしたら、賊はあの花壇を横切るに違いない。そこに罠を仕掛けて置けば、賊の奴うまくかかるかも知れないぞ。』

壮二君が思いついた罠というのは、去年でしたか、お父さまのお友達で、山林を経営している人が、鉄の罠を作らせたいといって、アメリカ製の見本を持って来たことがあって、それがそのまま土蔵にしまってあるのを、よく覚えていたからです。

壮二君は、その思いつきに夢中になってしまいました。広い庭の中に、一つ位罠を仕掛けて置いたところで、果して賊がそれにかかるかどうか、疑わしい話ですが、そんなことを考える余裕はありません。ただもう無性に罠が仕掛けて見たくなったのです。そこで、いつにない早起をして、ソッと土蔵に忍び込んで、大きな鉄の道具を、エッチラオッチラ持出したというわけなのです。

壮二君は、いつか一度経験した、鼠捕りを仕掛ける時の、何だかワクワクするような愉快な気持を思い出しました。併し、今度は相手が鼠ではなくて人間なのです。しかも「二十面相」という稀代《きたい》の怪賊なのです。ワクワクする気持は、鼠の場合の十倍も二十倍も大きいものでした。

鉄罠を花壇の真中まで運ぶと、大きな鋸目《のこぎりめ》のついた二つの枠を、力一杯グッと開いて、うまく据えつけた上、罠と見えないように、その辺の枯草を集めて、蔽《おお》い隠しました。もし賊がこの中へ足を踏み入れたら、鼠捕りと同じ工合に、忽《たちま》ちパチンと両方の鋸目が合わさって、まるで真黒な、でっかい猛獣の歯のように、賊の足くびに食い入ってしまうのです。家の人が罠にかかっては大変ですが、花壇の真中ですから、賊ででもなければ、めったにそんな所へ踏み込む者はありません。

『これでよしと。でもうまく行くかしら。万一、賊がこいつに足くびをはさまれて、動けなくなったら、さぞ愉快だろうなあ。どうかうまく行ってくれますように。』

壮二君は神様にお祈りするような恰好《かっこう》をして、それから、ニヤニヤ笑いながら、家の中へ入って行きました。

実に子供らしい思いつきでした。併し少年の直覚というものは、決して馬鹿に出来ません。壮二君の仕掛けた罠が、のちに至って、どんな重大な役目を果すことになるか、読者諸君は、この罠のことをよく記憶しておいて頂きたいのです。

人か魔か

その午後には、羽柴一家総動員をして、帰朝の壮一君を、羽田飛行場に出迎えました。

旅客飛行機から降り立った壮一君は、予期にたがわず、実に颯爽《さっそう》たる姿でした。焦茶色の薄外套《がいとう》を小脇にして、同じ色の二重釦《ダブル・ボタン》の背広を、キチンと着こなし、折目の正しいズボンが、スーッと長く見えて、映画の中の西洋人みたいな感じがしました。

同じ焦茶色のソフト帽の下に、帽子の色とあまり違わない、日に焼けた赤銅色の、でも美しい顔が、ニコニコ笑っていました。濃い一文字の眉《まゆ》、よく光る大きな目、笑う度に見える、よく揃った真白な歯、それから、上唇の細く刈り込んだ口髭が、何ともいえぬ懐かしさでした。写真とソックリです。イヤ写真より一段と立派でした。

みんなと握手を交すと、壮一君はお父さんお母さんにはさまれて、自動車にのりました。壮二君は姉さんや近藤老人と一緒に、あとの自動車でしたが、車が走る間も、うしろの窓からすいて見える兄さんの姿を、ジッと見つめていますと、何だか嬉《うれ》しさがこみ上げて来るようでした。

帰宅して、一同が壮一君を取りかこんで、何かと話している内に、もう夕方でした。食堂には、お母さまの心づくしの晩餐《ばんさん》が用意されました。

新しい卓布《テーブル・クロス》で覆った、大きな食卓の上には、美しい秋の盛花が飾られ、銘々の席には、銀のナイフやフォークが、キラキラと光っていました。今日はいつもと違って、チャンと正式に折りたたんだナプキンが出ていました。

食事中は、無論壮一君が談話の中心でした。珍しい南洋の話が、次から次と語られました。その間々には、家出以前の少年時代の思出話も、盛んに飛び出しました。

『壮二君、君はその時分、まだあんよが出来るようになったばかりでね、僕の勉強部屋へ侵入して、机の上を引っかき廻したりしたものだよ。いつかはインキ壺《つぼ》をひっくり返して、その手で顔をなすったもんだから、黒ん坊みたいになってね、大騒をしたことがあるよ。ねえ、お母さま。』

お母さまは、そんなことがあったかしらと、よく思い出せませんでしたけれど、ただ嬉しさに、目に涙を浮かべて、ニコニコと肯いていらっしゃいました。

ところがです、読者諸君、こうした一家の喜びは、ある恐ろしい出来事の為に、実に突然、まるでバイオリンの糸が切れでもしたように、プッツリと断ち切られてしまいました。

何という心なしの悪魔でしょう。親子兄弟十年ぶりの再会、一生に一度という目出たい席上へ、その仕合せを呪うかのように、あいつの不気味な姿が、朦朧《もうろう》と立ち現れたのであります。

思出話の最中へ、書生が一通の電報を持って入って来ました。いくら話に夢中になっていても、電報とあっては開いて見ないわけには行きません。

壮太郎氏は、少し顔をしかめて、その電報を読みましたが、すると、どうしたことか、にわかにムッツリと黙り込んでしまったのです。

『お父さま、何か御心配なことでも。』

壮一君が目早くそれを見つけて訊《たず》ねました。

『ウン、困ったものが飛び込んで来た。お前達に心配させたくないが、こういうものが来るようでは、今夜は余程用心しないといけない。』

そういって、お見せになった電報には、

『コンヤシヨウ一二ジ、オヤクソクノモノ、ウケトリニユク、二〇』

とありました。二〇というのは、「二十面相」の略語に違いありません。『ショウ一二ジ』は、正十二時で、午前零時かっきりに、盗み出すぞという、確信に満ちた文意です。

『この二〇というのはもしや、二十面相の賊のことではありませんか。』

壮一君がハッとしたように、お父さまを見つめていいました。

『そうだよ。お前よく知っているね。』

『下関上陸以来、度々その噂を聞きました。飛行機の中で新聞も読みました。とうとう家を狙ったのですね。併《しか》し、あいつは何をほしがっているのです。』

『わしはお前がいなくなってから、旧ロシヤ皇帝の宝冠を飾っていたダイヤモンドを、手に入れたのだよ。賊はそれを盗んで見せるというのだ。』

そうして、壮太郎氏は、「二十面相」の賊について、又その予告状について、詳しく話して聞かせました。

『併し、今夜はお前がいてくれるので、心丈夫だ。一つお前と二人で、宝石の前で、寝ずの番でもするかな。』

『エエ、それがよろしいでしょう。僕は腕力にかけては自信があります。帰宅早々お役に立てば嬉しいと思います。』

忽ち邸内に戒厳令が敷かれました。青くなった近藤老支配人の指図で、午後八時というに、もう表門を始め、あらゆる出入口がピッタリと閉められ、内側から錠が卸《おろ》されました。

『今夜だけは、どんなお客様でも、お断りするのだぞ。』

老人が召使い達に厳命しました。

夜を徹して、三人の非番巡査と三人の書生と自動車運転手とが、手分をして各出入口を固め、或《あるい》は邸内を巡視する手筈《てはず》でした。

羽柴夫人と早苗さんと壮二君とは、早くから寝室に引籠《ひきこも》るようにいいつけられました。

大勢の女中達は、女中部屋に集って、脅えたようにボソボソと囁《ささや》き合っています。

壮太郎氏と壮一君は、洋館の二階の書斎に籠城《ろうじょう》することになりました。書斎のテーブルには、サンドウィッチと葡萄酒《ぶどうしゅ》を用意させて、徹夜の覚悟です。

書斎のドアや窓には皆、外側から開かぬように、鍵や掛金がかけられました。本当に蟻の這《は》い入る隙間もない訳です。

『少し用心が大袈裟《おおげさ》すぎたかも知れないね。』

さて、書斎に腰をおろすと、壮太郎氏が苦笑しながらいいました。

『イヤ、あいつにかかってはどんな、用心だって、大袈裟すぎることはありますまい。僕はさっきから新聞の綴込《とじこみ》で、「二十面相」の事件を、すっかり研究して見ましたが、読めば読む程、恐ろしい奴です。』

壮一君は真剣な顔で、さも不安らしく答えました。

『では、お前は、これ程厳重な防備をしても、まだ、賊がやって来るかも知れないというのかね。』

『エエ、臆病《おくびょう》のようですけれど、何だかそんな気がするのです。』

『だが、一体どこから？　……賊が宝石を手に入れる為には、まず、高い塀を乗り越えなければならない。それから、大勢の書生なんかの目をかすめて、たとえここまで来たとしても、ドアを打ち破らなくてはならない。そして、わし達二人と戦わなければならない。しかも、それでおしまいじゃないのだ。宝石は、ダイアルの文字の組合せを知らなくては、開くことの出来ない、金庫の中に入っているのだよ。いくら二十面相が魔法使いだって、この四重五重の関門を、どうしてくぐり抜けられるものか。ハハハ……』

壮太郎氏は大きな声で笑うのでした。でも、その笑い声には、何かしら空虚な、空威張りみたいな響きが混じっていました。

『併し、お父さん、新聞記事で見ますと、あいつは幾度も、全く不可能としか考えられないようなことを、易々となしとげているじゃありませんか。金庫に入れてあるから、大丈夫だと安心していると、その金庫の背中に、ポッカリと大穴があいて、中の品物は何もかも無くなっていたという実例もあります。

それから又、五人もの屈強の男が、見張をしていても、いつの間にか眠薬を飲まされて、肝心の時には、みんなグッスリ寝込んでいたという例もあります。

あいつは、その時と場合によって、どんな手段でも考え出す智恵を持っているのです。』

『オイオイ、壮一、お前は何だか、賊を讃美してるような口調だね。』

壮太郎氏は、あきれたように、我が子の顔を眺めました。

『イイエ、讃美じゃありません。でも、あいつは研究すればする程、恐ろしい奴です。あいつの武器は腕力ではありません。智恵です。智恵の使い方によっては、殆《ほとん》どこの世に出来ないことはないのですからね。』

父と子が、そんな議論をしている間に、夜は徐々に更けて行き、少し風立って来たとみえて、サーッと吹き過ぎる黒い風に、窓のガラスがコトコトと音を立てました。

『イヤ、お前があんまり賊を買いかぶっているもんだから、どうやらわしも、少し心配になって来たぞ。一つ宝石を確かめておこう。金庫の裏に穴でもあいていては、大変だからね。』

壮太郎氏は笑いながら立上って、部屋の隅の小型金庫に近づき、ダイアルを廻《まわ》し、扉を開いて、小さな赤銅製の小函《こばこ》を取出しました。そして、さも大事そうに小函を抱えて、元の椅子に戻ると、それを壮一君との間の丸テーブルの上に置きました。

『僕は始めて拝見する訳ですね。』

壮一君が、問題の宝石に好奇心を感じたらしく、目を光らせていいます。

『ウン、お前には始めてだったね。サア、これが、嘗《かつ》ては露国皇帝《ツァー》の頭に輝いたことのあるダイヤだよ。』

小函の蓋《ふた》が開かれますと、目もくらむような虹《にじ》の色がひらめきました。大豆程もある、実に見事な金剛石が六顆《か》、黒天鵞絨《ビロード》の台座の上に、輝いていたのです。

壮一君が十分観賞するのを待って、小函の蓋がとじられました。

『この函はここへ置くことにしよう。金庫なんかよりは、お前とわしと、四つの目で睨《にら》んでいる方が確かだからね。』

『エエ、その方がいいでしょう。』

二人はもう、話すこともなくなって、小函をのせたテーブルを中に、じっと顔を見合わせていました。

時々思い出したように、風が窓のガラス戸を、コトコトいわせて吹き過ぎます。どこか遠くの方から、激しく鳴き立てる犬の声が聞えて来ます。

『幾時だね。』

『十一時四十三分です。あと、十七分……』

壮一君が腕時計を見て答えると、それっきり二人は又黙り込んでしまいました。見ると、さすが豪胆な壮太郎氏の顔も、いくらか青ざめて、額にはうっすら汗がにじみ出しています。壮一君も膝の上に握拳《こぶし》を固めて、歯をくいしばるようにしています。

二人の息づかいや、腕時計の秒を刻む音までが聞える程、部屋の中は静まり返っていました。

『もう何分だね。』

『あと十分です。』

するとその時、何か小さな白いものが、絨毯《じゅうたん》の上をコトコト走って行くのが、二人の目の隅に映りました。オヤッ、二十日鼠かしら。

壮太郎氏は思わずギョッとして、うしろの机の下を覗きました。白いものは、どうやら机の下へ隠れたらしく見えたからです。

『ナアンだ、ピンポンの球じゃないか。だが、こんなものがどうして転がって来たんだろう。』

机の下からそれを拾い取って、不思議そうに眺めました。

『おかしいですね。壮二君が、その辺の棚の上に置き忘れておいたのが、何かのはずみで落ちたのじゃありませんか。』

『そうかも知れない。……だが、時間は？』

壮太郎氏の時間を訊ねる回数が、だんだん頻繁になって来るのです。

『あと四分です。』

二人は目と目を見合わせました。秒を刻む音が怖いようでした。

三分、二分、一分、ジリジリとその時が迫って来ます。二十面相はもう塀を乗り越えたかも知れません。今頃は廊下を歩いているかも知れません。……イヤ、もうドアの外へ来て、じっと耳を澄ましているのかも知れません。

アア、今にも、今にも、恐ろしい音を立ててドアが破壊されるのではないでしょうか。

『お父さん、どうかなすったのですか。』

『イヤ、イヤ、何でもない。わしは二十面相なんかに負けやしない。』

そうはいうものの、壮太郎氏はもう真青になって、両手で額を押さえているのです。

三十秒、二十秒、十秒と、二人の心臓の鼓動を合わせて、息詰まるような恐ろしい秒時が、過ぎ去って行きました。

『オイ、時間は？』

壮太郎氏のうめくような声が訊《たず》ねます。

『十二時一分過です。』

『ナニ、一分過ぎた？　……アハハハ……、どうだ壮一、二十面相の予告状も、あてにならんじゃないか。宝石はここにちゃんとあるぞ。何の異状もないぞ。』

壮太郎氏は、勝ち誇った気持で、大声に笑いました。併し壮一君はニッコリともしません。

『僕は信じられません。宝石には果して異状がないでしょうか。二十面相は違約なんかする男でしょうか。』

『なにをいっているんだ。宝石は目の前にあるじゃないか。』

『でも、それは函です。』

『すると、お前は、函だけがあって、中身のダイヤモンドがどうかしたとでもいうのか。』

『確かめてみたいのです。確かめるまでは安心出来ません。』

壮太郎氏は思わず立上って、赤銅の小函を両手で圧《おさ》えつけました。壮一君も立上りました。二人の目が、殆ど一分の間、何か異様に睨み合ったまま動きませんでした。

『じゃ、開けてみよう。そんな馬鹿なことがある筈《はず》はない。』

パチンと小函の蓋が開かれたのです。

と同時に、壮太郎氏の口から、

『アッ。』

という叫声がほとばしりました。

無いのです。黒天鵞絨の台座の上は、全く空っぽなのです。由緒深い二十万円の金剛石は、まるで蒸発でもしたように消え失せていたのでした。

魔法使い

暫《しばら》くの間、二人とも黙りこくって、青ざめた顔を見合わせるばかりでしたが、やっとして、壮太郎氏は、さもいまいましそうに、

『不思議だ。』

と呟《つぶや》きました。

『不思議ですね。』

壮一君も、鸚鵡《おうむ》返しに同じことを呟きました。しかし、妙なことに、壮一君は一向驚いたり、心配したりしている様子がありません。唇の隅に何だか薄笑の影さえ見えます。

『戸締に異状はないし、それに、誰かが入って来れば、このわしの目に映らぬ筈はない。まさか、賊は幽霊のように、ドアの鍵穴から出入りしたわけではなかろうからね。』

『そうですとも、いくら二十面相でも、幽霊に化けることは出来ますまい。』

『すると、この部屋にいて、ダイヤモンドに手を触れることが出来たものは、わしとお前の外にはないのだ。』

壮太郎氏は何か疑わしげな表情で、じっと我が子の顔を見つめました。

『そうです。あなたか僕の外にはありません。』

壮一君の薄笑いがだんだんはっきりして、ニコニコと笑い始めたのです。

『オイ、壮一、お前何を笑っているのだ。何がおかしいのだ。』

壮太郎氏はハッとしたように、顔色を変えて怒鳴りました。

『僕は賊の手並に感心しているのですよ。彼はやっぱり偉いですなあ。ちゃんと約束を守ったじゃありませんか。十重《とえ》二十重《はたえ》の警戒を物の見事に突破したじゃありませんか。』

『コラ、よさんか。お前は又賊を褒め上げている。つまり、賊に出し抜かれたわしの顔がおかしいとでもいうのか。』

『そうですよ。あなたがそうして、うろたえている様子が実に愉快なんですよ。』

アア、これが子たるものの父に対する言葉でしょうか。壮太郎氏は怒るよりも、あっけにとられてしまいました。そして、今目の前にニヤニヤ笑っている青年が、自分の息子ではなくて、何かしらえたいの知れない人間に見えて来ました。

『壮一、そこを動くんじゃないぞ。』

壮太郎氏は、怖い顔をして息子を睨みつけながら、呼鈴を押す為に、部屋の一方の壁に近づこうとしました。

『羽柴さん、あなたこそ動いてはいけませんね。』

驚いたことには、子が父を羽柴さんと呼びました。そして、ポケットから小型のピストルを取出すと、その手を低く脇にあてて、じっとお父さんに狙いを定めたではありませんか。顔はやっぱりニヤニヤと笑っているのです。

壮太郎氏は、ピストルを見ると、立ちすくんだまま、動けなくなりました。

『人を呼んではいけません。声をお立てになれば、僕は構わず引金を引きますよ。』

『貴様は一体何者だ。もしや……』

『ハハハ……、やっとお分かりになったようですね。御安心なさい。僕はあなたの息子の壮一君じゃありません。お察しの通り、あなた方が二十面相と呼んでいる盗賊です。』

壮太郎氏はお化でも見るように、相手の顔を見つめました。どうしても解けない謎があったからです。では、あのボルネオ島からの手紙は、誰が書いたのだ。あの写真は誰の写真なのだ。

『ハハハ……、二十面相は童話の中の魔法使いです。誰にも出来ないことを実行して見せるのです。羽柴さん、ダイヤモンドを頂戴《ちょうだい》したお礼に、種明しをしましょうか。』

怪青年は身の危険を知らぬように、落ちつきはらって説明しました。

『僕は壮一君の行方不明になっていることを探り出しました。同君の家出以前の写真も手に入れました。そして、十年の間に壮一君がどんな顔に変るかということを想像して、マア、こんな顔を作り上げたのです。』

彼はそういって、自分の頰をピタピタと叩《たた》いて見せました。

『ですから、あの写真は、外でもない、この僕の写真なんです。手紙も僕が書きました。そして、ボルネオ島にいる僕の友達に、あの手紙と写真を送って、そこからあなた宛に郵送させたわけですよ。お気の毒ですが、壮一君はいまだに行方不明なのです。ボルネオ島なんかにいやしないのです。あれはすっかり、始めからしまいまで、この二十面相の仕組んだお芝居ですよ。』

羽柴一家の人々は、お父さまもお母さまも、懐かしい長男が帰ったという喜びにとりのぼせて、そこにこんな恐ろしいカラクリがあろうとは、全く思いも及ばなかったのでした。

『僕は忍術使いです。』

二十面相は、さも得意らしく続けました。

『分かりますか。ホラ、さっきのピンポンの球です。あれが忍術の種なんです。あれは僕がポケットから絨毯《じゅうたん》の上に放り出したのですよ。あなたは、少しの間球に気を取られていました。机の下を覗きこんだりしました。その隙に宝石函の中から、ダイヤモンドを取出すのは、何の造作もないことでした。ハハハ……、では左様なら。』

賊はピストルを構えながら、あとずさりをして行って、左手で、鍵穴にはめたままになっていた鍵を廻《まわ》し、サッとドアを開くと、廊下へ飛出しました。

廊下には庭に面して窓があります。賊はその掛金をはずして、ガラス戸を開き、ヒラリと窓枠に跨《また》がったかと思うと、

『これ、壮二君の玩具に上げて下さい。僕は人殺しなんてしませんよ。』

と、いいながら、ピストルを部屋の中へ投げこんで、そのまま姿を消してしまいました。二階から庭へと飛降りたのです。

壮太郎氏は、又しても出し抜かれました。ピストルは玩具だったのです。最前から、

玩具のピストルに脅えて、人を呼ぶことも出来なかったのです。

しかし、読者諸君は御記憶でしょう。賊の飛降りた窓というのは、少年壮二君が、夢に見たあの窓です。その下には、壮二君が仕掛けて置いた鉄の罠《わな》が、鋸《のこぎり》のような口を開いて、獲物を待構えている筈です。夢は正夢でした。すると、もしかしたら、あの罠も何かの役に立つのではありますまいか。

アア、もしかしたら！

池の中

賊がピストルを投げ出して、外へ飛降りたのを見ると、壮太郎氏はすぐさま、窓の所へ駈けつけ、暗い庭を見おろしました。

暗いといっても、庭には、ところどころに、公園の常夜灯のような電灯がついているので、人の姿が見えぬほどではありません。

賊は飛降りた拍子に、一度倒れた様子ですが、すぐムクムクと起上って、非常な勢で駈け出しました。

ところが、案の定、彼は例の花壇へ飛びこんだのです。そして、二、三歩花壇の中を走ったかと思うと、忽《たちま》ちガチャンという烈しい金属の音がして、賊の黒い影は、もんどり打って倒れました。

『誰かいないか。賊だ。賊だ。庭へ廻れ。』

壮太郎氏が大声に怒鳴りました。

もし罠がなかったら、素早い賊は、とっくに逃げ去っていたことでしょう。壮二君の子供らしい思いつきが、偶然功を奏したのです。賊が罠をはずそうともがいている間に、四方から人々が駈けつけました。背広服のお巡りさん達、書生達、それから運転手、総勢七人です。

壮太郎氏も急いで階段を降り、近藤老人と共に、階下の窓から、電灯を庭に向けて、捕物の手助をしました。

ただ妙に思われたのは、折角買入れた猛犬のジョンが、この騒に姿を現さないことでした。もしジョンが加勢してくれたら、万一にも賊を取り逃がすようなことはなかったでしょうに。

二十面相が、やっと罠をはずして、起《た》ち上った時には、手に手に懐中電灯を持った追手の人達が、もう十メートルの間近に迫っていました。それも一方からではなくて、右からも、左からも、正面からもです。

賊は黒い風のように走りました。イヤ、弾丸のようにといった方がいいかも知れません。追手の円陣の一方を突破して、庭の奥へと走り込みました。

庭は公園のように広いのです。築山《つきやま》があり、池があり、森のような木立があります。暗さは暗し、七人の追手でも決して十分とはいえません。アア、こんな時、ジョンさえいてくれたら……。

　しかし、追手は必死でした。殊に三人のお巡りさんは、捕物にかけては、腕におぼえの人々です。賊が築山の上の茂みの中へ駈け上ったと見ると、平地を走って、築山の向側へ先廻りをしました。あとからの追手と挟みうちにしようというわけです。

　こうしておけば、賊は塀の外へ逃げ出すわけには行きません。それに、庭を取り巻いたコンクリート塀は、高さ四メートルもあって、梯子《はしご》でも持出さない限り、乗り越えるすべはないのです。

『アッ、ここだッ、賊はここにいるぞ。』

　書生の一人が、築山の上の茂みの中で叫びました。

　懐中電灯の丸い光が、四方からそこへ集中されます。茂みは昼のように明るくなりました。

　その光の中を、賊は背中を丸くして、築山の右手の森のような木立へと、鞠《まり》のように駈け降ります。

『逃がすなッ、山を降りたぞ。』

　そして、大木の木立の中を、懐中電灯がチロチロと、美しく走るのです。

　庭が非常に広く、樹木や岩石が多いのと、賊の逃走が巧みな為に、相手の背中を目の前に見ながら、どうしても捕らえることが出来ません。

　そうしているうちに、電話の急報によって、近くの警察署から、数名の警官が駈けつけ、直ちに塀の外を固めました。賊はいよいよ袋の鼠です。

邸内では、それから又暫くの間、恐ろしい鬼ごっこが続きましたが、そのうちに、追手達は、ふと賊の姿を見失ってしまいました。

賊はすぐ前を走っていたのです。大きな木の幹を縫うようにして、チラチラと見えたり隠れたりしていたのです。それが突然、消え失せてしまったのです。木立を一本一本、枝の上まで照らして見ましたけれど、どこにも賊の姿はないのです。

塀外には警官の見張があります。建物の方は、洋館は勿論《もちろん》、日本座敷も雨戸が開かれ、家中の電灯が赤々と庭を照らしている上に、壮太郎氏、近藤老人、壮二君をはじめ、女中達までが、縁側に出て庭の捕物を眺めているのですから、そちらへ逃げるわけにも行きません。

賊は庭園のどこかに、身を潜めているに違いないのです。それでいて、七人のものが、いくら探しても、その姿を発見することが出来ないのです。二十面相は又しても、忍術を使ったのではないでしょうか。

結局、夜の明けるのを待って、捜し直す外はないと一決しました。表門と裏門と塀外の見張さえ厳重にしておけば、賊は袋の鼠ですから、朝まで待っても大丈夫だというのです。

そこで、追手の人々は、邸外の警官隊を助ける為に、庭を引上げたのですが、ただ一人、松野という自動車の運転手だけが、まだ庭の奥に残っていました。

森のような木立に囲まれて、大きな池があります。松野運転手は人々におくれて、その池の岸を歩いていた時、ふと妙なものに気づいたのです。

懐中電灯に照らし出された池の水際《みぎわ》には、落葉が一杯浮いていましたが、その落葉の間から、一本の竹切が、少しばかり首を出して、ユラユラと動いているのです。風のせいではありません。波もないのに、竹切だけが、妙に動揺しているのです。

松野の頭に、ある非常に突飛な考えが浮かびました。みんなを呼び返そうかしらと思ったほどです。しかし、それほどの確信はありません。余りに信じ難いことなのです。

彼は電灯を照らしたまま、池の岸にしゃがみました。そして、恐ろしい疑いをはらす為に、妙なことを始めたのです。

ポケットを探って、鼻紙を取出すと、それを細く裂いて、ソッと池の中の竹切の上に持って行きました。

すると、不思議なことが起ったのです。薄い紙切が、竹の筒の先で、フワフワと上下に動き始めたではありませんか。紙がそんな風に動くからには、竹の筒から、空気が出たり入ったりしているのに違いありません。

まさかそんなことがと、松野は彼の想像を信じる気になれないのです。でも、この確かな証拠をどうしましょう。命のない竹切が、呼吸をする筈《はず》はないではありませんか。

冬ならば、ちょっと考えられないことです。しかし、それは前にも申しました通り、秋の十月、それほど寒い気候ではありません。殊に二十面相の怪物は、自ら魔術師と称しているほど、突飛な冒険が好きなのです。

松野はその時、みんなを呼べばよかったのです。でも、彼は手柄を一人占にしたかったのでしょう。他人の力を借りないで、その疑いをはらしてみようと思いました。

彼は電灯を地面に置くと、いきなり両手を伸ばして、竹切を摑《つか》み、グイグイと引き上げました。

竹切は三十センチ程の長さでした。多分壮二君がお庭で遊んでいて、その辺へ捨てて置いたものでしょう。引っぱると、竹はなんなくズルズルと伸びて来ました。しかし、竹ばかりではなかったのです。竹の先には池の泥で真黒になった人間の手が、しがみついていたではありませんか。イヤ、手ばかりではありません。手の次には、びしょ濡《ぬ》れになった、海坊主のような人の姿が、ニューッと現れたではありませんか。

樹上の怪人

それから、池の岸辺で、どんなことが起ったかは、しばらく読者諸君の御想像にまかせます。

五、六分の後には、以前の松野運転手が、何事もなかったように、同じ池の岸に立っておりました。少し息づかいが激しいようです。その外には変った所も見えません。

彼は急いで母屋の方へ歩き始めました。どうしたのでしょう、少しびっこを引いています。でも、びっこを引きながら、グングン庭を横切って、表門までやって来ました。

表門には二人の書生が、木刀のようなものを持って、物々しく見張番を勤めています。

松野はその前まで行くと、何か苦しそうに額に手を当てて、

『僕は寒気がしてしょうがない。熱があるようだ。少し休ませて貰《もら》うよ。』

と、力のない声でいうのです。

『アア、松野君か、いいとも、休み給え。ここは僕達が引受けるから。』

書生の一人が元気よく答えました。

松野運転手は、挨拶《あいさつ》をして、玄関脇の自動車小屋《ガレージ》の中へ姿を消しました。その自動車小屋の裏側に彼の部屋があるのです。

それから朝までは、別段のこともなく過去りました。表門も裏門も、誰も通過したものはありません。

塀外の見張をしていたお巡りさん達も、賊らしい人影には出合いませんでした。

七時には、警視庁から大勢の係官が来て、邸内の取調を始めました。そして、取調がすむまで、家の者は一切外出を禁じられたのですが、学生だけは仕方がありません。門《かど》脇《わき》女学校三年生の早苗さんと、高千穂《たかちほ》小学校五年生の壮二君とは、時間が来るといつものように、自動車で邸《やしき》を出ました。

運転手はまだ元気のない様子で、あまり口数もきかず、うなだれてばかりいましたが、でも、学校がおくれてはいけないというので、押して運転席についたのです。

警視庁の中村捜査係長は、先《ま》ず主人の壮太郎氏と、犯罪現場の書斎で面会して、事件の顛末《てんまつ》を詳しく聞取った上、一通り邸内の人々を取調べてから、庭園の捜索に取りかかりました。

『昨夜私達が駈けつけましてから、ただ今まで、邸を出たものは一人もありません。塀を乗り越したものもありません。この点は十分信用していただいていいと思います。』

所轄警察署の主任刑事が、中村係長に断言しました。

『すると、賊はまだ邸内に潜伏しているというのですね。』

『そうです。そうとしか考えられません。しかし、今朝夜明から、又捜索を始めさせているのですが、今までの所何の発見もありません。ただ、犬の死骸《しがい》の外には……』

『エ、犬の死骸だって？』

『ここの家では、賊に備える為に、ジョンという犬を飼っていたのですが、それが昨夜のうちに毒死していました。調べて見ますと、ここの息子さんに化けた二十面相の奴が、昨日夕方、庭に出て、その犬に何か食べさせていたということが分かりました。実に用意周到なやり方です。もしここの坊ちゃんが、罠を仕掛けて置かなかったら、奴は易々と逃げ去っていたに違いありません。』

『では、もう一度庭を探して見ましょう。随分広い庭だから、どこに、どんな隠れ場所があるか知れない。』

二人がそんな立話をしている所へ、庭の築山の向こうから、頓狂《とんきょう》な叫声が聞えて来ました。

『ちょっと来て下さい。発見しました。賊を発見しました。』

その叫声と共に、庭のあちこちから、あわただしい靴音が起りました。警官達が現場へ駈けつけるのです。中村係長と主任刑事も、声を目あてに走り出しました。

行って見ますと、声の主は羽柴家の書生の一人でした。彼は森のようになった木立の中の、一本の大きな椎の木の下に立って、しきりと上の方を指さしているのです。

『あれです。あすこにいるのは、確かに賊です。洋服に見覚えがあります。』

椎の木は、根元から三メートル程の所で、二股《ふたまた》に分かれているのですが、その股になった所に、茂った枝に隠れて、一人の人間が、妙な恰好《かっこう》をして横たわっていました。

こんなに騒いでも、逃出そうともせぬところを見ると、賊は息絶えているのでしょうか。

それとも、気を失っているのでしょうか。まさか、木の上で居眠をしているのではありますまい。

『誰か、あいつを引きおろしてくれ給え。』

係長の命令に、早速梯子《はしご》が運ばれて、それに登るもの、下から受取るもの、三、四人の力で、賊は地上におろされました。

『オヤ、縛られているじゃないか。』

いかにも、細い絹紐《きぬひも》様のもので、グルグル巻に縛られています。その上猿轡《さるぐつわ》です。大きなハンカチを口の中へ押し込んで、別のハンカチで固くくってあります。それから、妙なことに、洋服が雨にでも遭ったようにグッショリ濡れているのです。

猿轡を取ってやると、男はやっと元気づいたように、

『畜生め、畜生め。』

と唸《うな》り始めました。

『アッ、君は松野君じゃないか？』

書生がびっくりして叫びました。

それは二十面相ではなかったのです。二十面相の服を着ていましたけれど、顔は全く違うのです。お抱え運転手の松野に相違ありません。

でも、運転手といえば、さい前、早苗さんと壮二君を学校へ送るために、出かけたばかりではありませんか。その松野がどうしてここにいるのでしょう。

『君は一体どうしたんだ。』

係長が尋ねますと、松野は、

『畜生め、やられたんです。あいつにやられたんです。』

とくやしそうに叫ぶのでした。

壮二君の行方

松野君の語ったところによりますと、結局、賊は次のような突飛な手段によって、まんまと追手の目をくらまし、大勢の見ている中をやすやすと逃げ去ったことが分かりました。

人々に追い廻《まわ》されている間に、賊はお庭の池に飛び込んで、水の中に潜ってしまったのです。でもただ潜っていたのでは呼吸が出来ませんが、丁度その辺に壮二君がおもちゃにして捨てて置いた、節のない竹切が落ちていたものですから、それを持って池の中へ入り、竹の筒を口に当て、一方の端を水面に出して、静かに呼吸をして、追手の立ち去るのを待っていたのでした。

ところが、人々のあとに残って、ひとりでその辺を見廻していた松野運転手が、その竹切を発見し、賊のたくらみを感づいたのです。思いきって竹切を引張ってみますと、果して、池の中から泥まみれの人間が現れて来ました。

そこで、闇の中の格闘が始ったのですが、気の毒な松野君は救を求める隙《ひま》もなく、忽《たちま》ち賊のために組み伏せられ、賊がちゃんとポケットに用意していた絹紐で縛り上げられ、猿轡をされてしまったのです。そして、服をとりかえられた上、高い木の股へ担ぎ上げられたという次第でした。

そう分かってみますと、壮二君達を学校へ送って行った運転手は、いよいよ贋者《にせもの》ときまりました。大切なお嬢さん坊ちゃんが、人もあろうに、二十面相自身の運転する自動車で、どこかへ行ってしまったのです。人々の驚き、お父さまお母さまのご心配は、くどくど説明するまでもありません。

先ず早苗さんの行先、門脇女学校へ電話がかけられました。すると、意外にも、早苗さんは無事に学校へ着いていることが分かりました。では、賊は別に誘拐するつもりではなかったのだなと、大安心をして、次には壮二君の学校へ電話をして尋ねますと、もう授業が始っているのに、壮二君の姿は見えないという返事です。それを聞くと、お父さまお母さまの顔色が変ってしまいました。

賊は罠を仕掛けたのが、壮二君であることを知ったのかも知れません。そして、足に受けた傷の復讐《ふくしゅう》をするために、壮二君だけを誘拐したのかもしれません。

サア、大騒になりました。中村捜査係長は直ちにこのことを警視庁に報告し、東京全市に非常線を張って、羽柴家の自動車を探し出す手配を取りました。幸い自動車の型や番号は分かっているのですから、手掛りは十分ある訳です。

壮太郎氏は、殆《ほとん》ど三十分毎に、学校と警視庁とへ電話をかけて、その後の様子を尋ねさせていましたが、一時間、二時間、三時間、時は容赦なくたって行くのに、壮二君の消息は、いつまでも分かりませんでした。

ところが、その日のお昼過になって、一人の薄汚れた背広に鳥打帽の青年が、羽柴家の玄関に現れて、妙なことをいい出しました。

『あたしはお宅の運転手さんに頼まれたんですがね。運転手さんが、何だか途中で急に私用が出来たとかで、頼まれて自動車を運んで来たのですよ。車は門の中へ入れて置きましたから、調べて受取ってほしいんですがね。』

書生が、そのことを奥へ報告する。ソレッというので、主人の壮太郎氏や支配人の近藤老人が、玄関へ駈け出して、車を調べてみますと、確かに羽柴家の自動車に相違ありません。しかし、中には誰もいないのです。壮二君はやっぱり誘拐されてしまったのです。

『オヤ、こんな妙な封筒が落ちていますよ。』

近藤老人が、自動車のクッションの上から、一通の封書を拾い上げました。その表には『羽柴壮太郎殿必親展』と大きく書いてあるばかり、裏を見ても、差出人の名はありません。

『なんだろう。』

と、壮太郎氏が封を開いて、庭に立ったまま読んでみますと、そこには左のような恐ろしい言葉が書きつらねてあったのです。

昨夜はダイヤ六顆確《か》かに頂戴《ちょうだい》しました。持ち帰って、見れば見るほど見事な宝石、家宝として大切に保存します。

しかし、お礼はお礼として、少しお恨があるのです。何者かが庭に罠《わな》を仕掛けて置いて、僕の足に全治十日間の傷を負わせたことです。僕は損害を賠償してもらう権利があります。そのために御子息壮二君を人質として連れ帰りました。

　壮二君は今、拙宅の冷たい地下室に閉じ込められて、暗闇の中でシクシク泣いて居ります。荘二君こそ、あの呪わしい罠を仕掛けた本人です。これ位のむくいは当然ではありますまいか。

　ところで、損害の賠償ですが、それには、僕は御所蔵の観世音像を要求します。

　僕は昨日計らずも貴家の美術室を拝見する光栄を得たのですが、その立派さに驚き入りました。中にもあの観世音像は、鎌倉期の彫刻、安阿弥《あんあみ》の作と説明書がありましたが、如何《いか》にも国宝にしたいほどのもの、美術好きの僕は、欲しくて欲しくてたまりませんでした。その時、どうあっても、この仏像だけは頂戴しなければならないと、かたく決心したのです。

　ついては、今夜正十時、僕の部下のもの三名が、貴家に参上しますから、黙って美術室に通して頂きたいのです。彼等は観音像だけを荷造して、トラックに積んで運び去る予定になって居ります。人質の壮二君は、仏像と引換えに貴家へ戻るよう計らいます。約束は二十面相の名にかけて間違いありません。

　このことを警察に知らせてはなりません。又部下のトラックの跡をつけさせてはいけません。若《も》しそういうことがあれば、壮二君は永久に帰らないものと思し召し下さい。

この申出は必ず御承諾を得るものと信じますが、念のため、ご承諾の節は、今夜だけ、十時まで正門を開け放って置いて下さい。それを目標《めじるし》に参上することに致します。

二十面相より

羽柴壮太郎殿

何という虫のよい要求でしょう。壮太郎氏を始め、拳《こぶし》を握ってくやしがりましたが、壮二君というかけがえのない人質を取られていては、どうすることも出来ません。残念ながらこの無茶な申出に応ずる外に手だてはないように思われます。

なお、賊に頼まれて自動車を運転して来た青年を捕らえて、十分詮議《せんぎ》しましたけれど、彼はただいくらかお礼を貰《もら》って頼まれただけで、賊のことは何も知りませんでした。

少年探偵

青年運転手を返すと、直ちに、主人の壮太郎氏夫妻、近藤老人、それに、学校の小使いさんに送られて、車を飛ばして帰って来た早苗さんも加わって、奥まった部屋に善後処置の相談が開かれました。もうぐずぐずしてはいられないのです。十時といえば八、九時間しかありません。

『外のものならば構わない。ダイヤなぞお金さえ出せば手に入るのだからね。しかし、あの観世音像だけは、わしはどうも手離したくないのだ。ああいう国宝級の名作を、賊の手などに渡して、外国へでも売られるようなことがあっては、日本の美術界のためにすまない。あの彫刻はこの家の美術室に納めてあるけれど、決してわしの私有物ではないと思っている位だからね。』

壮太郎氏は、さすがに我が子のことばかり考えてはいませんでした。しかし、羽柴夫人はそうはゆきません。可哀そうな壮二君のことで一杯なのです。

『でも、仏像を渡すまいとすれば、あの子が、どんな目に遭うか分からないじゃございませんか。いくら大切な美術品でも、人間の命には換えられないと存じます。どうか警察などへおっしゃらないで、賊の申出に応じてやって下さいませ。』

お母さまの瞼《まぶた》の裏には、どことも知れぬ真暗な地下室に、ひとりぼっちで泣きじゃくっている壮二君の姿が、まざまざと浮かんでいました。今晩の十時さえ待ち遠しいのです。たった今でも、仏像と引換えに、早く壮二君を取り戻してほしいのです。

『ウン、壮二を取り戻すのは無論のことだが、しかし、ダイヤを取られた上に、あのかけがえのない美術品まで、おめおめ賊に渡すのかと思うと、残念で堪らないのだ。近藤君、何か方法はないものだろうか。』

『そうでございますね。警察に知らせたら、忽ち事が荒立ってしまいましょうから、賊の手紙のことは今晩十時までは、外へ漏れないようにして置かねばなりません。しかし、私立探偵ならば……』

老人がふと一案を持ち出しました。

『ウン、私立探偵というものがあるね。しかし、個人の探偵などにこの大事件がこなせるかしらん。』

『聞くところによりますと、なんでも東京に一人、偉い探偵がいると申すことでございますが……』

老人が首をかしげているのを見て、早苗さんが突然口をはさみました。

『お父さま、それは明智小五郎探偵よ。あの人ならば、警察で匙《さじ》を投げた事件を、いくつも解決したっていうほどの名探偵ですわ。』

『そうそう、その明智小五郎という人物でした。実に偉い男だそうで、二十面相とは恰《かっ》好《こう》の取組でございましょうて。』

『ウン、その名はわしも聞いたことがある。では、その探偵をソッと呼んで、一つ相談をしてみることにしようか。専門家には我々に想像の及ばない名案があるかも知れん。』

そして、結局、明智小五郎にこの事件を依頼することに話が極《きま》ったのでした。

早速、近藤老人が、電話帳を調べて、明智探偵の宅に電話をかけました。すると、電話口から、子供らしい声で、こんな返事が聞えて来ました。

『先生は今、満洲国政府の依頼を受けて、新京へ出張中ですから、いつお帰りとも分かりません。しかし、先生の代理を務めている小林という助手が居りますから、その人で

響いて来ました。

『アア、そうですか。だが、非常な難事件ですからねえ。助手の方ではどうも……』

近藤支配人が躊躇《ちゅうちょ》していますと、先方からは、おっかぶせるように、元気のよい声が響いて来ました。

『助手といっても、先生に劣らぬ腕ききなんです。十分御信頼なすっていいと思います。ともかく、一度お伺いしてみることにいたしましょう。』

『そうですか。ではすぐに一つ御足労下さるようにお伝え下さい。ただお断りして置きますが、事件を御依頼したことが、相手方に知れては大変なのです。人の生命《いのち》に関することなのです。十分御注意の上、誰にも悟られぬよう、こっそりとお訪ね下さい。』

『それは、おっしゃるまでもなく、よく心得て居ります。』

そういう問答があって、いよいよ小林という名探偵がやって来ることになりました。

電話が切れて十分もたったかと思われる頃、一人の可愛らしい少年が、羽柴家の玄関に立って、案内を乞《こ》いました。書生が取次ぎに出ますと、その少年は、

『僕は壮二君のお友達です。』

と自己紹介をしました。

『壮二さんはいらっしゃいませんが。』

と答えると、少年は、さもあらんという顔つきで、

『大方、そんなことだろうと思いました。ではお父さんにちょっと会わせて下さい。僕

のお父さんからことづけがあるんです。僕小林っていうもんです。』

と、すまして会見を申し込みました。

書生からその話を聞くと、壮太郎氏は小林という名に心当りがあるものですから、ともかく、応接室に通させました。

壮太郎氏が入って行きますと、詰襟の学生服を着た、十五、六歳の少年が立っていました。林檎《りんご》のように艶々《つやつや》した頰の、目の大きい、可愛らしい子供です。

『羽柴さんですか、初めまして。僕、明智探偵事務所の小林っていうものです。お電話を下さいましたので、お伺いしました。』

少年は目をクリクリさせて、ハッキリした口調でいいました。

『アア、小林さんのお使ですか。ちと込み入った事件なのでね。御本人に来てもらいたいのだが……』

壮太郎氏がいいかけるのを、少年は手を上げてとめるようにしながら答えました。

『イエ、僕がその小林芳雄です。外に助手はいないのです。』

『ホホウ、君が御本人ですか。』

壮太郎氏はびっくりしました。と同時に、なんだか、妙に愉快な気持になって来ました。こんなちっぽけな子供が、名探偵だなんて、本当かしら。だが、顔つきや言葉遣は、なかなか頼もしそうだわい。一つこの子供に相談をかけてみるかな。

『さっき、電話口で腕ききの名探偵といったのは、君自身のことだったのですか。』

『エエ、そうです。僕は先生から、留守中の事件をすっかり任されているのです。』

少年は自信たっぷりです。

『今、君は、壮二の友達だっていったそうですね。どうして壮二の名を知っていました。』

『それ位のことが分からないでは、探偵の仕事は出来ません。実業雑誌にあなたの御家族のことが出ていたのを、切抜帳で調べて来たのです。電話で人の一命にかかわるというお話があったので、早苗さんか、壮二君か、どちらかが行方不明にでもなったのではないかと想像して来ました。どうやら、その想像が当たったようですね。それから、この事件には、例の二十面相の賊が、関係しているのではありませんか。』

小林少年は実に小気味よく口をききます。

なるほど、この子供は、本当に名探偵かも知れないぞと、壮太郎氏はすっかり感心してしまいました。

そこで、近藤老人を応接室に呼んで、二人で事件の顚末《てんまつ》を、この少年に詳しく語り聞かせることにしたのです。

少年は、急所急所で、短い質問をはさみながら、熱心に聞いていましたが、話がすむと、その観音像が見たいと申し出でました。そして、壮太郎氏の案内で、美術室を見て、もとの応接室に帰ったのですが、暫くの間、物もいわないで、目をつむって、何か考えごとに耽《ふけ》っている様子でした。

やがて、小林少年は、パッチリ目を開くと、一膝《ひとひざ》乗り出すようにして、意気込んでいいました。

『僕は一つうまい手段を考えついたのです。相手が魔法使なら、こっちも魔法使になるのです。非常に危険な手段です。でも、危険を冒さないで手柄を立てることは出来ませんからね。僕は前に、もっと危いことさえやった経験があります。』

『ホウ、それは頼もしい。だが一体どういう手段ですね。』

『それはね。』

小林少年は、いきなり壮太郎氏に近づいて、耳もとに何か囁《ささや》きました。

『エ、君がですか。』

壮太郎氏は、余りに突飛な申出に、目を丸くしないではいられませんでした。

『そうです。ちょっと考えると、むずかしそうですが、僕達にはこの方法は試験ずみなんです。先年フランスの怪盗アルセーヌ・ルパンの奴を、先生がこの手で、ひどい目に遭わせてやったことがあるんです。』

『壮二の身に危険が及ぶようなことはありませんか。』

『それは大丈夫です。相手が小さな泥棒ですと却《かえ》って危険ですが、二十面相ともあろうものが、約束を違《たが》えたりはしないでしょう。壮二君は仏像と引換えにお返しするというのですから、危険が起る前にちゃんとここへ戻っていらっしゃるに違いありません。若《も》しそうでなかったら、その時にはまたその時の方法があります。大丈夫ですよ。僕は子供だけれど、決して無茶なことは考えません。』『明智さんの不在中に、君にそういう危険なことをさせて、万一のことがあっては困るが……』

『ハハハ……、あなたは僕達の生活を御存じないのですよ。探偵なんて軍人と同じことで、犯罪捜査のために倒れたら本望なんです。しかし、こんなこと何でもありませんよ。危険という程の仕事じゃありません。あなたは見て見ぬふりをして下さればいいんです。僕は、たとえお許がなくても、もうあとへは引きませんよ。勝手に計画を実行するばかりです。』

羽柴氏も近藤老人も、この少年の元気を、もてあまし気味でした。

そして、長い間の協議の結果、とうとう小林少年の考を実行することに話がきまりました。

仏像の奇蹟

さて、お話は飛んで、その夜の出来事に移ります。

午後十時、約束を違えず、二十面相の部下の三人のあらくれ男が、開け放ったままの、羽柴家の門をくぐりました。

盗人達は、玄関に立っている書生などを尻目《しりめ》に、『お約束の品物を頂きに参りましたよ。』と捨てぜりふを残しながら、間取を教えられて来たと見えて、迷いもせず、グングン奥の方へ踏み込んで行きました。

美術室の入口には、壮太郎氏と近藤老人とが待受けていて、賊の一人に声をかけました。

『約束は間違いないだろうね。子供はつれて来たんだろうね。』

すると、賊は無愛想に答えました。

『ご心配にゃ及びませんよ。子供さんは、もうちゃんと門の側まで連れて来てありまさあ。だがね、探したって無駄ですぜ。あっし達が荷物を運び出すまでは、いくら探しても分からねえように工夫がしてあるんです。でなきゃ、こちとらが危いからね。』

いい捨てて、三人はドカドカ美術室へ入って行きました。

その部屋は土蔵のような造になっていて、薄暗い電灯の下に、まるで博物館のようなガラス棚が、グルッとまわりを取り巻いているのです。

由ありげな刀剣、甲冑《かっちゅう》、置物、手箱の類、屛風《びょうぶ》、掛軸などが、ところ狭く並んでいる一方の隅に、高さ一メートル半程の、長方形のガラス箱が立っていて、その中に、問題の観世音像が安置してあるのです。

蓮華《れんげ》の台座の上に、本当の人間の半分程の大きさの、薄黒い観音様が坐《すわ》っておいでになります。元は金色まばゆいお姿だったのでしょうけれど、今はただ一面に薄黒く、着ていらっしゃる襞《ひだ》の多い衣もところどころ擦り破れています。でも、さすがは名匠の作、その円満柔和なお顔立は、今にも笑い出すかと思われるばかり、いかなる悪人も、このお姿を拝しては、合掌しないではいられぬ程に見えます。

三人の泥棒は、さすがに気がひけるのか、仏像の柔和なお姿を、よくも見ないで、すぐ様仕事にかかりました。

『グズグズしちゃいられねえ。大急ぎだぜ。』

一人が持って来た薄汚い布のようなものを広げますと、もう一人の男が、その端を持って、仏像のガラス箱の外を、グルグルと巻いて行きます。たちまち、それと分からぬ布包が出来上ってしまいました。

『ホラいいか。横にしたら毀《こわ》れるぜ。よいしょ、よいしょ。』

傍若無人の掛声までして、三人の奴はその荷物を、表へ運び出します。

壮太郎氏と近藤老人は、それがトラックの上に積み込まれるまで、三人の側につききって、見張っていました。仏像だけ持ち去られて、壮二君が戻って来ないでは、なんにもならないからです。

やがて、トラックのエンジンが騒々しく唸《うな》りはじめ、車は今にも出発しそうになりました。

『オイ、壮二さんはどこにいるのだ。壮二さんを戻さない内は、この車を出発させないぞ。もし無理に出発すれば、すぐ警察に知らせるぞ。』

近藤老人は、もう一生懸命でした。

『心配するなってえことよ。ホラ、うしろを向いてごらん。坊ちゃんは、もうちゃんと玄関においでなさらあ。』

振り向くと、なるほど、玄関の電灯の前に、大きいのと小さいのと、二つの黒い人影が見えます。

壮太郎氏と老人とがそれに気を取られている内に、

『あばよ……』

トラックは、門前を離れて見る見る小さくなって行きました。

二人は、急いで玄関の人影のそばへ引き返しました。

『オヤ、こいつらは、さっきから門の所にいた親子の乞食《こじき》じゃないか。さては一杯食わされたかな。』

いかにもそれは親子と見える二人の乞食でした。両人とも、ボロボロの薄汚れた着物を着て、煮しめたような手拭《てぬぐい》で頬かむりをしています。

『お前達はなんだ。こんなところへ入って来ては困るじゃないか。』

近藤老人が叱りつけますと、親の乞食が妙な声で笑い出しました。

『エヘヘヘヘ、お約束でございますよ。』

訳の分からぬことをいったかと思うと、彼はやにわに走り出しました。まるで風のように、暗闇の中を、門の外へ飛び去ってしまいました。

『お父さま、僕ですよ。』

今度は子供の乞食が、変なことをいい出すではありませんか。そして、いきなり、頬かむりをとり、ボロボロの着物を脱ぎ捨てたのを見ると、その下から現れたのは、見覚のある学生服、白い顔。子供乞食こそ、外ならぬ壮二君でした。待ちかねた壮二君でした。

『どうしたのだ、こんな汚いなりをして。』

羽柴氏が、懐かしい壮二君の手を握りながら尋ねました。

『何か訳があるのでしょう。二十面相の奴が、こんな着物を着せたんです。でも、今まで猿轡《さるぐつわ》をはめられていて、物がいえなかったのです。』

アア、では今の親乞食こそ、二十面相その人だったのです。彼は乞食に変装をして、それとなく仏像が運び出されたのを見極めた上、約束通り壮二君を返して、逃げ去ったのに違いありません。それにしても、乞食とは何という思いきった変装でしょう。乞食ならば、人の門前にうろついていても、さして怪しまれはしないという、二十面相らしい思いつきです。

壮二君は無事に帰りました。聞けば、先方では、地下室に閉じ込められてはいたけれど、別に虐待されるようなこともなく、食事も十分あてがわれたということです。

これで羽柴家の大きな心配は取り除かれました。お母さまお姉さまの喜びがどんなであったかは、読者諸君の御想像にお任せします。

さて一方、乞食に化けた二十面相は、風のように羽柴家の門を飛び出し、小暗い横町に隠れて、素早く乞食の着物を脱ぎ捨てますと、その下には茶色の十徳姿の、お爺《じい》さんの変装が用意してありました。頭は白髪、顔も皺《しわ》だらけの、どう見ても六十を越した隠居さまです。

彼は姿をととのえると、隠し持っていた竹の杖《つえ》をつき、背中を丸めて、よちよちと歩き出しました。たとえ羽柴氏が約束を無視して、追手をさし向けたとしても、これでは見破られる気遣ありません。実に心にくいばかり用意周到な遣口です。

老人は大通りに出ると、一台のタクシーを呼びとめて、乗り込みましたが、二十分もでたらめの方向に走らせておいて、別の車に乗り換え、今度は本当の隠家へ急がせました。

車の止った所は、戸山ヶ原の入口でした。老人はそこで車を降りて、真暗な原っぱをよぼよぼと歩いて行きます。さては、賊の巣窟《そうくつ》は戸山ヶ原にあったのです。

原っぱの一方のはずれ、こんもりとした杉林の中に、ポッツリと、一軒の古い西洋館が建っています。荒れ果てて住手もないような建物です。老人はその洋館の戸口を、トントントンと三つ叩《たた》いて、少し間を置いて、トントンと二つ叩きました。

すると、これが仲間の合図と見えて、中からドアが開かれ、さい前仏像を盗み出した手下の一人が、ニュッと顔を出しました。

老人は黙ったまま先に立って、グングン奥の方へ入って行きます。廊下の突当りに、昔はさぞ立派であったろうと思われる、広い部屋があって、その部屋の真中に、布を巻きつけたままの仏像のガラス箱が、電灯もない、裸蠟燭《ろうそく》の赤茶けた光に、照らし出されています。

『よしよし。お前達うまくやってくれた。これは褒美だ。どっかへ行って遊んでくるがいい。』

三人の者に数十枚の十円札を与えて、その部屋を立ち去らせると、老人は、ガラス箱の布をゆっくり取り去って、そこにあった裸蠟燭を片手に、仏像の正面に立ち、開戸になっているガラスの扉を開きました。

『観音さま、二十面相の腕前はどんなもんですね。昨日は二十万円のダイヤモンド、今日は国宝級の美術品です。この調子だと、僕の計画している大美術館も、間もなく完成しようていうものですよ。ハハハ……、観音さま。あなたは実によく出来ていますぜ。まるで生きているようだ。』

ところが、読者諸君、その時でした。二十面相の独語《ひとりごと》が終るか終らぬかに、彼の言葉通りに、実に恐ろしい奇蹟が起ったのです。

木造の観音さまの右手が、グーッと前に伸びたではありませんか。しかも、その指には、お定まりの蓮の茎ではなくて一挺《ちょう》のピストルが、ピッタリと賊の胸に狙を定めて、握られていたではありませんか。

仏像がひとりで動く筈はありません。では、この観音さまには、人造人間のような機械仕掛が施されていたのでしょうか。しかし鎌倉時代の彫像に、そんな仕掛けがあるわけはないのです。すると、一体この奇蹟はどうして起ったのでしょう。

だが、ピストルをつきつけられた二十面相は、そんなことを考えている暇もありませんでした。彼はアッと叫んで、タジタジとあとずさりをしながら、手向かいしないといわぬばかりに、思わず両手を肩のところまで上げてしまいました。

陥　穽

さすがの怪盗も、これには肝をつぶしました。相手が人間ならばいくらピストルを向けられても驚くような賊ではありませんが、古い古い鎌倉時代の観音さまが、いきなり動き出したのですから、びっくりしないではいられません。

びっくりしたというよりも、ゾーッと心の底から恐ろしさがこみ上げて来たのです。怖い夢を見ているような、或《あるい》はお化にでも出くわしたような、何ともえたいの知れぬ恐怖です。

大胆不敵の二十面相が、可哀そうに、真青になって、タジタジとあとずさりをして、ご免なさいというように、蠟燭を床において、両手を高く上げてしまいました。

すると、又しても、実に恐ろしいことが起ったのです。観音さまが、蓮華の台座の上から降りて、床の上にヌッと立上ったではありませんか。そして、じっとピストルの狙を定めながら、一歩、二歩、三歩、賊の方へ近づいて来るのです。

『キ、貴様、一体、ナ、何者だッ。』

二十面相は、追いつめられたけもののような、呻声《うめき》を立てました。

『わしか、わしは羽柴家のダイヤモンドを取返しに来たのだ。たった今、あれを渡せば、一命を助けてやる。』

驚いたことには、仏像が物をいったのです。重々しい声で命令したのです。

『ハハア、貴様、羽柴家の廻《まわ》しものだな。仏像に変装して俺の隠家を突きとめに来たんだな。』

相手が人間らしいことが分かると、賊は少し元気づいて来ました。でも、えたいの知れぬ恐怖が、全くなくなったわけではありません。というのは、人間が変装したのにしては、仏像が余り小さすぎたからです。立上ったところを見ると、十二、三の子供の背丈しかありません。その一寸法師みたいな奴が、落ちつき払って、老人のような重々しい声で物をいっているのですから、実に何とも形容の出来ない気味悪さです。

『で、ダイヤモンドを渡さぬといったら？』

賊は恐る恐る、相手の気を引いてみるように、尋ねました。

『お前の命がなくなるばかりさ。このピストルはね、いつもお前が使うような、おもちゃじゃないんだぜ。』

観音さまは、この御隠居然とした白髪の老人が、その実二十面相の変装姿であることを、ちゃんと知りぬいている様子でした。多分さい前の手下の者との会話を漏れ聞いて、それと察したのでしょう。

『おもちゃでないという証拠を、見せて上げようか。』

そういったかと思うと、観音さまの右手がヒョイと動きました。

と同時に、ハッと飛上るような恐ろしい物音。部屋の一方の窓ガラスが、ガラガラと砕け落ちました。ピストルからは実弾が飛出したのです。

一寸法師の観音さまは、滅茶滅茶に飛散るガラスの破片を、チラと見やったまま、素早くピストルの狙を元に戻し、印度人みたいな真黒な顔で、薄気味悪くニヤニヤと笑いました。

見ると、賊の胸につきつけられたピストルの筒口からは、まだ薄青い煙が立昇っています。

二十面相は、この黒い顔をした小さな怪人物の肝っ魂《たま》が、恐ろしくなってしまいました。こんな滅茶苦茶な乱暴者は、何を仕出かすか知れたものではない。本当にピストルで撃ち殺す気かも知れぬ。たといその弾丸はうまくのがれたとしても、この上あんな大きな物音を立てられては、付近の住民に怪しまれて、どんなことになるかも知れぬ。

『仕方がない。ダイヤモンドは返してやろう。』

賊はあきらめたようにいい捨てて、部屋の隅の大きな机の前へ行き、机の脚を刳貫《くりぬ》いた隠し抽斗《ひきだし》から、六顆《か》の宝石を取出すと、手の平にのせて、カチャカチャいわせながら戻って来ました。

ダイヤモンドは、賊の手の中で躍る度毎に、床の蠟燭の光を受けて、ギラギラと虹《にじ》のように輝いています。

『サア、これだ。よく調べて受取りたまえ。』

一寸法師の観音さまは、左手を伸ばして、それを受取ると、老人のような嗄《しわが》れ声で笑いました。

『ハハハ……、感心感心、さすがの二十面相も、やっぱり命は惜しいとみえるね。』

『ウム、残念ながら兜《かぶと》を脱いだよ。』

賊はくやしそうに唇を嚙《か》みながら、

『ところで、一体君は何者だね。この二十面相をこんな目に遭わせる奴があろうとは、俺も意外だったよ。後学の為に名前を教えてくれないか。』

『ハハハ……、お褒めにあずかって、光栄の至だね。名前かい。それは君が牢屋《ろうや》へ入ってからのお楽しみに残しておこう。お巡りさんが教えてくれることだろうよ。』

観音さまは、勝ちほこったようにいいながら、やっぱりピストルを構えたまま、部屋の出口の方へ、ジリジリとあとじさりを始めました。

賊の巣窟はつき止めたし、ダイヤモンドは取戻したし、あとは無事にこの荒屋《あばらや》を出て、付近の警察へ駈けこみさえすればよいのです。

この観音さまに変装した人物が何者であるかは、読者諸君とっくに御承知でしょう。小林少年は怪盗二十面相を向こうに廻して、見事な勝利をおさめたのです。その嬉《うれ》しさはどれ程でしたろう。どんな大人も及ばぬ大手柄です。

ところが、彼が今二、三歩で部屋を出ようとしていた時、突然、異様な笑声が響き渡りました。見ると、老人姿の二十面相が、おかしくてたまらぬというように、大口開いて笑っているのです。

アア、読者諸君、まだ安心は出来ません。名にし負う怪盗のことです。負けたと見せて、その実、どんな最後の切札が残してないとも限りません。

『オヤッ、貴様、何がおかしいんだ。』

観音さまに化けた少年は、ギョッとしたように立ち止って、油断なく身構えました。

『イヤ、失敬失敬、君が大人の言葉なんか使って、あんまりこまっちゃくれているもんだから、つい噴き出してしまったんだよ。』

賊はやっと笑いやんで、答えるのでした。

『というのはね。俺はとうとう、君の正体を看破《みやぶ》ってしまったからさ。この二十面相の裏をかいて、これほどの芸当の出来る奴は、そうたんとはないからね。実をいうと、俺は真先に明智小五郎を思い出した。

だが、そんなちっぽけな明智小五郎なんてありゃしないやね。君は子供だ。明智流のやり方を会得した子供といえば、外にはない。明智の少年助手は小林芳雄とかいったっけな。ハハハ……どうだ当ったろう。』

観音像に変装した小林少年は、賊の明察に、内心ギョッとしないではいられませんでした。併《しか》し、よく考えてみれば、目的を果してしまった今更、相手に名前を悟られたところで、少しも驚くことはないのです。

『名前なんかどうだっていいが、お察しの通り僕は子供に違いないよ。だが、二十面相ともあろうものが、僕みたいな子供にやっつけられたとあっては、少し名折だねえ。ハハハ……』

小林少年は負けないで応酬しました。

『坊や、可愛いねえ。……貴様それで、この二十面相に勝ったつもりでいるのか。』

『負けおしみはよし給え。折角盗み出した仏像は生きて動き出すし、ダイヤモンドは取返されるし、それでもまだ負けないっていうのかい。』

『そうだよ。俺は決して負けないよ。』

『で、どうしようっていうんだ！』

『こうしようというのさ！』

その声と同時に、小林少年は足の下の床板が、突然消えてしまったように感じました。ハッと身体が宙に浮いたかと思うと、その次の瞬間には、目の前に火花が散って、身体のどこかが、恐ろしい力で叩《たた》きつけられたような、激しい痛を感じたのです。

アア、何という不覚でしょう。丁度その時、彼が立っていた部分の床板が、陥穽《おとしあな》の仕掛になっていて、賊の指がソッと壁の隠し釦《ボタン》を押すと同時に、留金がはずれ、そこに真暗な四角い地獄の口が開いたのでした。

痛に耐えかねて、身動も出来ず、暗闇の底に俯伏《うつぶ》している小林少年の耳に、遥か上の方から、二十面相の小気味よげな嘲笑《ちょうしょう》が響いて来ました。

『ハハハ……、オイ坊や、さぞ痛かっただろう。気の毒だねえ。アア、そこでゆっくり考えてみるがいい。君の敵がどれ程の力を持っているかということをね。ハハハ……、この二十面相をやっつけるのには、君はちっと年が若すぎたよ。ハハハ……』

七つ道具

小林少年は、ほとんど二十分程の間、地底の暗闇の中で、墜落したままの姿勢で、じっとしていました。ひどく腰を打ったものですから、痛さに身動する気にもなれなかったのです。

その間に、天井では、二十面相が散々嘲《あざけ》りの言葉をなげかけておいて、陥穽の蓋《ふた》をピッシャリ閉めてしまいました。もう助る見込はありません。永久の虜《とりこ》です。もし賊がこのまま食事を与えてくれないとしたら、誰一人知るものもない荒屋の地下室で餓死してしまわねばなりません。

年端もゆかぬ少年の身で、この恐ろしい境遇を、どう耐え忍ぶことが出来ましょう。大抵の少年なれば、淋しさと恐しさに、絶望の余り、シクシクと泣き出したことでありましょう。

しかし、小林少年は泣きもしなければ、絶望もしませんでした。彼は健気《けなげ》にも、まだ二十面相に負けたとは思っていなかったのです。

やっと腰の痛が薄らぐと、少年が先ず最初にしたことは、変装の破れ衣の下に隠して、肩から下げていた小さなズックの鞄《カバン》に、ソッと触ってみることでした。

『ピッポちゃん、君は無事だったかい。』

妙なことをいいながら、上から撫《な》でるようにしますと、鞄の中で何か小さなものが、ゴソゴソと動きました。

『アア、ピッポちゃんは、どこも打たなかったんだね。お前さえいてくれれば、僕、ちっとも淋しくないよ。』

ピッポちゃんが、別条なく生きていることを確かめると、小林少年は、闇の中に坐《すわ》って、その小鞄を肩からはずし、中から、万年筆型の懐中電灯を取り出して、その光で、床に散らばっていた六つのダイヤモンドと、ピストルを拾い集め、それを鞄に収めるついでに、その中の色々な品物が紛失していないかどうかを、念入りに点検するのでした。

そこには、少年探偵の七つ道具が、チャンと揃っていました。昔、武蔵坊《むさしぼう》弁慶という豪傑は、あらゆる戦の道具を、すっかり背中に背負って歩いたのだそうですが、それを『弁慶の七つ道具』といって、今に語り伝えられています。小林少年の『探偵七つ道具』は、そんな大きな武器ではなく、一纏《ひとまと》めにして両手に握れるほどの小さなものばかりでしたが、その役に立つことは決して弁慶の七つ道具にも劣りはしなかったのです。

まず万年筆型懐中電灯、夜間の捜査事業には灯火が何よりも大切です。又、この懐中電灯は時に信号の役目を果たすことも出来ます。

それから、小型の万能ナイフ。これには鋸《のこぎり》、鋏《はさみ》、錐《きり》など、様々の刃物類が折畳になってついております。

それから、丈夫な絹紐《きぬひも》で作った縄梯子《なわばしご》、これは畳めば手の平に入るほど小さくなってしまうのです。その外、やっぱり万年筆型の望遠鏡、時計、磁石、小型の手帳と鉛筆、さい前賊を脅かした小型ピストルなどが主なものでした。

イヤ、その外に、もう一つピッポちゃんのことを忘れてはなりません。懐中電灯に照らし出されたのを見ますと、それは一羽の鳩でした。可愛い鳩が身を縮めて、鞄の別の区劃《くかく》に、おとなしくじっとしていました。

『ピッポちゃん。窮屈だけれどもう少し我慢するんだよ。怖い小父《おじ》さんに見つかると大変だからね。』

小林少年がそんなことをいって、頭を撫でてやりますと、鳩のピッポちゃんは、その言葉が分かりでもしたように、クークーと鳴いて返事をしました。

ピッポちゃんは、少年探偵のマスコットでした。彼はこのマスコットと一緒にいさえすれば、どんな危難に遭っても大丈夫だという、信仰のようなものを持っていたのです。

それればかりではありません。この鳩はマスコットとしての外に、まだ重大な役目を持っていました。探偵の仕事には、戦争と同じように、通信機関が何よりも大切です。

軍隊には無線電信隊がありますし、警察にはラジオ自動車がありますけれど、私立探偵にはそういうものがないのです。もし洋服の下へ隠せるような小型ラジオ発信器があれば一番いいのですが、そんなものは手に入らないものですから、小林少年は伝書鳩という面白い手段を考えついたのでした。

いかにも子供らしい思いつきでした。でも、子供の無邪気な思いつきが、時には大人をびっくりさせるような、効果を現すことがあるものです。

『僕はこの鞄の中に、僕のラジオも持っているし、それから僕の飛行機も持っているんだ。』

小林少年は、さも得意そうにそんな独言をいっていることがありました。なるほど、伝書鳩はラジオでもあり、飛行機でもあるわけです。

さて、七つ道具の点検を終りますと、彼は満足そうに鞄を衣の中に隠し、次ぎには懐中電灯で、地下室の模様を調べ始めました。戦争には、先ず地形の偵察ということが肝要だからです。

地下室は十畳敷ほどの広さで、四方コンクリートの壁に包まれた、以前は物置にでも使われていたらしい部屋でした。どこかに階段がある筈《はず》だがと思って、探してみますと、大きな木の梯子が、部屋の一方の天井に釣り上げてあることが分かりました。出入口を閉《ふさ》いだだけで足りないで、階段まで取上げてしまうとは、実に用心深いやり方といわねばなりません。この調子では、地下室から逃げ出すことなど思いも及ばないのです。

部屋の隅に一脚の毀《こわ》れかかった長椅子が置かれ、その上に一枚の古毛布が丸めてある外には、道具らしいものは何一品《ひとしな》ありません。まるで牢獄《ろうごく》のような感じです。

小林少年は、その長椅子を見て、思い当るところがありました。

『羽柴壮二君はきっとこの地下室に監禁されていたんだ。そして、この長椅子の上で眠ったに違いない。』

そう思うと、何か懐かしい感じがして、彼は長椅子に近づき、クッションを押してみたり、毛布を広げてみたりするのでした。

『じゃ、僕もこのベッドで一眠するかな。』

大胆不敵の少年探偵は、そんな独言をいって、長椅子の上に、ゴロリと横になりました。

万事は夜が明けてからのことです。それまでに十分鋭気を養っておかねばなりません。なるほど、理屈はその通りですが、この恐ろしい境遇にあって、呑気《のんき》に一眠するなんて、普通の少年には、とても真似の出来ないことでした。

『ピッポちゃん、サア眠ろうよ。そして、面白い夢でも見ようよ。』

小林少年は、ピッポちゃんの入っている鞄を、大事そうに抱いて、闇の中に目をふさぎました。

そして間もなく、長椅子の寝台の上から、スヤスヤと、さも安らかな少年の寝息が聞えて来るのでした。

小林少年はふと目を醒《さ》ますと、部屋の様子が、いつもの探偵事務所の寝室と違っているので、びっくりしましたが、忽《たちま》ち昨夜の出来事を思い出しました。

『アア、地下室に監禁されていたんだっけ。でも、地下室にしちゃ変に明るいなあ。』

殺風景なコンクリートの壁や床が、ホンノリと薄明るく見えています。地下室に日が射す筈はないのだがと、なおも見廻《みまわ》していますと、昨夜は少しも気づきませんでしたが、一方の天井に近く、明り取の小さな窓が開いていることが分かりました。

その窓は三十センチ四方ほどの、ごく小さいもので、その上太い鉄格子がはめてあります。地下室の床からは、三メートル近くもある高い所ですけれど、外から見れば、地面とすれすれの場所にあるのでしょう。

『ハテナ、あの窓から、うまく逃げ出せないかしら。』

小林君は急いで長椅子から起上り、窓の下に行って、明るい空を見上げました。窓にはガラスがはめてあるのですが、それが割れてしまって、大声に叫べば、外を通る人に聞えそうにも思われるのです。

そこで、今まで寝ていた長椅子を、窓の下へ押して行って、それを踏台に、伸び上ってみましたが、それではまだ窓へ届きません。子供の力で重い長椅子を縦にすることは出来ないし、外に踏台にする道具とても見当りません。

では、小林君は、折角窓を発見しながら、そこから外を覗くことも出来なかったのでしょうか。イヤイヤ、読者諸君、御心配には及びません。こういう時の用意に、縄梯子というものがあるのです。少年探偵の七つ道具は、早速使道が出来たわけです。

彼は鞄から絹紐の縄梯子を取出し、それを伸ばして、カウ・ボーイの投縄みたいにはずみをつけ、一方の端についている鉤《かぎ》を、窓の鉄格子目がけて投げ上げました。三度、四度失敗したあとで、ガチッと手応がありました。鉤はうまく一本の鉄棒に掛ったのです。

縄梯子といっても、これはごく簡略なもので、五メートルほどもある、長い丈夫な一本の絹紐に、二十センチ毎に大きな結玉が拵《こしら》えてあって、その結玉に足の指をかけて、よじ登る仕掛なのです。

小林君は腕力では大人に及びませんけれど、そういう機械体操めいたことになると、誰にもひけは取りませんでした。彼はなんなく縄梯子を登って、窓の鉄格子につかまることが出来ました。

ところが、そうして調べてみますと、失望したことには、鉄格子は深くコンクリートに塗りこめてあって、万能ナイフ位では、とてもとりはずせないことが分かりました。では、窓から大声に救を求めてみたらどうでしょう。イヤ、それもほとんど見込がないのです。窓の外は荒れ果てた庭になっていて、草や木がしげり、そのずっと向こうに生垣があって、生垣の外は道路もない広っぱです。その広っぱへ、子供でも遊びに来るのを待って、救を求めれば求めるのですが、そこまで声が届くかどうかも疑わしいほどです。

それに、そんな大きな叫声を立てたのでは、広っぱの人に聞えるよりも先に、二十面相に聞かれてしまいます。いけない、いけない、そんな危険なことが出来るものですか。

小林少年は、すっかり失望してしまいました。でも、失望の中にも、一つだけ大きな収穫がありました。といいますのは、今の今まで、この建物が一体どこにあるのか、少しも見当がつかなかったのですが、窓を覗いたお陰で、その位置がハッキリと分かったことです。

読者諸君は、ただ窓を覗いただけで、位置が分かるなんて変だとおっしゃるかも知れません。でも、それが分かったのです。小林君は大変好運だったのです。

窓の外、広っぱの遥か向こうに、東京にたった一か所しかない、際立って特徴のある建物が見えたのです。東京の読者諸君は、戸山ケ原にある、陸軍の射撃場を御存じでしょう。あの大人国の蒲鉾《かまぼこ》を並べたような、コンクリートの大射撃場です。実にお誂《あつら》えむきの目印ではありませんか。

少年探偵は、その射撃場と賊の家との関係を、よく頭に入れて、縄梯子を降りました。そして、急いで例の鞄を開くと、手帳と鉛筆と磁石とを取出し、方角を確かめながら、地図を書いてみました。すると、この建物が、戸山ケ原の北側、西寄りの一隅にあるということが、ハッキリと分かったのでした。ここで又、七つ道具の中の磁石が役に立ちました。

ついでに時計を見ますと、朝の六時を少し過ぎたばかりです。上の部屋がひっそりしている様子では、二十面相はまだ熟睡しているのかも知れません。

『アア、残念だなあ。折角二十面相の隠家を突きとめたのに、その場所がチャンと分かっているのに、賊を捕縛することが出来ないなんて。』

小林君は小さい拳《こぶし》を握りしめて、くやしがりました。

『僕の身体が、童話の仙女《フェアリー》みたいに小さくなって、羽が生えて、あの窓から飛び出せたらなあ。そうすれば、早速警視庁へ知らせて、お巡りさんを案内して、二十面相を捕えてしまうんだがなあ。』

彼はそんな夢のようなことを考えて、溜息《ためいき》をついていましたが、ところが、その妙な空想がきっかけになって、ふと、すばらしい名案が浮かんで来たのです。

『ナアンダ、僕は馬鹿だなあ。そんなことわけなく出来るじゃないか。僕にはピッポちゃんという飛行機があるじゃないか。』

それを考えると、嬉《うれ》しさに、顔が赤くなって、胸がドキドキ躍り出すのです。

小林君は興奮に震える手で、手帳に、賊の巣窟《そうくつ》の位置と、自分が地下室に監禁されていることを記し、その紙をちぎって、細かく畳みました。

それから、鞄の中の伝書鳩ピッポちゃんを出して、その脚に結びつけてある通信筒の中へ、今の手帳の紙を詰めこみ、しっかり蓋を閉めました。

『サア、ピッポちゃん、とうとう君が手柄を立てる時が来たよ。しっかりするんだぜ。道草なんか食うんじゃないよ。いいかい。ソラあの窓から飛出して、早く奥さんの所へ行くんだ。』

ピッポちゃんは、小林少年の手の甲にとまって、可愛い目をキョロキョロさせて、じっと聞いていましたが、御主人の命令が分かったものとみえて、やがて勇ましく羽ばたきして、地下室の中を二、三度行ったり来たりすると、ツーッと窓の外へ飛出してしまいました。

『アア、よかった。十分もすれば、ピッポちゃんは、明智先生の小母《おば》さんの所へ飛んで行くだろう。小母さんは僕の手紙を読んで、さぞびっくりなさるだろうなあ。でも、すぐに警視庁へ電話をかけて下さるに違いない。それから警官がここへ駈けつけるまで、三十分かな？　四十分かな？　なんにしても、今から一時間の内には、賊がつかまるんだ。そして僕はこの穴蔵から出ることが出来るんだ。』

小林少年は、ピッポちゃんの消えて行った空を眺めながら、夢中になって、そんなことを考えていました。余り夢中になっていたものですから、いつの間にか、天井の陥穽《おとしあな》の蓋が開いたことを、少しも気づきませんでした。

『小林君、そんなところで、何をしているんだね。』

聞覚のある二十面相の声が、まるで雷のように少年の耳をうちました。

ギョッとしてそこを見上げますと、天井にポッカリ開いた四角な穴から、昨夜のままの、白髪頭の賊の顔が、さかさまになって、覗いていたではありませんか。

アッ、それじゃ、ピッポちゃんの飛んで行くのを、見られたんじゃないかしら。

小林君は、思わず顔色を変えて、賊の顔を見つめました。

奇妙な取引

『少年探偵さん、どうだったね、昨夜の寝心地は。ハハハ……、オヤ、窓になんだか黒い紐がぶら下っているじゃないか。ハハア、用意の縄梯子というやつだね。感心感心、君は実に考え深い子供だねえ。だが、その窓の鉄棒は君の力じゃはずせまい。そんな所に立って、いつまで窓を睨《にら》んでいたって逃げ出せっこはないんだよ。気の毒だねえ。』

賊は憎々しく嘲《あざけ》るのでした。

『ヤア、お早う。僕は逃げ出そうなんて思ってやしないよ。居心地がいいんだもの。この部屋は気に入ったよ。僕はゆっくり滞在するつもりだよ。』

小林少年も負けてはいませんでした。今窓から伝書鳩を飛ばしたのを、賊にかんづかれたのではないかと、胸をドキドキさせていたのですが、二十面相の口ぶりでは、そんな様子も見えませんので、すっかり安心してしまいました。

ピッポちゃんさえ、無事に探偵事務所へ着いてくれたら、もうしめたものです。二十面相が、どんなに毒口を叩《たた》いたって、なんともありません。最後の勝利はこっちのものだと分かっているからです。

『居心地がいいんだって？　ハハハ……、益々感心だねえ。さすがは明智の片腕といわれるほどあって、いい度胸だ。だが、小林君、少し心配なことがありゃしないかい。エ、君はもうお腹がすいている時分だろう。餓死してもいいというのかい。』

何をいっているんだ。今にピッポちゃんの報告で、警察から沢山のお巡りさんが、駈けつけて来るのも知らないで。小林君は何もいわないで、心の中で嘲笑《あざわら》っていました。

『ハハハ……、少し悄《しょ》げたようだね。いいことを教えてやろうか。君は代価を払うんだよ。そうすれば、おいしい朝御飯をたべさせて上げるよ。イヤイヤ、お金じゃない。食事の代価というのはね、君の持っているピストルだよ。そのピストルを、おとなしくこっちへ引渡せば、コックにいいつけて、早速朝御飯を運ばせるんだがねえ。』

賊は大きなことはいうものの、やっぱりピストルを気味悪がっているのでした。それを食事の代価として取上げるとは、うまいことを思いついたものです。

小林少年は、やがて救い出されることを信じていましたから、それまで食事を我慢するのは、なんでもないのですが、あまり平気な顔をしていて、相手に疑いを起こさせてはまずいと考えました。それに、どうせピストルなどに、もう用事はないのです。

『残念だけれど、君の中出に応じよう。本当はお腹がペコペコなんだ。』

わざと口惜しそうに答えました。

賊はそれをお芝居とは心づかず、計略が図に当ったとばかり、得意になって、

『ウフフ……、さすがの少年探偵もひもじさには敵《かな》わないと見えるね。ヨシヨシ、今すぐに食事をおろしてやるからね。』

といいながら、陥穽を閉めて姿を消しましたが、やがて、何かコックに命じているらしい声が、天井から幽《かす》かに聞えて来ました。

案外食事の用意が手間取って、再び二十面相が陥穽を開いて顔を出したのは、それから二十分もたった頃でした。

『サア、暖かい御飯を持って来て上げたよ。が、まず代金の方を先に頂戴《ちょうだい》することにしよう。サア、この籠《かご》にピストルを入れるんだ。』

綱のついた小さな籠が、スルスルと降りて来ました。小林少年が、いわれるままに、ピストルをその中へ入れますと、籠は手早く天井へたぐり上げられ、それから、もう一度降りて来た時には、その中に湯気の立っているお握が三つと、ハムと、生卵と、お茶の瓶とが並べてありました。虜《とりこ》の身分にしては、なかなかの御馳走《ごちそう》です。

『サア、ゆっくりたべてくれ給え。君の方で代価さえ払ってくれたら、いくらでも御馳走して上げるよ。お昼の御飯には、今度はダイヤモンドだぜ。折角手に入れたのを、気の毒だけれど、一粒ずつ頂戴することにするよ。いくら残念だといって、ひもじさには換えられないからね。つまり、そのダイヤモンドを、すっかり返して貰うというわけなんだよ。一粒ずつ、一粒ずつ、ハハハ…、ホテルの主人も、なかなか楽しみなものだね

え。』

二十面相は、この奇妙な取引が、愉快でたまらない様子でした。しかし、そんな気の永いことをいっていて本当にダイヤモンドが取返せるのでしょうか。その前に彼自身が虜になってしまうようなことはないでしょうか。

小林少年の勝利

二十面相は、陥戸《おとしど》のところに踞《しゃが》んだまま、今取上げたばかりのピストルを、手の平の上でピョイピョイとはずませながら、得意の絶頂でした。そして、なおも小林少年をからかって楽しもうと、何かいいかけた時でした。

バタバタと二階からかけ降りる音がして、コックの恐怖にひきつった顔が現れました。

『大変です。……自動車が三台、お巡りがうじゃうじゃ乗っているんです。……二階の窓から見ていると、門の外で止りました。……早く逃げなくっちゃ。』

アア、果してピッポちゃんは使命を果したのでした。そして、小林君の考えていたよりも早く、もう警官隊が到着したのでした。地下室で、この騒を聞きつけた少年探偵は、嬉しさに飛びたつばかりです。

この不意打には、さすがの二十面相も仰天しないではいられません。

『ナニ？』

と呻《うめ》いて、スックと立上ると、陥戸を閉めることも忘れて、いきなり表の入口へかけ出しました。

でも、もうその時は遅かったのです。入口の戸を、外から烈しく叩く音が聞えて来ました。戸の傍に設けてある覗穴に目を当てて見ますと、外は制服警官の人垣でした。

『畜生ッ。』

二十面相は、怒に身をふるわせながら、今度は裏口に向かって走りました。しかし、中途までも行かぬ内に、その裏口の扉にも激しく叩く音が聞えて来たではありませんか。賊の巣窟は今や警官隊によって全く包囲されてしまったのです。

『頭《かしら》、もう駄目です。逃道はありません。』

コックが絶望の叫を上げました。

『仕方がない二階だ。』

二十面相は、二階の屋根裏部屋へ隠れようというのです。

『とても駄目です。すぐ見つかってしまいます。』

コックは泣き出しそうな声でわめきました。賊はそれにかまわず、いきなり男の手を取って、引きずるようにして、屋根裏部屋への階段をかけ上りました。

二人の姿が階段に消えると程もなく、表口の扉が烈しい音を立てて倒れたかと思うと、数名の警官が屋内になだれ込んで来ました。それと殆《ほとん》ど同時に、裏口の戸も開いて、そこからも数名の制服巡査。

指揮官は、警視庁の鬼とうたわれた中村捜査係長その人です。係長は表と裏の要所要所に見張の警官を立たせておいて、残る全員を指図して、部屋という部屋を、片っぱしから捜索させせました。

『アッ、ここだ。ここが地下室だ。』

一人の警官が例の陥戸の上で怒鳴りました。忽《たちま》ちかけ寄る人々。そこに踞んで、薄暗い地下室を覗いていた一人が、小林少年の姿を認めて、

『いる、いる。君が小林君か。』

と呼びかけますと、待ちかまえていた少年は、

『そうです。早く梯子を降して下さい。』

と叫ぶのでした。

一方、階下の部屋部屋は隈なく捜索されましたが、賊の姿はどこにも見えません。

『小林君、二十面相はどこへ行ったか、君は知らないか。』

やっと地下室から這《は》い上った、異様な衣姿の少年を捉えて、中村係長が慌しく尋ねました。

『つい今し方まで、この陥戸のところにいたんです。外へ逃げた筈《はず》はありません。二階じゃありませんか。』

小林少年の言葉が終るか終らぬに、その二階からただならぬ叫声が響いて来ました。

『早く来てくれ、賊だ、賊を捕えたぞ！』

ソレッというので、人々はなだれを打って、廊下の奥の階段へ殺到しました。ドカドカという烈しい靴音、階段を上ると、そこは屋根裏部屋で、小さな窓がたった一つ、まるで夕方のように薄暗いのです。

『ここだ、ここだ。早く加勢をしてくれ。』

その薄暗い中で、一人の警官が、白髪白髯《はくぜん》の老人を組み敷いて、怒鳴っています。老人はなかなか手強《てごわ》いらしく、ともすればはね返しそうで、組み敷いているのがやっとの様子です。

先に立った二、三人が、忽ち老人に組みついて行きました。それを追って、四人、五人、六人、悉《ことごと》くの警官が、折重なって、賊の上に襲いかかりました。

もうこうなっては、如何《いか》な兇賊《きょうぞく》も抵抗のしようがありません。見る見る内に高手小手に縛《いまし》められてしまいました。

白髪の老人が、グッタリとして、部屋の隅に蹲《うずくま》ってしまった時、中村係長が小林少年を連れて上って来ました。首実検の為です。

『二十面相はこいつに相違ないだろうね。』

係長が尋ねますと、少年は即座に肯いて、

『そうです。こいつです。二十面相がこんな老人に変装しているのです。』

と答えました。

『君達、そいつを自動車へ乗せてくれ給え。抜かりのないように。』

係長が命じますと、警官達は四方から老人を引っ立てて、階段を降りて行きました。

『小林君、大手柄だったねえ。満洲から明智さんが帰ったら、さぞびっくりすることだろう。相手が二十面相という大物だからねえ。明日になったら、君の名は日本中に響き渡るんだぜ。』

中村係長は少年名探偵の手をとって、感謝に堪えぬもののように、握りしめるのでした。

かくして、戦いは小林少年の勝利に終りました。仏像は最初から渡さなくてすんだのですし、ダイヤモンドは六顆《か》とも、ちゃんと鞄《カバン》の中に収まっています。勝利も勝利、全く申し分のない勝利でした。賊はあれほどの苦心にもかかわらず、一物をも得ることが出来なかったばかりか、折角監禁した小林少年は救い出され、彼自身はとうとう捕れの身となってしまったのですから。

『僕なんだか嘘みたいな気がします。二十面相に勝ったなんて。』

小林君は、興奮に青ざめた顔で、何か信じ難いことのようにいうのでした。

しかし、ここに一つ、賊が逮捕された嬉《うれ》しさの余り、小探偵がすっかり忘れていた事柄があります。それは二十面相の雇っていたコックの行方です。彼は一体どこへ雲隠れしてしまったのでしょう。あれほどの家探に、全く姿を見せなかったというのは、実に不思議ではありませんか。

逃げる隙《ひま》があったとは思われません。もしコックに逃げる余裕があれば、二十面相も逃げている筈です。では、彼はまだ屋内のどこかに身を潜めているのでしょうか。それは全く不可能なことです。大勢の警官隊の厳重な捜索に、そんな手抜かりがあったとは考えられないからです。

読者諸君、一つ本をおいて、考えてみて下さい。このコックの異様な行方不明には、そもそもどんな意味が隠されているのか。

恐ろしき挑戦状

戸山ヶ原の廃屋の捕物があってから二時間ほど後、警視庁の陰気な調室で、怪盗二十面相の取調が行われました。何の飾りもない薄暗い部屋に机が一脚、そこに中村捜査係長と老人に変装したままの怪盗と、二人きりのさし向かいです。

賊は後手に縛《いまし》められたまま、傍若無人に立ちはだかっています。さい前から、唖《おし》のように黙りこくって、一言も物をいわないのです。

『一つ君の素顔を見せて貰《もら》おうか。』

係長は賊の傍へ寄ると、いきなり白髪の鬘《かつら》に手をかけて、スッポリと引抜きました。すると、その下から黒々とした頭が現れました。次には、顔一杯の白髪のつけ髭《ひげ》をむしり取りました。そして、いよいよ賊の素顔がむき出しになったのです。

『オヤオヤ、君は案外不男《ぶおとこ》だねえ。』

係長がそういって、妙な顔をしたのも尤《もっと》もでした。賊は、狭い額、クシャクシャと不揃な短い眉《まゆ》、その下にギョロッと光っている団栗眼《どんぐりまなこ》、ひしゃげた鼻、しまりのない厚ぼったい唇、全く利口そうなところの感じられない、野蛮人のような、異様な相好でした。先にもいう通り、この賊は幾つとなく違った顔を持っていて、時に応じて老人にも、青年にも、女にさえ化けるという怪物ですから、世間一般には勿論《もちろん》、警察の係官たちにも、その本当の容貌《ようぼう》は少しも分かっていなかったのです。

それにしても、これはまあ、何て醜い顔をしているのだろう。もしかしたら、この野蛮人みたいな顔が、やっぱり変装なのかも知れない。

中村警部は、何ともたとえられない不気味なものを感じました。警部はじっと賊の顔を睨《にら》みつけて、思わず声を大きくしないではいられませんでした。

『オイ、これがお前の本当の顔なのか。』

実に変てこな質問です。しかし、そういう馬鹿馬鹿しい質問をしないではいられぬ気持でした。

すると、怪盗はどこまでも押黙ったまま、しまりのない唇を一層しまりなくして、ニヤニヤと笑い出したのです。

それを見ると、中村係長は、なぜかゾッとしました。目の前に、何か想像も及ばない奇怪な事が起り始めているような気がしたのです。

警部はその恐怖を隠すように、一層相手に近づくと、いきなり両手を上げて、賊の顔をいじり始めました。眉毛を引っぱってみたり、鼻を押さえてみたり、頬を抓《つね》ってみたり、飴《あめ》細工でもおもちゃにしているようです。

ところが、そうしていくら調べてみても、賊は変装している様子はありません。嘗《かつ》てあの美青年の羽柴壮一君になりすました賊が、その実こんな化物みたいな醜い顔をしていたとは、実に意外という外はありません。

『エヘヘヘ。……。くすぐってえや、止《よ》してくんな、くすぐってえや。』

賊がやっと声をたてました。しかし、何というだらしのない言葉でしょう。彼は口のきき方まで偽って、あくまで警察を馬鹿にしようというのでしょうか。それとも、もしかしたら……。

警部はギョッとして、もう一度賊を睨みつけました。頭の中に、ある途方もない考えがひらめいたのです。アア、そんなことがあり得るでしょうか。あまりに馬鹿馬鹿しい空想です。全く不可能なことです。でも、警部はそれを確かめて見ないではいられませんでした。

『君は誰だ。君は一体全体何者なんだ。』

又しても変てこな質問です。

すると、賊はその声に応じて、待構えていたように答えました。

『あたしは、木下虎吉《きのしたとらきち》っていうもんです。職業はコックです。』

『黙れ！　そんな馬鹿みたいな口をきいて、ごまかそうとしたって駄目だぞ。本当のことをいえ、二十面相といえば世間に聞えた大盗賊じゃないか。卑怯《ひきょう》な真似をするなッ。』賊はいきなり怒鳴りつけられて、ひるむかと思いの外、一体どうしたというのでしょう。賊はいきなりゲラゲラと笑い出したではありませんか。

『ヘエー、二十面相ですって、このあたしがですかい。ハハハ……、とんだことになるものですね。二十面相がこんな汚え男だと思っているんですかい。警部さんも目が無いねえ。いいかげんに分かりそうなもんじゃありませんか。』

中村係長は、それを聞くと、ハッと顔色を変えないではいられませんでした。

『黙れッ、でたらめもいいかげんにしろ。そんな馬鹿なことがあるものか。貴様が二十面相だということは、小林少年がちゃんと証明しているじゃないか。』

『ワハハハ……、それが間違っているんだから、お笑草でさあ。あたしはね、別になんにも悪いことをした覚えはねえ、ただのコックですよ。二十面相だか何だか知らないが、十日ばかり前、あの家へ雇われたコックの虎吉ってもんですよ。なんならコックの親方の方を調べて下さりゃすぐ分かることとです。』

『その何でもないコックが、どうしてこんな老人の変装をしているんだ。』

『それがね、いきなり押さえつけられて、着物を着換えさせられ、鬘を冠せられてしまったんでさあ。あたしも実はよく訳が分からないんだが、お巡りさんが踏んごんで来なすった時に、主人があたしの手をとって、屋根裏部屋へ駈け上ったのですよ。

あの部屋には隠し戸棚があってね、そこに色んな変装の衣裳《いしょう》が入れてあるんです。主人はその中から、お巡りさんの洋服やサーベルを取出して、手早く身につけると、今まで着ていたお爺《じい》さんの着物を、あたしに着せて、いきなり、「賊を捕えた」と怒鳴りながら、身動も出来ないように押さえつけてしまったんです。今から考えてみると、つまり警部さんの部下のお巡りさんが、二十面相を見つけ出して、いきなり飛びかかったという、お芝居をやって見せたわけですね。屋根裏部屋は薄暗いですからねえ。あの騒の最中、顔なんか分かりっこありませんや。あたしは、どうすることも出来なかったんですよ。なにしろ、主人と来たら、えらい力ですからねえ。』

中村係長は、青ざめてこわばった顔で、無言のまま、烈しく卓上のベルを押しました。そして、給仕の少年が顔を出すと、今朝戸山ケ原の廃屋を包囲した警官の内、表口裏口の見張番を勤めた四人の巡査にすぐ来るようにと伝えさせたのです。

やがて、入って来た四人の警官を、係長は怖い顔で睨みつけました。

『こいつを逮捕していた時、あの家から出て行ったものはなかったかね。そいつは巡査の服装をしていたかも知れないのだ。誰か見かけなかったかね。』

その問に応じて、一人の警官が答えました。

『巡査ならば一人出て行きましたよ。賊が捕ったから早く二階へ行けと、怒鳴っておいて、僕らが慌てて階段の方へ駈け出すのと反対にその男は外へ走って行きました。』

『なぜ、それを今まで黙っているんだ。第一君はその男の顔を見なかったのかね。いくら巡査の制服を着ていたからといって、顔を見れば、贋者《にせもの》かどうかすぐ分かる筈じゃないか。』

警部の額には、静脈が恐ろしくふくれ上っています。

『それが、顔を見る暇がなかったんです。風のように走って来て、風のように飛び出して行ったものですから。しかし、僕はちょっと不審に思ったので、君はどこへ行くんだと声をかけました。するとその男は、電話だよ。係長のいいつけで電話をかけに行くんだよ。と叫びながら走って行ってしまいました。

電話なれば、これまで例がないこともないので、僕はそれ以上疑いませんでした。それに、賊が捕ってしまったのですから、駈け出して行った巡査のことなんか忘れてしまって、つい御報告しなかったのです。』

聞いてみれば、無理のない話でした。無理がないだけに、賊の計画が、実に機敏に、しかも用意周到に行われたことを、驚かないではいられませんでした。

もう疑う所はありません。ここに立っている野蛮人みたいな醜い顔の男は、怪盗でもなんでもなかったのです。つまらない一人のコックに過ぎなかったのです。そのつまらないコックを捕えるために十数名の警官が、あの大騒を演じたのかと思うと、係長も四人の巡査も、あまりのことに、ただ茫然《ぼうぜん》と顔見合わせる外はありませんでした。

『それから、警部さん、主人があなたにお渡ししてくれといって、こんなものを書いて行ったんですが。』

コックの虎吉が、十徳の胸を開いて、もみくちゃになった一枚の紙きれを取出し、係長の前に差出しました。

中村警部は、ひったくるようにそれを受取ると、皺《しわ》を伸ばして、素早く読み下しましたが、読みながら、警部の顔色は、憤怒の余り、紫色に変ったかと見えました。そこには次のような馬鹿にしきった文言が、書きつけてあったのです。

小林君によろしく伝えてくれ給え。あれは実に偉い子供だ。僕は可愛くて仕方がないほどに思っている。だが、いくら可愛い小林君のためだって、僕の一身を犠牲にすることは出来ない。勝利に酔っているあの子供には気の毒だが、少々実世間の教訓を与えてやったわけだ。子供の痩腕《やせうで》でこの二十面相に敵対することは、もうあきらめたがよいと伝えてくれ給え。これに懲りないと、飛んだことになるぞと、伝えてくれ給え。ついでながら、警官諸公に、少しばかり僕の計画を漏らしておく。羽柴氏は少し気の毒になった。もうこれ以上悩ますことはしない。実をいうと、僕はあんな貧弱な美術室に、いつまでも執着しているわけには行かないのだ。僕は忙しい。実は今もっと大きなものに手を染めかけているのだ。それがどのような大事業であるかは、近日諸君の耳にも達することだろう。では、その中《うち》又ゆっくりお目にかかろう。

二十面相より

中村善四郎君

読者諸君、かくして二十面相と小林少年の戦いは、残念ながら、結局怪盗の勝利に終りました。しかも二十面相は、羽柴家の宝庫を貧弱と嘲《あざけ》り、大事業に手を染めているといばっています。彼の大事業とは一体何を意味するのでしょうか。今度こそ、もう小林少年などの手におえないかも知れません。待たれるのは、明智小五郎の帰国です。それもあまり遠いことではありますまい。

アア、名探偵明智小五郎と怪人二十面相の対立、智恵と智恵との一騎討、その日が待遠しいではありませんか。

美術城

伊豆半島の修善寺《しゅぜんじ》温泉から四キロほど南、下田《しもだ》街道に沿った山の中に、谷口村というごく淋しい村があります。その村はずれの森の中に、妙なお城のような厳《いか》めしい邸《やしき》が建っているのです。

まわりには高い土塀を築き、土塀の上にはずっと、先の鋭く尖《とが》った鉄棒を、まるで針の山みたいに植えつけ、土塀の内側には、四メートル幅程の溝が、ぐるっと取りまいていて、青々とした水が流れています。深さも背が立たぬ程深いのです。これはみな人を寄せつけぬための用心です。たとい針の山の土塀を乗り越えても、その中に、とても飛び越すことの出来ないお堀が、掘りめぐらしてあるというわけです。

そして、その真中には、天守閣こそありませんが、全体に厚い白壁造の、窓の小さい、まるで土蔵を幾つも寄せ集めたような、大きな建物が建っています。

その付近の人達は、この建物を『日下部《くさかべ》のお城』と呼んでいますが、無論本当のお城ではありません。こんな小さな村にお城などある筈はないのです。

ではこの馬鹿馬鹿しく用心堅固な建物は、一体何者の住居でしょう。警察のなかった戦国時代なれば知らぬこと、今の世に、どんなお金持だって、これほど用心深い邸宅に住んでいるものはありますまい。

『あすこには、一体どういう人が住んでいるのですか。』

旅のものなどが尋ねますと、村人はきまったように、こんな風に答えます。

『あれですかい。あれや、日下部の気違旦那《だんな》のお城だよ。宝物を盗まれるのが怖いといってね、村ともつきあいをしねえ変者ですよ。』

日下部家は先祖代々、この地方の大地主だったのですが、今の左門氏の代になって、広大な地所もすっかり人手に渡ってしまって、残るのはお城のような邸宅と、その中に所蔵されている夥《おびただ》しい古名画ばかりになってしまいました。

左門老人は気違のような美術蒐集《しゅうしゅう》家だったのです。美術といっても主に古代の名画で、雪舟とか探幽とか、小学校の国史の本にさえ名の出ている、古来の大名人の作は、殆《ほとん》ど漏れなく集っているといってもいい程でした。何百幅という絵の大部分が、国宝にもなるべき傑作ばかり、価格にしたら数百万円にもなろうという噂でした。

これで、日下部家の邸が、お城のように用心堅固に出来ているわけがお分かりでしょう。左門老人はそれらの名画を、命よりも大事がっていたのです。もしや泥棒に盗まれはしないかと、そればかりが、寝ても醒《さ》めても忘れられない心配でした。堀を掘っても、塀の上に針を植えつけても、まだ安心が出来ません。しまいには、訪問者の顔を見れば絵を盗みに来たのではないかと疑い出して、正直な村の人達とも、交際をしないようになってしまいました。

そして、左門老人は年中お城の中にとじこもって、集めた名画を眺めながら、殆ど外出もしないのです。美術に熱中するあまり、お嫁さんも貰《もら》わず、随って子供もなく、ただ名画の番人に生まれて来たような生活が、ずっと続いて、いつしか六十の坂を越してしまったのでした。

つまり、老人は美術のお城の、奇妙な城主というわけでした。

今日も老人は、白壁の土蔵のような建物の、奥まった一室で、古今の名画に取り囲まれて、じっと夢みるように坐《すわ》っていました。

戸外には暖かい日光がうらうらと輝いているのですが、用心のために鉄格子をはめた小さい窓ばかりの室内は、まるで牢獄《ろうごく》のように冷たくて、薄暗いのです。

『旦那さま、開けておくんなせえ。お手紙が参りました。』

部屋の外に年とった下男の声がしました。広い邸に召使いといっては、この爺《じい》やとその女房の二人きりなのです。

『手紙？　珍しいな。ここへ持って来なさい。』

老人が返事をしますと、重い板戸がガラガラと開いて、主人と同じように皺《しわ》くちゃの爺やが、一通の手紙を手にして入って来ました。

左門老人は、それを受取って、裏を見ましたが、妙なことに差出人の名前がありません。

『誰からだろう。見慣れぬ手だが……』

宛名は確かに日下部左門殿となっているので、ともかく封を切って、読下してみました。

『オヤ、旦那さま、どうしただね。何か心配なことが書いてありますだかね。』

爺やが思わず頓狂《とんきょう》な叫声を立てました。それ程、左門老人の様子が変ったのです。髭《ひげ》のない皺くちゃの顔が、しなびたように色を失って、歯の抜けた唇がブルブル震え、老眼鏡の中で、小さな目が不安らしく光っているのです。

『イヤ、な、なんでもない。お前には分からんことだ。あっちへ行っていなさい。』

震声で叱りつけるようにいって、爺やを追い返しましたが、なんでもないどころか、老人は気を失って倒れなかったのが不思議な位です。

その手紙には、実に、次のような恐ろしい言葉が、認《したた》めてあったのですから。

紹介者もなく、突然の申入をお許し下さい。しかし、紹介者などなくても、小生が何者であるかは、新聞紙上でよく御承知のことと思います。

用件を簡単に申しますと、小生は貴家御秘蔵の古画を、一幅も残さず頂戴《ちょうだい》する決心をしたのです。来《きた》る十一月十五日夜、必ず参上致します。

突然推参して御老体を驚かしてはお気の毒と存じ、予《あらかじ》め御通知します。

二十面相

日下部左門殿

アア、怪盗二十面相は、とうとう、この伊豆の山中の美術蒐集狂に、目をつけたのでした。彼が警官に変装して、戸山ヶ原の隠家を逃亡してから、殆ど一か月になります。その間、怪盗がどこで何をしていたか、誰も知るものはありません。恐らく新しい隠家を作り、手下の者達を集めて、第二第三の恐ろしい陰謀を企《たくら》んでいたのでしょう。そして、先ず白羽の矢を立てられたのが、意外な山奥の、日下部家の美術城でした。

『十一月十五日の夜といえば、今夜だ。アアわしはどうすればよいのじゃ。二十面相に狙われたからには、もうわしの宝物はなくなったも同然だ。あいつは、警視庁の力でも、どうすることも出来なかった恐ろしい盗賊じゃないか。こんな片田舎の警察の手におえるものではない。

アア、わしはもう破滅だ。この宝物をとられてしまう位なら、いっそ死んだ方がましじゃ。』

左門老人は、いきなり立上って、じっとしていられぬように、部屋の中をグルグル歩き始めました。

『アア、運のつきじゃ。もうのがれる術《すべ》はない。』

いつの間にか、老人の青ざめた皺くちゃな顔が、涙に濡《ぬ》れていました。

『オヤ、あれは何だったかな……、アアわしは思い出したぞ。わしは思い出したぞ。どうして今まで、そこへ気がつかなかったのだろう。神様はまだこのわしをお見捨てなさらないのじゃ。あの人さえいてくれたら、わしは助るかも知れないぞ。』

何を思いついたのか、老人の顔には、にわかに生気がみなぎって来ました。

『オイ作蔵、作蔵はいないか。』

老人は部屋の外へ出て、パンパンと手を叩《たた》きながら、しきりと爺やを呼び立てました。

ただならぬ主人の声に、爺やが駈けつけて来ますと、

『早く、「伊豆日報」を持って来てくれ。たしか一昨日の新聞だったと思うが、なんでもいいから三、四日分まとめて持って来てくれ。早くだ、早くだぞ。』

と、恐ろしい権幕で命じました。

作蔵が、あわてふためいて、その『伊豆日報』という地方新聞の束を持って来ますと、

老人は取る手ももどかしく、一枚一枚と社会面を見てゆきましたが、やっぱり一昨日の十三日の消息欄に、次のような記事が出ていました。

明智小五郎氏来修
民間探偵の第一人者明智小五郎氏は、長らく満洲国に出張中であったが、この程使命を果して帰京、旅の疲れを休める為に、本日修善寺温泉富士屋旅館に投宿、四、五日滞在の予定である。

『これだ。これだ。二十面相に敵対出来る人物は、この明智探偵の外にはない。羽柴家の盗難事件では、助手の小林とかいう子供でさえ、あれ程の働きをしたんだ。その先生明智探偵ならば、きっとわしの破滅を救ってくれるに違いはないて。どんなことがあっても、この名探偵を引っぱって来なくてはならん。』

老人はそんな独言をつぶやきながら、作蔵爺やの女房を呼んで、着物を着更えますと、宝物部屋の頑丈な板戸をピッタリ閉め、外から鍵《かぎ》をかけ、二人の召使いに、その前で見張番をしているように、固くいいつけて、ソソクサと邸を出かけました。

いうまでもなく、行先は近くの修善寺温泉富士屋旅館です。そこへ行って、明智探偵に面会し、宝物の保護を頼もうというわけです。

アア、待ちに待った名探偵明智小五郎が、とうとう帰って来たのです。しかも、時も時、所も所、まるで申合せでもしたように、丁度二十面相が襲おうという、日下部氏の美術城のすぐ近くに、入湯に来ていようとは、左門老人にとっては、実に願ってもない仕合せといわねばなりません。

名探偵明智小五郎

鼠色のトンビに身を包んだ、小柄の左門老人が、長い坂道をチョコチョコと走らんばかりにして、富士屋旅館に着いたのは、もう午後一時頃でした。

『明智小五郎先生は。』

と尋ねますと、裏の谷川へ魚釣りに出かけられましたとの答。そこで、女中を案内に頼んで、又テクテクと、その谷川へ下りて行かなければなりませんでした。

熊笹などの繁った危い道を通って、深い谷間に下りると、美しい水がせせらぎの音を立てて流れていました。

流れの所々に、飛石のように、大きな岩が頭を出しています。その一番大きな平な岩の上に、どてら姿の一人の男が、背を丸くして、垂れた釣竿《つりざお》の先をじっと見つめています。

『あの方が、明智先生でございます。』

女中が先に立って、岩の上をピョイピョイと飛びながら、その男の側へ近づいて行きました。

『先生、あの、このお方が、先生にお目にかかりたいといって、わざわざ遠方からおいでなさいましたのですが。』

その声に、どてら姿の男は、うるさそうにこちらを振り向いて、

『大きな声をしちゃいけない。魚が逃げてしまうじゃないか。』

と叱りつけました。

モジャモジャに乱れた頭髪、鋭い目、どちらかといえば青白い引きしまった顔、高い鼻、髭はなくて、キッと力のこもった唇、写真で見覚のある明智名探偵に相違ありません。

『わたしはこういうものですが。』

左門老人は名刺をさし出しながら、

『先生に折入ってお願があってお訪ねしたのですが。』

と小腰をかがめました。

すると明智探偵は、名刺を受取ることは受取りましたが、よく見もしないでさも面倒臭そうに、

『アアそうですか。で、どんな御用ですか。』

といいながら、又釣竿の先へ気をとられています。

老人は女中に先へ帰るようにいいつけて、そのうしろ姿を見送ってから、

『先生、実は今日、こんな手紙を受取ったのです。』

と、ふところから例の二十面相の予告状を取出して、釣竿ばかり見ている探偵の顔の前へ突き出しました。

『アア、又逃げられてしまった。……困りますねえ、そんなに釣の邪魔をなすっちゃ。手紙ですって？　一体その手紙が、僕にどんな関係があるとおっしゃるのです。』

明智はあくまで無愛想です。

『先生は二十面相と呼ばれている賊を御存じないのですかな。』

左門老人は、少々むかっ腹を立てて、鋭くいい放ちました。

『ホウ、二十面相ですか。二十面相が手紙をよこしたとおっしゃるのですか。』

名探偵は一向驚く様子もなく、相変らず釣竿の先を見つめているのです。

そこで、老人は仕方なく、怪盗の予告状を、自分で読み上げ、日下部家の『お城』にどのような宝物が秘蔵されているかを、詳しく物語りました。

『アア、あなたが、あの奇妙なお城の御主人でしたか。』

明智はやっと興味をひかれたらしく、老人の方へ向き直りました。

『ハイ、そうです。あの古名画類は、わしの命にも換え難い宝物です。明智先生、どうかこの老人を助けて下さい。お願です。』

『で、僕にどうしろとおっしゃるのですか。』

『すぐにわたしの宅までお越しが願いたいのです。そして、わしの宝物を守って頂きたいのです。』

『警察へお届けになりましたか。僕なんかにお話しになるよりも、先ず警察の保護を願うのが順序だと思いますが。』

『イヤ、それがですて、こう申しちゃ何だが、わしは警察よりも先生を頼りにしておるのです。二十面相を向こうに廻《まわ》して、ひけを取らぬ探偵さんは、先生の外にないということをわしは信じておるのです。

それに、ここには小さい警察分署しかありませんから、腕利の刑事を呼ぶにしたって、時間がかかるのです。なにしろ二十面相は、今夜わしの所を襲うというのですからね。ゆっくりはしておられません。

丁度その日に、先生がこの温泉に来ておられるなんて、全く神様のお引合せと申すものです。先生、老人が一生のお願です。どうかわしを助けて下さい。』

左門老人は、手を合わさんばかりにして、かきくどくのです。

『それ程におっしゃるなら、ともかくお引受けしましょう。二十面相は僕にとっても敵です。早く現れてくれるのを、待兼ねていた程です。

では御一緒に参りましょうが、その前に一応は警察とも打合せをしておかなければなりません。宿へ帰って僕から電話をかけましょう。そして、万一の用意に、二、三人刑事の応援を頼むことにしましょう。

あなたは一足先へお帰り下さい。僕は刑事と一緒に、すぐに駈けつけます。』

明智の口調は、にわかに熱を帯びて来ました。もう釣竿なんか見向きもしないのです。

『有難う、有難う。これでわしも百万の味方を得た思です。』

老人は胸なでおろしながら、くり返しくり返しお礼をいうのでした。

不安の一夜

日下部左門老人が、修善寺で傭った自動車を飛ばして、谷口村の『お城』へ帰ってから、三十分程して、明智小五郎の一行が到着しました。

一行は、ピッタリと身に合う黒の洋服に着更《きか》えた明智探偵の外に、背広姿の究竟《くっきょう》な紳士が三人、皆警察分署詰の刑事で、それぞれ肩書つきの名刺を出して、左門老人と挨拶《あいさつ》を交わしました。

老人はすぐさま、四人を奥まった、名画の部屋へ案内して、壁に掛け並べた掛軸や、箱に納めて棚に積み重ねてある、夥《おびただ》しい国宝的傑作を示し、一々その由緒を説明するのでした。

『こりゃどうも、実に驚くべき御蒐集《しゅうしゅう》ですねえ。僕も古画は大好きで、暇があると、博物館や寺院の宝物などを見て廻るのですが、歴史的な傑作が、こんなに一室に集っているのを、見たことがありませんよ。

美術好きの二十面相が目をつけたのは、無理もありませんね。僕でも涎《よだれ》が垂れるようですよ。』

明智探偵は、感嘆に堪えぬもののように、一つ一つの名画について、讃辞を並べるのでしたが、その批評の言葉が、その道の専門家も及ばぬ程詳しいのには、さすがの左門老人もびっくりしてしまいました。そして、名探偵への尊敬の念が、一入《ひとしお》深くなるのでした。

さて、少し早目に、一同夕食をすませると、愈々《いよいよ》名画守護の部署につくことになりました。

明智はテキパキした口調で、三人の刑事に指図をして、一人は名画室の中へ、一人は表門、一人は裏口に、それぞれ徹夜をして、見張番を勤め、怪しいものの姿を認めたら、直ちに呼子を吹き鳴らすという合図まで定めたのです。

刑事達が銘々の部署につくと、明智探偵は名画室の岩乗な板戸を、外からピッシャリ閉めて、老人に鍵をかけさせてしまいました。

『僕はこの戸の前に、一晩中がんばっていることにしましょう。』

名探偵はそういって、板戸の前の畳廊下に、ドッカリ坐りました。

『先生、大丈夫でしょうな。先生にこんなことを申しては失礼かも知れませんが、相手は何しろ、魔法使みたいな奴だそうですからね。わしはなんだか、まだ不安心なような気がするのですが。』

老人は明智の顔色を見ながら、いいにくそうに尋ねるのです。

『ハハハ……、御心配なさることはありません。僕はさっき十分調べたのですが、部屋の窓には厳重な鉄格子がはめてあるし、壁は厚さが三十糎《センチ》もあって、ちょっとやそっとで破れるものではないし、部屋の真中には刑事君が、目を見張っているんだし、その上、たった一つの出入口には、僕自身ががんばっているんですからね。これ以上用心のしょうはない位ですよ。

あなたは安心して、おやすみなすった方がいいでしょう。ここにおいでになっても、同じことですからね。』

明智が勧めても、老人はなかなか承知しません。

『イヤ、わしもここで徹夜することにしましょう。寝床へ入ったって、眠られるものではありませんからね。』

そういって、探偵の側《かたわら》へ坐りこんでしまいました。

『なるほど、では、そうなさる方がいいでしょう。僕も話相手が出来て好都合です。絵画論でも戦わしましょうかね。』

さすがに百戦練磨の名探偵、憎らしい程落ちつきはらっています。

それから、二人は楽な姿勢になって、ボツボツ古名画の話を始めたものですが、しゃべるのは明智ばかりで、老人はソワソワと落ちつきがなく、ろくろく受け答えも出来ない有様です。

左門老人には、一年もたったかと思われる程、長い長い時間のあとで、やっと、十二時がうちました。真夜中です。

明智は時々、板戸越しに、室内の刑事に声をかけていましたが、その都度、中からハッキリした口調で、異状はないという返事が聞えて来ました。

『アーア、僕は少し眠くなって来た。』

明智はあくびをして、

『二十面相の奴、今夜はやって来ないかも知れませんよ。こんな厳重な警戒の中へ飛込んで来る馬鹿もないでしょうからね。……御老人、いかがです眠けざましに一本、満洲ではこんな贅沢《ぜいたく》なやつを、スパスパやっているんですよ。』

と巻煙草入れをパチンと開いて、自分も一本つまんで、老人の前に差出すのでした。

『そうでしょうかね。今夜は来ないでしょうかね。』

左門老人は、差出されたエジプト煙草を取りながら、まだ不安らしくいうのです。

『イヤ、御安心なさい。あいつは決して馬鹿じゃありません。僕がここにがんばっていると知ったら、まさかノコノコやって来る筈《はず》はありませんよ。』

それから暫《しばら》く言葉が途絶えて、二人はてんでの考え事をしながら、おいしそうに煙草を喫っていましたが、それがすっかり灰になった頃、明智は又あくびをして、

『僕は少し眠りますよ。あなたもおやすみなさい。ナーニ、大丈夫です。武士は轡《くつわ》の音に目を醒ますっていいますが、僕は職業柄、どんな、忍足の音にも目を醒ますのです。心まで眠りはしないのですよ。』

そんなことをいったかと思うと、板戸の前に長々と横になって、目をふさいでしまいました。そして、間もなく、スヤスヤとおだやかな寝息が聞え始めたのです。

あまり慣れきった探偵の仕種に、老人は気が気ではありません。眠るどころか、益々耳を欹《そばだ》てて、どんな微《かす》かな物音も聞漏らすまいと、一生懸命でした。

何か妙な音が聞えて来るような気がします。耳鳴りかしら。それとも近くの森の梢《こずえ》に当る風の音かしら。

そうして、耳をすましていますと、しんしんと夜の更けて行くのが、ハッキリ分かるようです。

頭の中が、だんだん空っぽになって、目の前が靄《もや》のようにかすんでゆきます。

ハッと気がつくと、その薄白い靄の中に、目ばかり光らした黒装束の男が、朦朧《もうろう》と立ちはだかっているではありませんか。

『アッ、明智先生、賊です、賊です。』

思わず大声を上げて、寝ている明智の肩を揺すぶりました。

『何です。騒々しいじゃありませんか。どこに賊がいるんです。夢でもごらんになったのでしょう。』

探偵は身動もせず、叱りつけるようにいうのでした。

なるほど、今のは夢か、それとも幻だったのかも知れません。いくら見廻しても、黒装束の男など、どこにもいはしないのです。

老人は少しきまりが悪くなって、無言のまま元の姿勢に戻り、又耳をすましましたが、するとさっきと同じように、頭の中がスーッと空っぽになって、目の前に靄がむらがり始めるのです。

その靄が少しずつ濃くなって、やがて、黒雲のように真暗になってしまうと、身体が深い深い地の底へでも落ち込んで行くような気持がして、老人はいつしかウトウトと眠ってしまいました。

どの位眠ったのか、その間中、まるで地獄へでも墜《お》ちたような、恐ろしい夢ばかり見つづけながら、ふと目を醒ましますと、びっくりしたことには、あたりがすっかり明るくなっているのです。

『アアわしは眠ったんだな。しかし、あんなに気を張りつめていたのに、どうして寝たりなんぞしたんだろう。』

左門老人は我ながら不思議で仕方がありませんでした。

見ると、明智探偵は昨夜のままの姿で、まだスヤスヤと眠っています。

『アア、助った。それじゃ二十面相は、明智探偵に恐をなして、とうとうやって来なかったとみえる。有難い、有難い。』

老人はホッと胸なでおろして、静かに探偵を揺り起しました。

『先生起きて下さい。もう夜が明けましたよ。』

明智はすぐ目を醒まして、

『アー、よく眠ってしまった。……ハハハ……、ごらんなさい。何事もなかったじゃありませんか。』

といいながら、大きな伸をするのでした。

『見張番の刑事さんも、さぞ眠いでしょう。もう大丈夫ですから、御飯でも差上げて、ゆっくりやすんで頂こうじゃありませんか。』

『そうですね。では、この戸を開けて下さい。』

老人はいわれるままに、懐中から鍵を取出して、締りをはずし、ガラガラと板戸を開きました。

ところが、戸を開いて、部屋の中を一目見たかと思うと、老人の口から『ギャーッ。』という、まるで絞め殺されるような叫声がほとばしったのです。

『どうしたんです。どうしたんです。』

明智も驚いて立上り、部屋の中を覗きました。

『あ、あれ、あれ……』

老人は口をきく力もなく、妙な片言をいいながら、震える手で、室内を指さしています。

見ると、アア、老人の驚きも決して無理ではなかったのです。部屋の中の古名画は、壁にかけてあったのも、箱に納めて棚に積んであったのも、一つ残らず、まるでかき消すようになくなっているではありませんか。

番人の刑事は、畳の上に打ちのめされたように倒れて、なんというざまでしょう。グウグウ高鼾《たかいびき》をかいているのです。

『せ、先生、ぬ、ぬ、盗まれました。アア、わしは、わしは、……』

左門老人は、一瞬間に十年も年を取ったような、すさまじい顔になって、明智の胸ぐらを取らんばかりです。

悪魔の智恵

アア、又しても有り得ないことが起ったのです。二十面相という奴は、人間ではなくて、えたいの知れないお化です。まったく不可能なことを、こんなに易々とやってのけるのですからね。

明智はツカツカと部屋の中へ入って行って、鼾をかいている刑事の腰の辺を、いきなり蹴飛《けと》ばしました。賊の為にだしぬかれて、もうすっかり腹を立てている様子でした。

『オイ、オイ、起き給え。僕は君に、ここでお寝《やす》み下さいって頼んだんじゃないんだぜ。見給え、すっかり盗まれてしまったじゃないか。』

刑事はやっと身体を起しましたが、まだ夢うつつの有様です。

『ウ、ウ、何を盗まれたんですって？　アア、すっかり眠ってしまった。……オヤ、ここはどこだろう。』

寝ぼけた顔で、キョロキョロ部屋の中を見廻《みまわ》す始末です。

『しっかりし給え。アア、わかった。君は麻酔剤でやられたんじゃないか。思い出して見給え、昨夜どんなことがあったか。』

明智は刑事の肩を摑《つか》んで、乱暴にゆすぶるのでした。

『こうっと、オヤ、アア、あんた明智さんですね。アア、ここは日下部の美術城だった。しまった。僕はやられたんですよ。そうです、麻酔剤です。昨夜真夜中に、黒い影のようなものが、僕のうしろへ忍びよったのです。そして、そして、何か柔らかい厭《いや》な匂のするもので、僕の鼻と口をふさいでしまったんです。それっきり、それっきり、僕は何もわからなくなってしまったんです。』

刑事はやっと目の覚めた様子で、さも申訳なさそうに、空っぽの絵画室を見廻すのでした。

『やっぱりそうだった。じゃあ表門と裏門を守っていた刑事諸君も、同じ目に遭っているかも知れない。』

明智は独言をいいながら、部屋を駈け出して行きましたが、しばらくすると、台所の方で大声に呼ぶのが聞えて来ました。

『日下部さん、ちょっと来て下さい。』

何事かと、老人と刑事とが、声のする方へ行って見ますと、明智は下男部屋の入口に立って、その中を指さしています。

『表門にも裏門にも、刑事君たちの影も見えません。それればかりじゃない。ごらんなさい、可哀そうに、この始末です。』

見ると、下男部屋の隅っこに、作蔵爺やとそのおかみさんとが、高手小手に縛られ、猿轡《さるぐつわ》まで噛《か》まされて、ころがっているではありませんか。無論賊の仕業です。邪魔だてをしないように、二人の召使いを縛りつけておいたのです。

『アア、何ということじゃ。明智さん、これは何ということです。』

日下部老人は、もう半狂乱の体で、明智につめよりました。命よりも大切に思っていた宝物が、夢のように一夜の内に消え失せてしまったのですから、無理もないことです。

『イヤ、何とも申し上げようもありません。二十面相がこれほどの腕前とは知りませんでした。相手をみくびっていたのが失策でした。』

『失策？　明智さん、あんたは失策ですむじゃろうが、このわしは一体どうすればよいのです。……名探偵、名探偵と評判ばかりで、なんだこのざまは……』

老人は真青になって、血走った目で明智を睨《にら》みつけて、今にも飛びかからんばかりの権幕です。

明智はさも恐縮したように、さしうつむいていましたが、やがて、ヒョイと上げた顔を見ますと、これはどうしたというのでしょう、名探偵は笑っているではありませんか。その笑が顔一面に広がって行って、しまいにはもうおかしくておかしくて堪《たま》らぬというように、大きな声を立てて、笑い出したではありませんか。

日下部老人はあっけにとられてしまいました。明智は賊に出し抜かれた口惜しさに、気でも違ったのでしょうか。

『明智さん、あんた何がおかしいのじゃ。コレ、何がおかしいのじゃというに。』

『ワハハハ……、おかしいですよ。名探偵明智小五郎、ざまはないですね。まるで赤子の手をねじるように、易々とやられてしまったじゃありませんか。二十面相という奴は偉いですねえ。僕はあいつを尊敬しますよ。』

明智の様子はいよいよ変です。

『コレ、コレ、明智さん、どうしたもんじゃ、賊をほめ立てている場合ではない。チェッ、これはまあ何というざまだ。アア、それに、作蔵たちをこのままにして置いては可哀そうじゃ、刑事さん、ボンヤリしていないで、早く縄をといてやって下さい。猿轡もはずして、そうすれば作蔵の口から賊の手掛りもつくというもんじゃないか。』

明智が一向たよりならぬものですから、あべこべに、日下部老人が探偵みたいに指図をする始末です。

『サア、御老人の命令だ、縄をといてやり給え。』

明智が刑事に妙な目くばせをしました。

すると、今までボンヤリしていた刑事が、にわかにシャンと立直って、ポケットから一束の捕縄《ほじょう》を取り出したかと思うと、いきなり日下部老人のうしろに廻って、パッと縄をかけ、グルグルと縛り始めました。

『コレ、何をする。アア、どいつもこいつも気違ばかりじゃ。わしを縛ってどうするのだ。わしを縛るのではない。そこにころがっている二人の縄をとくのじゃ。コレ、わしではないというに。』

しかし、刑事は一向手をゆるめようとはしません。無言のまま、とうとう老人を高手小手に縛り上げてしまいました。

『コレ、気違め。コレ、何をする。ア、痛い痛い。痛いというに。明智さん、あんた何を笑っているのじゃ。とめて下さらんか。この男は気が違ったらしい。早く縄をとくようにいって下さい。コレ明智さんというに。』

老人は何が何だかわけがわからなくなってしまいました。皆揃って気違になったのでしょうか。でなければ、事件の依頼者を縛り上げるなんて法はありません。又それを見て、探偵がニヤニヤ笑っているなんて馬鹿なことはありません。

『御老人、誰をお呼びになっているのです。明智とかおっしゃったようですが。』

明智自身が、こんなことをいい出したのです。

『何を冗談をいっているのじゃ。明智さん、あんた、まさか自分の名を忘れたのではあるまい。』

『この僕がですか。この僕が明智小五郎だとおっしゃるのですか。』

明智はすまして、いよいよ変なことをいうのです。

『きまっておるじゃないか。何を馬鹿なことを……』

『ハハハ……、御老人、あなたこそ、どうかなすったんじゃありませんか。ここには明智なんて人間は、いやしませんぜ。』

老人はそれを聞くと、ポカンと口をあけて、狐にでもつままれたような顔をしました。あまりのことに急には口もきけないのです。

『御老人、あなたは以前に明智小五郎とお会いになったことがあるのですか。』

『会ったことはない。じゃが、写真を見てよく知っておりますわい。』

『写真？　写真ではちと心細いですねえ。その写真に僕が似ているとでもおっしゃるのですか。』

『………』

『御老人、あなたは二十面相がどんな人物かということを、お忘れになっていたのですね。二十面相、ホラ、あいつは変装の名人だったじゃありませんか。』

『そ、それじゃ、き、きさまは……』

老人はやっと、事の次第がのみこめて来ました。そして、愕然《がくぜん》として色を失ったのでした。

『ハハハ……、おわかりになりましたかね。』

『イヤ、イヤ、そんな馬鹿なことがある筈《はず》はない。わしは新聞を見たのじゃ。『伊豆日報』にちゃんと「明智探偵来修」と書いてあった。それから、富士屋の女中がこの人だと教えてくれた。どこにも間違はない筈じゃ。』

『ところが大間違があったのですよ。なぜって、明智小五郎はまだ満洲から帰りゃしないのですからね。』

『新聞が嘘を書く筈はない。』

『ところが、嘘を書いたのですよ。社会部の一人の記者がこちらの計略にかかってね、編輯長《へんしゅうちょう》に嘘の原稿を渡したってわけですよ。』

『フン、それじゃ刑事はどうしたんじゃ。まさか警察が偽の明智探偵にごまかされる筈はあるまい。』

老人は、目の前に立ちはだかっている男を、あの恐ろしい二十面相だとは信じたくなかったのです。無理にも明智小五郎にして置きたかったのです。

『ハハハ……、御老人、まだそんなことを考えているのですか。血のめぐりが悪いじゃありませんか。刑事ですって？　ア、この男ですが、それから表門裏門の番をした二人ですが、ハハハ……、なにね、僕の子分がちょいと刑事のまねをしただけですよ。』

老人はもう信じまいとしても信じないわけには行きませんでした。明智小五郎とばかり思い込んでいた男が、名探偵どころか、大盗賊だったのです。恐れに恐れていた怪盗二十面相その人だったのです。アア、何という飛切の思いつきでしょう、探偵が即ち盗賊だったなんて。日下部老人は、人もあろうに二十面相に宝物の番人を頼んだわけでした。

『御老人、昨夜のエジプト煙草の味は如何でした。ハハハ……、思い出しましたか。あの中にちょっとした薬が仕掛けてあったのですよ。二人の刑事が部屋へ入って、荷物を運び出し、自動車へ積みこむ間、御老人に一眠してほしかったものですからね。あの部屋へどうして入ったかとおっしゃるのですか。ハハハ……、わけはありませんよ。あなたのふところから、ちょっと鍵を拝借すればよかったのですからね。』

二十面相はまるで世間話でもしているように、おだやかな言葉を使いました。しかし、老人にして見れば、いやに丁寧すぎるその言葉遣が、一層腹立たしかったに違いありません。

『では、僕達は急ぎますから、これで失礼します。美術品は十分注意して、大切に保管するつもりですから、どうか御安心下さい。では、左様なら。』

二十面相は、丁寧に一礼して、刑事に化けた部下を従え、悠然とその場を立去りました。

可哀そうな老人は、何かわけのわからぬことをわめきながら、賊の後を追おうとしましたが、身体中をグルグル巻にした縄の端が、そこの柱に縛りつけてあるので、ヨロヨロと立上ってはみたものの、すぐバッタリと倒れてしまいました。そして、倒れたまま、くやしさと悲しさに、歯ぎしりを嚙み、涙さえ流して、身もだえするのでありました。

巨人と怪人

美術城の事件があってから半月ほどたったある日の午後、東京駅のプラットフォームの人ごみの中に、一人の可愛らしい少年の姿が見えました。外ならぬ小林芳雄君です。読者諸君にはおなじみの明智探偵の少年助手です。

小林君はキチンと折目のついた紺色の詰襟服に同じ色のオーバーを着て、よく似合う鳥打帽を冠《かぶ》って、ピカピカ光る靴をコツコツいわせながら、プラットフォームを行ったり来たりしています。手には、一枚の新聞紙を棒のように丸めて握っています。読者諸君、実はこの新聞には二十面相に関するある驚くべき記事が載っているのですが、しかし、それについては、もう少しあとでお話ししましょう。

小林少年が東京駅へやって来たのは、先生の明智小五郎を出迎える為でした。名探偵は今度こそ本当に満洲から帰って来るのです。

明智は満洲国の招きに応じて、ある重大な事件に関係し、見事に成功を収めて帰って来るのですから、いわば凱旋《がいせん》将軍です。本来なれば、外務省や陸軍省などから、大勢の出迎えがある筈ですが、明智はそういう仰々しいことが大嫌いでしたし、探偵という職業上、出来るだけ人目につかぬ心掛をしなければなりませんので、公の方面には態《わざ》と通知をしないで、ただ自宅だけに東京着の時間を知らせておいたのでした。それも、いつも明智夫人は出迎えを遠慮して、小林少年が出かけるならわしになっていました。

小林君はしきりと腕時計を眺めています。もう五分たつと、待ちかねた明智先生の汽車が到着するのです。殆《ほとん》ど三月ぶりでお会いするのです。懐かしさに、なんだか胸がワクワクするようでした。

ふと気がつくと、一人の立派な紳士が、ニコニコ笑顔を作りながら、小林少年に近づいて来ました。

鼠色の暖かそうなオーバー・コート、籐《とう》のステッキ、半白の頭髪、半白の口髭《くちひげ》、デップリ太った顔に、鼈甲縁《べっこうぶち》の眼鏡が光っています。先方ではニコニコ笑いかけていますけれど、小林君は全く見知らぬ人でした。

『もしや君は、明智さんのところの方じゃありませんか。』

紳士は太いやさしい声で尋ねました。

『エエ、そうですが……』

けげん顔の少年の顔を見て、紳士はうなずきながら、

『わたしは、外務省の辻野《つじの》という者だが、この列車で明智さんが帰られることがわかったものだから、非公式にお出迎えに来たのですよ。少し内密の用件もあるのでね。』

と説明しました。

『アア、そうですか。僕、先生の助手の小林っていうんです。』

帽子をとって、お辞儀しますと、辻野氏は一層にこやかな顔になって、

『アア、君の名は聞いていますよ。実はいつか新聞に出た写真で、君の顔を見覚えていたものだから、こうして声をかけたのですよ。二十面相との一騎討は見事でしたねえ。君の人気は大したものですよ。私のうちの子供達も大の小林ファンです。ハハハ……』

と、しきりに褒め立てるのです。

小林君は少し恥ずかしくなって、パッと顔を赤くしないではいられませんでした。

『二十面相といえば、修善寺では明智さんの名前をかたったりして、随分思い切ったまねをするね。それに、今朝の新聞では、いよいよ帝国博物館を襲うのだっていうじゃないか。実に警察を馬鹿にし切った、あきれた態度だ。決してうっちゃってはおけませんよ。あいつを叩《たた》きつぶす為だけにでも、明智さんが帰って来られるのを、僕は待ちかねていたんだ。』

『エエ、僕もそうなんです。僕一生懸命やってみましたけれど、とても僕の力には及ばないのです。先生に敵討をしてほしいと思って、待ちかねていたんです。』

『君が持っている新聞は今朝の？』

『エエ、そうです。博物館を襲うっていう予告状ののっている新聞です。』

小林君はそういいながら、その記事ののっている箇所を広げて見せました。

半分程が二十面相の記事で埋まっているのです。その意味をかいつまんで記しますと、社会面の昨日二十面相から帝国博物館長に宛てて速達便が届いたのですが、それには、博物館所蔵の美術品を一点も残らず頂戴《ちょうだい》するという、実に驚くべき宣告文が認《したた》めてあったのです。

例によって十二月十日という盗み出しの日付までちゃんと明記してあるではありませんか。十二月十日といえば、余すところ、もう九日間しかないのです。

怪人二十面相の恐るべき野心は、頂上に達したように思われます。あろうことかあるまいことか、国家を相手にして戦おうというのです。今まで襲ったのは皆個人の財宝で、憎むべき仕業には違いありませんが、世に例のないことではありません。しかし、博物館を襲うというのは、国家の所有物を盗むことになるのです。昔から、こんな大それた泥棒をもくろんだものが、一人だってあったでしょうか。大胆とも無謀ともいいようのない恐ろしい盗賊です。

しかし、考えてみますと、そんな無茶なことが、一体出来ることでしょうか。博物館といえば、何十人というお役人が詰めているのです。守衛もいます。お巡りさんもいます。その上、こんな予告をしたんでは、どれだけ警戒が厳重になるかも知れません。博物館全体をお巡りさんの人垣で取囲んでしまうようなことも、起らないとはいえません。

アア、二十面相は気でも狂ったのではありますまいか。それとも、あいつには、このまるで、不可能としか考えられないことをやってのける自信があるのでしょうか。人間の智恵では想像も出来ないような、悪魔のはかりごとがあるとでもいうのでしょうか。

さて、二十面相のことはこの位にとどめ、私達は明智名探偵を迎えなければなりません。

『アア、列車が来たようだ。』

辻野氏が注意するまでもなく、小林少年はプラットフォームの端へ飛んで行きました。出迎えの人垣の前列に立って、左の方を眺めますと、明智探偵をのせた急行列車の電気機関車は、一刻一刻その形を大きくしながら近づいて来ます。

サーッと空気が震動して、黒い鋼鉄の箱が目の前を掠《かす》めました。チロチロと過ぎて行く客車の窓の顔、ブレーキのきしりと共に、やがて列車が停止しますと、一等車の昇降口に、懐かしい懐かしい明智先生の姿が見えました。黒い背広に、黒い外套《がいとう》、黒のソフト帽という、黒ずくめのいでたちで、早くも小林少年に気づいて、ニコニコしながら手招をしているのです。

『先生、お帰りなさい。』

小林君は嬉《うれ》しさに、もう無我夢中になって、先生の側へ駈けよりました。

明智探偵は赤帽に幾つかのトランクを渡すと、プラットフォームへ降り立ち、小林君の方へよって来ました。

『小林君、いろいろ苦労をしたそうだね。新聞ですっかり知っているよ。でも無事でよかった。』

アア、三月ぶりで聞く先生の声です。小林君は上気した顔で名探偵をじっと見ながら、一層その側へより添いました。そしてどちらからともなく手が伸びて、師弟の固い握手が交わされたのでした。

その時、外務省の辻野氏が、明智の方へ歩みよって、肩書つきの名刺を差出しながら、声をかけました。

『明智さんですか、かけ違っておりにかかっていませんが、私はこういうものです。実はこの列車でお帰りのことを、ある筋から耳にしたものですから、急に内密でお話ししたいことがあって、出向いて来たのです。』

明智は名刺を受取ると、なぜか考えごとでもするように、しばらくそれを眺めていましたが、やがて、ふと気を変えたように、快活に答えました。

『アア、辻野さん、そうですか。お名前はよく存じています。実は僕も一度帰宅して、着更《きがえ》をしてから、すぐに外務省の方へ参るつもりだったのですが、わざわざお出迎を受けて恐縮でした。』

『お疲れのところを何ですが、もしお差支なければ、ここの鉄道ホテルで、お茶を飲みながらお話ししたいのですが、決してお手間は取らせません。』

『鉄道ホテルですか。ホウ、鉄道ホテルでね。』

明智は辻野氏の顔をじっと見つめながら、何か感心したようにつぶやきましたが、

『エエ、僕はちっとも差支ありません。では、お供しましょう。』

それから、少し離れたところに待っていた小林少年に近づいて、何か小声に囁《ささや》いてから、

『小林君、ちょっとこの方とホテルへ寄ることにしたからね、君は荷物をタクシーにのせて、一足先に帰ってくれ給え。』

と命じるのでした。

『エエ、では僕先へ参ります。』

小林君が赤帽のあとを追って、駈け出して行くのを見送りますと、名探偵と辻野氏とは肩を並べ、さも親しげに話し合いながら、地下道を抜けて、停車場の二階にある鉄道ホテルへ上って行きました。

予《あらかじ》め命じてあったものと見え、ホテルの最上等の一室に、客を迎える用意が出来ていて、恰幅《かっぷく》のよいボーイ長が、うやうやしく控えています。

二人が立派な織物で覆われた丸テーブルをはさんで、安楽椅子に腰をおろしますと、待ち構えていたように、別のボーイが茶菓を運んで来ました。

『君、少し密談があるから、席をはずしてくれ給え。ベルを押すまで誰も入って来ないように。』

辻野氏が命じますと、ボーイ長は一礼して立去りました。しめきった部屋の中に、二人きりのさし向かいです。

『明智さん、僕はどんなにか君に会いたかったでしょう。一日千秋の思で待ちかねていたのですよ。』

辻野氏はいかにも懐かしげに、ほほえみながら、しかし目だけは鋭く相手を見つめて、こんな風に話しはじめました。

明智は安楽椅子のクッションに深々と身を沈め、辻野氏におとらぬにこやかな顔で答えました。

『僕こそ、君に会いたくて仕方がなかったのです。汽車の中で、丁度こんなことを考えていたところでしたよ。ひょっとしたら、君が停車場へ迎えに来ていてくれるんじゃないかとね。』

『さすがですねえ。すると、君は僕の本当の名前も御存じでしょうねえ。』

辻野氏の何気ない言葉には、恐ろしい力がこもっていました。興奮の為に、椅子の肘《ひじ》掛《かけ》にのせた左手の先が、幽《かす》かに震えていました。

『少なくとも、外務省の辻野氏でないことは、あのまことしやかな名刺を見た時からわかっていましたよ。本名といわれると、僕も少し困るのですが、新聞なんかでは、君のことを怪人二十面相と呼んでいるようですね。』

明智は平然として、この驚くべき言葉を語りました。アア、読者諸君、これが一体本当のことでしょうか。盗賊が探偵を出迎えるなんて、探偵の方でも、とっくにそれと知りながら、賊の誘いにのり、賊のお茶をよばれるなんて、そんな馬鹿馬鹿しいことが起り得るものでしょうか。

『明智君、君は僕が想像していた通りの方でしたよ。最初僕を見た時から気づいていて、気づいていながら僕の招待に応じるなんて、シャーロック・ホームズにだって出来ない芸当です。僕は実に愉快ですよ。なんて生甲斐《いきがい》のある人生でしょう。アア、この興奮の一ときの為に、僕は生きていてよかったと思う位ですよ。』

辻野氏に化けた二十面相は、まるで明智探偵を崇拝しているかのようにいうのでした。しかし、油断は出来ません。彼は国中を敵に廻《まわ》している大盗賊です。殆ど死物狂いの冒険を企てているのです。そこには、それだけの用意がなくてはなりません。ごらんなさい。辻野氏の右手は、洋服のポケットに入れられたまま、一度もそこから出ないではありませんか。一体ポケットの中で何を握っているのでしょう。

『ハハハ……、君は少し興奮しすぎているようですね。僕には、こんなことは一向珍しくもありませんよ。だが、二十面相君、君には少しお気の毒ですね。僕が帰って来たので、折角の君の大計画も無駄になってしまったのだから。僕が帰って来たからには、博物館の美術品には一指もそめさせませんよ。又、伊豆の日下部家の宝物も、君の所有品にはしておきませんよ。いいですか、これだけはハッキリ約束しておきます。』

そんな風にいうものの、明智もなかなか楽しそうでした。深く吸い込んだ煙草の煙を、フーッと相手の面前に吹きつけて、ニコニコ笑っています。

『それじゃ、僕も約束しましょう。』

二十面相もまけてはいませんでした。

『博物館の所蔵品は、予告の日には必ず奪い取ってお目にかけます。それから、日下部家の宝物……ハハハ……、あれが返せるものですか。なぜって、明智君、あの事件では、君も共犯者だったじゃありませんか。』

『共犯者？　アア、成程ねえ、君はなかなか洒落《しゃれ》がうまいねえ。ハハハ……』

互に相手を亡《ほろ》ぼさないではやまぬ、烈しい敵意に燃えた二人、大盗賊と名探偵は、まるで親しい友達のように談笑しております。しかし、二人とも、心の中は、寸分の油断もなくはり切っているのです。

これ程の大胆な仕業をする賊のことですから、その裏面にはどんな用意が出来ているかわかりません。恐ろしいのは賊のポケットのピストルだけではないのです。最前の一癖ありげなボーイ長も、賊の手下でないとは限りません。その外にも、このホテルの中には、どれほど賊の手下がまぎれ込んでいるか、知れたものではないのです。

今の二人の立場は剣道の達人と達人とが、白刃を構えて睨《にら》み合っているのと、少しも変りはありません。気力と気力の戦いです。鵜《う》の毛程の油断がたちどころに勝負を決してしまうのです。

二人は益々愛嬌《あいきょう》よく話しつづけています。顔はにこやかに笑みくずれています。しかし、二十面相の額には、この寒いのに、汗の玉が浮いていました。二人とも、その目だけは、まるで火のように爛々《らんらん》と燃え輝いていました。

トランクとエレベーター

探偵はプラットフォームで賊を捕らえようと思えば、何の訳もなかったのです。どうしてこの好機会を見逃してしまったのでしょう。読者諸君はくやしく思っていらっしゃるかも知れませんね。

しかし、これは名探偵の自信がどれ程強いかを語るものです。賊を見くびっていればこそ、こういう放業《はなれわざ》が出来るのです。探偵は博物館の宝物には、賊の一指をも染めさせない自信がありました。例の美術城の宝物も、その外の数え切れぬ盗難品も、すっかり取返す信念がありました。

それには、今賊を捕らえてしまっては、かえって不利なのです。二十面相には多くの手下があります。もし首領が捕らえられたならば、その部下のものが、盗みためた宝物を、どんな風に処分してしまうか、知れたものではないからです。逮捕はその大切な宝物の隠し場所を確かめてからでもおそくはありません。

そこで折角出迎えてくれた賊を失望させるよりは、いっそその誘に乗ったと見せかけ、二十面相の智恵の程度を試してみるのも、一興であろうと考えたのでした。

『明智君、今の僕の立場というものを、一つ想像して見給え。君は僕を捕らえようと思えば、いつだって出来るのですぜ。ホラ、そこのベルを押せばいいのだ。そしてボーイにお巡りさんを呼んで来いと命じさえすればいいのだ。ハハハ……、なんてすばらしい冒険だ。この気持、君に分かりますか。命がけですよ。僕は今何十メートルとも知れぬ絶壁のとっぱなに立っているのですよ。』

二十面相はあくまで不敵です。そういいながら、目を細くして探偵の顔を見つめ、さもおかしそうに大声に笑い出すのでした。

『ハハハ……』

明智小五郎も負けないで大笑をしました。

『君、なにもそうビクビクすることはありやしない。君の正体を知りながら、ノコノコここまでやって来た僕だもの、今君を捕らえる気なんか少しもないのだよ。僕はただ有名な二十面相君と、ちょっと話してみたかっただけさ。ナアニ、君を捕らえることなんか、急ぐことはありやしない。博物館の襲撃まで、まだ九日間もあるじゃないか。マアゆっくり君の無駄骨折りを拝見するつもりだよ。』

『アア、さすがは名探偵だねえ。太っ腹だねえ。僕は君に惚《ほ》れ込んでしまったよ。……ところでと、君の方で僕を捕らえないとすれば、どうやら僕の方で君を虜《とりこ》にすることになりそうだねえ。』

二十面相はだんだん声の調子を凄《すご》くしながら、ニヤニヤと薄気味悪く笑うのでした。

『明智君、怖くはないかね。それとも君は、僕が無意味に君をここへ連れ込んだとでも思っているのかい。僕の方に何の用意もないと思っているのかね。僕が黙って君をこの部屋から外へ出すとでも勘違しているのじゃないのかね。』

『サア、どうだかねえ。君がいくら出さないといっても、僕は無論ここを出て行くよ。これから外務省と陸軍省へ行かなければならない忙しい身体だからね。』

明智はいいながら、ゆっくり立上って、ドアとは反対の窓へ歩いて行きました。そして、なにか景色でも眺めるように、呑気《のんき》らしく、ガラス越しに窓の外を見やって、軽いあくびをしながら、ハンカチを取出して、顔を拭《ぬぐ》っております。

その時、いつの間にベルを押したのか、最前の岩乗なボーイ長と、同じく屈強なもう一人のボーイとが、ドアを開けてツカツカと入って来ました。そして、テーブルの前で、軍人のように直立不動の姿勢をとりました。

『オイ、オイ、明智君、君は僕の力をまだよく知らないようだね。ここは鉄道ホテルだからと思って安心しているのじゃないかね。ところがね、君、例えばこの通りだ。』

二十面相はそういっておいて、二人の大男のボーイの方を振向きました。

『君達、明智先生に御挨拶《あいさつ》申し上げるんだ。』

すると、二人の男は、忽《たちま》ち二匹の野獣のような物凄《ものすご》い相好になって、いきなり明智を目がけて突き進んで来ます。

『待ち給え、僕をどうしようというのだ。』

明智は窓を背にしてキッと身構えました。

『分からないかね。ホラ、君の足元をごらん。僕の荷物にしては少し大きすぎるトランクが置いてあるじゃないか。中は空っぽだぜ。つまり君の棺桶《かんおけ》なのさ。この二人のボーイ君が、君を今、そのトランクの中へ埋葬しようって訳さ。ハハハ……。

さすがの名探偵もちっとは驚いたかね。僕の部下のものがホテルのボーイに入り込んでいようとは少し意外だったたねえ。

イヤ、君、声を立てたって無駄だよ。両隣とも、僕の借切の部屋なんだ。それから念のためにいっておくがね、ここにいる僕の部下は二人きりじゃない。邪魔の入らないように、廊下にもちゃんと見張番がついているんだぜ。』

アア、何という不覚でしょう。名探偵はまんまと敵の罠《わな》に陥ったのです。それと知りながら、好んで火の中へ飛び込んだようなものです。これ程用意が整っていては、もう遁《のが》れるすべはありません。

血の嫌いな二十面相のことですから、まさか命を奪うようなことはしないでしょうけれど、何といっても、賊にとっては警察よりも邪魔になる明智小五郎です。トランクの中へとじこめて、どこか人知れぬ場所へ運び去り、博物館の襲撃を終るまで、虜にしておこうという考えに違いありません。

二人の大男は問答無益とばかり、明智の身辺に迫って来ましたが、今にも飛びかかろうとして、ちょっとためらっております。名探偵の身に備わる威力にうたれたのです。でも、力では二人に一人、イヤ、三人に一人なのですから、明智小五郎がいかに強くても、敵《かな》いっこはありません。ああ、彼は帰朝早々、はやくもこの大盗賊の虜となり、探偵にとって最大の恥辱を受けなければならない運命なのでしょうか。ああ、本当にそうなのでしょうか。

しかし、ごらんなさい。我らの名探偵は、この危急に際しても、やっぱりあのほがらかな笑顔をつづけているではありませんか。そして、その笑顔が、おかしくてたまらないというように、だんだんくずれて来るではありませんか。

『ハハハ……』

笑い飛ばされて、二人のボーイは、狐にでもつまれたように、口をポカンとあいて、立ちすくんでしまいました。

『明智君、空威張はよしたまえ。何がおかしいんだ。それとも君は、恐ろしさに気でも違ったのか。』

二十面相は相手の真意を計りかねて、ただ毒口を叩《たた》くほかはありませんでした。

『イヤ、失敬失敬、つい君達の大真面目なお芝居が面白かったものだからね。……だが、ちょっと君、ここへ来てごらん。そして、窓の外を覗いてごらん。妙なものが見えるんだから。』

『何が見えるもんか。……そちらは駅のプラットフォームの屋根ばかりじゃないか。変なことをいって、一寸のがれをしようなんて、明智小五郎も耄碌《もうろく》したもんだねえ。』

でも、賊は何となく気がかりで、窓の方へ近よらないではいられませんでした。

『ハハハ……、勿論《もちろん》屋根ばかりさ。だが、その屋根の向こうに妙なものがいるんだ。ホラね、こちらの方だよ。』

明智は指さしながら、

『屋根と屋根との間から、ちょっと見えているプラットフォームに、黒いものがうずくまっているだろう。子供のようだね。小さな望遠鏡で、しきりとこの窓を眺めているじゃないか。あの子供、なんだか見たような顔だねえ。』

読者諸君はそれが誰だか、もうとっくにお察しのことと思います。そうです。お察しの通り明智探偵の名助手小林少年です。小林君は例の七つ道具の一つ、万年筆型の望遠鏡で、ホテルの窓を覗きながら、何かの合図を待ち構えている様子です。

『アッ、小林の小僧だな。じゃ、あいつは家へ帰らなかったのか。』

『そうだよ。僕がどの部屋へ入るか、ホテルの玄関で問合わせて、その部屋の窓を、注意して見はっているようにいいつけているのだよ。』

しかし、それが何を意味するのか、賊にはまだ呑込めませんでした。

『それで、どうしようっていうんだ。』

二十面相は、だんだん不安になりながら、恐ろしい権幕で、明智につめよりました。

『これをごらん。僕の手をごらん。君達が僕をどうかすれば、このハンカチが、ヒラヒラと窓の外へ落ちて行くのだよ。』

見ると、明智の右の手首が、少し開かれた窓の下部から、外へ出ていて、その指先に真白なハンカチがつままれています。

『これが合図なのさ。すると、あの子供はプラットフォームを飛びおりて、駅の事務所に駈け込むんだ。それから電話のベルが鳴る。そして警官隊が駈けつけて、ホテルの出入口をかためるまで、そうだね、五分もあれば十分だとは思わないかね。僕は五分や十分君達三人を相手に抵抗する力はあるつもりだよ。ハハハ……、どうだい、この指をパッと開こうかね、そうすれば、二十面相逮捕のすばらしい大場面が、見物出来ようというものだが。』

賊は、窓の外につき出された明智のハンカチと、プラットフォームの小林少年の姿とを見比べながら、くやしそうに暫《しばら》く考えていましたが、結局不利と悟ったのか、やや顔色を柔らげていうのでした。

『で、もし僕の方で手を引いて、君を無事に帰す場合には、そのハンカチは落さないですますつもりだろうね。つまり、君の自由と僕の自由との、交換という訳だからね。』

『無論だよ。さっきからいう通り、僕の方には、今君を捕らえる考えは少しもないのだ。もし捕らえるつもりなら、何もこんな廻《まわ》りくどいハンカチの合図なんかいりやしない。小林君にすぐ警察へ訴えさせるよ。そうすれば、今頃は、君は警察の檻《おり》の中にいた筈《はず》だぜ。ハハハ……』

『だが、君も不思議な男じゃないか。そうまでしてこの俺を逃がしたいのか。』

『ウン、今易々と捕らえるのは、少し惜しいような気がするのさ。いずれ君を捕らえる時には、大勢の部下も、盗みためた美術品の数々も、すっかり一網に手に入れてしまうつもりだよ。少し欲ばり過ぎているだろうかねえ。ハハハ……』

二十面相は長い間、さもくやしそうに、唇を噛んで黙り込んでいましたが、やがて、ふと気を変えたように、俄《にわ》かに笑い出しました。

『さすがは明智小五郎だ。そうなくてはならないよ。……マア気を悪くしないでくれ給え。今のはちょっと君の気を引いて見たまでさ。決して本気じゃないよ。では、今日はこれでお別れとして、君を玄関までお送りしよう。』

でも、探偵は、そんな甘い口に乗って、すぐ油断してしまう程、お人好しではありませんでした。

『お別れするのはいいがね。このボーイ諸君が少々目障りだねえ。先ずこの二人と、それから廊下にいるお仲間を、台所の方へ追いやって貰いたいものだねえ。』

賊は別にさからいもせず、すぐボーイ達に立去るように命じ、入口のドアを大きく開いて、廊下が見通せるようにしました。

『これでいいかね。ホラ、あいつらが階段をおりて行く足音が聞えるだろう。』

明智はやっと窓際を離れ、ハンカチをポケットに納めました。まさか鉄道ホテル全体が賊の為に占領されている筈はありませんから、廊下へ出てしまえば、もう大丈夫です。少し離れた部屋には、客もいる様子ですし、その辺の廊下には、賊の部下でない本当のボーイも歩いているのですから。

二人はまるで親しい友達のように、肩を並べて、エレベーターの前まで歩いて行きました。

エレベーターの入口は開いたままで、二十歳位の制服のエレベーター・ボーイが、人待顔に佇《たたず》んでいます。

明智は何気なく、一足先にその中へ入りましたが、

『あ、僕はステッキを忘れた。君は先へおりて下さい。』

二十面相のそういう声がしたかと思うと、いきなり鉄の扉がガラガラと閉って、エレベーターは下降し始めました。

『変だな。』

明智は早くもそれと悟りました。しかし、別に慌てる様子もなく、じっとエレベーター・ボーイの手元を見つめています。

すると案の定、エレベーターが二階と一階との中間の、四方を壁でとり囲まれた箇所まで下ると、突然パッタリ運転が止ってしまいました。

『どうしたんだ。』

『すみません。機械に故障が出来たようです。少しお待ち下さい。じき直りましょうから。』

ボーイは申訳なさそうにいいながら、しきりと運転機のハンドルの辺をいじくり廻しています。

『なにをしているんだ。退き給え。』

明智は鋭くいうと、ボーイの首筋を掴《つか》んで、グーとうしろに引きました。それが余りひどい力だったものですから、青年は思わずエレベーターの隅に尻餅《しりもち》をついてしまいました。

『ごまかしたって駄目だよ。僕がエレベーターの運転位知らないと思っているのか。』

叱りつけておいて、ハンドルをカチッと廻しますと、何ということでしょう、エレベーターは苦もなく下降を始めたではありませんか。

階下に着くと、明智はやはりハンドルを握ったまま、まだ尻餅をついているボーイの顔を、グッと鋭く睨みつけました。その眼光の恐ろしさ。年若いボーイは震え上って、思わず右のポケットの上を、なにか大切なものでも入っているように押さえるのでした。

機敏な探偵は、その表情と手の動きを見逃しませんでした。いきなり飛びついて行って、押さえているポケットに手を入れ、一枚の紙幣を取り出してしまいました。百円札です。エレベーター・ボーイは、二十面相の部下のために、百円札で買収されていたのでした。

賊はそうして、五分か十分の間、探偵をエレベーターの中にとじこめておいて、そのひまに階段の方からコッソリ逃げ去ろうとしたのです。いくら大胆不敵の二十面相でも、もう正体が分かってしまった今、探偵と肩を並べて、ホテルの人達や泊り客の群がっている玄関を、通り抜ける勇気はなかったのです。明智は決して捕らえないといっていますけれど、賊の身にしては、それを言葉通り信用する訳には行きませんからね。

名探偵はエレベーターをとび出すと、廊下を一飛に、玄関へ駈け出しました。すると、丁度間に合って、二十面相の辻野氏が、表の石段を、悠然とおりて行くところでした。

『ヤ、失敬失敬、ちょっとエレベーターに故障があったものですからね、ついおくれてしまいましたよ。』

明智はやっぱりニコニコ笑いながら、うしろから辻野氏の肩をポンと叩《たた》きました。

ハッと振向いて、明智の姿を認めた、辻野氏の顔といったらありませんでした。賊はエレベーターの計略が、テッキリ成功するものと信じきっていたのですから、顔色を変える程驚いたのも、決して無理ではありません。

『ハハハ……、どうかなすったのですか、辻野さん、少しお顔色がよくないようですね。アア、それから、これをね、あのエレベーター・ボーイから、あなたに渡してくれって頼まれて来ました。ボーイがいってましたよ、相手が悪くてエレベーターの動かし方を知っていたので、どうも御命令通りに長くとめておく訳には行きませんでした。悪しからずってね。ハハハ……』

明智はさも愉快そうに、大笑いしながら、例の百円札を、二十面相の面前で二、三度ヒラヒラさせてから、それを相手の手に握らせますと、

『ではさようなら。いずれ近いうちに。』

といったかと思うと、クルッと向を変えて、何の未練もなく、あとをも見ずに立去ってしまいました。

辻野氏は百円札を握ったまま、あっけにとられて、名探偵のうしろ姿を見送っていましたが、

『チェッ。』

といまいましそうに舌うちすると、そこに待たせてあった自動車を呼ぶのでした。

このようにして名探偵と大盗賊の初対面の小手調は、見事に探偵の勝利に帰しました。

賊にしては、いつでも捕らえようと思えば捕らえられるのを、そのまま見逃して貰った訳ですから、二十面相の名にかけて、これ程の恥辱はないわけです。

『この仕返しはきっとしてやるぞ。』

彼は明智のうしろ姿に握拳《こぶし》を振るって、思わず呪いの言葉を呟《つぶや》かないではいられませんでした。

二十面相の逮捕

『ア、明智さん、今あなたをお訪ねするところでした。あいつはどこにいますか。』

明智探偵は、鉄道ホテルから五十メートルも歩いたか歩かぬかに、突然呼び止められて、立止らなければなりませんでした。

『アア、今西君。』

それは警視庁捜査課勤務の今西刑事でした。

『御挨拶《あいさつ》はあとにして、辻野と自称する男はどうしました。まさか逃がしておしまいになったのじゃありますまいね。』

『君はどうしてそれを知っているんです。』

『小林君がプラットフォームで、変なことをしているのを見つけたのです。あの子供は実に強情ですねえ。いくらたずねてもなかなかいわないのです。しかし、手を変え品を変えて、とうとう白状させてしまいましたよ。あなたが外務省の辻野という男と一緒に、鉄道ホテルへ入られたこと、その辻野がどうやら二十面相の変装らしいことなどをね。早速外務省へ電話をかけてみましたが、辻野さんはちゃんと省にいるんです。そいつは贋者《にせもの》に違いありません。あなたに応援するために、駈けつけて来たというわけですよ。』

『それは御苦労さま、だが、あの男はもう帰ってしまいましたよ。』

『エッ、帰ってしまった? それじゃ、そいつは二十面相ではなかったのですか。』

『二十面相でした。僕は今日が初対面ですが、なかなか面白い男ですねえ。相手にとって不足のない奴ですよ。』

『明智さん、明智さん、あなた何を冗談いっているんです。二十面相と分かっていながら、警察へ知らせもしないで、逃がしてやったとおっしゃるのですか。』

今西刑事は余りのことに、明智探偵の正気を疑いたくなる程でした。

『僕に少し考えがあるのです。』

明智はすまして答えます。

『考えがあるといって、そういう事を、一個人のあなたが、勝手にきめて下すっては困りますね。いずれにしても賊と分かっていながら、逃がすという手はありません。僕は職務として奴を追跡しないわけには行きません。奴はどちらへ行きました。自動車でしょうね。』

刑事は民間探偵の独ぎめの処置を、しきりと憤慨しています。

『君が追跡するというなら、それは御自由ですが、恐らく無駄でしょうよ。』

『あなたのお指図は受けません。ホテルへ行って自動車の番号を調べて、手配をします。』

『アア、車の番号なら、ホテルへ行かなくても、僕が知ってますよ。一三八八七号です。』

『エ、あなたは車の番号まで知っているんですか。そして、あとを追おうともなさらないのですか。』

刑事は再びあっけに取られてしまいましたが、一刻を争うこの際、無益な問答をつづけているわけには行きません。番号を手帳に書きとめると、すぐ前にある交番へ、飛ぶように走って行きました。

警察電話によって、この事が市内の各警察署へ、交番へと、瞬く間に伝えられました。

『一三八八七号を捕らえよ。その車に二十面相が外務省の辻野氏に化けて乗っているのだ。』

この命令が、東京全市のお巡りさんの心を、どれ程躍らせたことでしょう。我こそはその自動車を捕えて、兇賊《きようぞく》逮捕の名誉を担わんものと、交番という交番の警官が、目を皿のようにし、手ぐすね引いて待ち構えたことは申すまでもありません。

怪賊がホテルを出発してから、二十分もした頃、幸運にも一三八八七号の自動車を発見したのは、淀橋《よどばし》区戸塚《とつか》町の交番に勤務している一警官でありました。

それはまだ若くて、勇気に富んだお巡りさんでしたが、交番の前を、規定以上の速力で、矢のように走り抜けた一台の自動車を、ヒョイと見ると、その番号が一三八八七号だったのです。

若いお巡りさんは、ハッとして、思わず武者震をしました。そして、そのあとから走って来る空車を、呼びとめるなり、飛び乗って、

『あの車だッ、あの車に有名な二十面相が乗っているんだ。走ってくれ。スピードはいくら出しても構わん、エンジンが破裂するまで走ってくれッ。』

と叫ぶのでした。

仕合せと、その自動車の運転手が又、心利いた若者でした。車は新しく、エンジンに申分はありません。走る、走る、まるで鉄砲玉みたいに走り出したものです。

悪魔のように疾走する二台の自動車は、道行く人の目を見はらせないではおきませんでした。見れば、うしろの車には、一人のお巡りさんが、および腰になって、一心不乱に前方を見つめ、何か大声にわめいているではありませんか。

『捕物だ、捕物だ！』

弥次馬が叫びながら、車と一緒に駈け出します。それにつれて犬が吠《ほ》える、歩いていた群集が皆立止ってしまうという騒です。

しかし自動車は、それらの光景をあとに見捨てて、通魔のように、ただ先へ先へと飛んで行きます。

幾台の自動車を追い抜いたことでしょう。幾度自転車にぶつかりそうになって、危くよけたことでしょう。

細い街ではスピードが出せないものですから、賊の車は大環状線に出て、王子の方角に向かって疾走し始めました。賊は無論追跡を気づいています。しかし、どうすることも出来ないのです。白昼の市内では、車を飛びおりて身を隠すなんて芸当は、出来っこありません。

池袋を過ぎた頃、前の車からパーンというはげしい音響が聞えました。アア、賊はとうとう我慢しきれなくなって、例のポケットのピストルを取り出したのでしょうか。

イヤ、イヤ、そうではなかったのです。西洋のギャング映画ではありません。賑《にぎ》やかな町なかで、ピストルなどうってみたところで、今更逃れられるものではないのです。

ピストルではなくて、車輪のパンクした音でした。賊の運が尽きたのです。

それでも、暫《しばら》くの間は、無理に車を走らせていましたが、いつしか速度がにぶり、遂にお巡りさんの自動車に追い抜かれてしまいました。逃げる行手に当って、自動車を横にされては、もうどうすることも出来ません。

車は二台とも止まりました。忽《たちま》ちそのまわりに黒山の人だかり。やがて付近のお巡りさんも駈けつけて来ます。

アア、読者諸君、辻野氏はとうとう捕ってしまいました。

『二十面相だ、二十面相だ！』

誰いうとなく、群集の間にそんな声が起こりました。

賊は付近から駈けつけた二人のお巡りさんと、戸塚の交番の若いお巡りさんと、三人にまわりをとりまかれ、叱りつけられて、もう抵抗する力もなくうなだれています。

『二十面相が捕った！』

『なんて、ふてぶてしい面をしているんだろう。』

『でも、あのお巡りさん、偉いわねえ。』

『お巡りさんバンザーイー！』

群集の中にまき起る歓声の中を、警官と賊とは、追跡して来た車に同乗して、警視庁へと急ぎます。管轄の警察署に留置するには余りに大物だからです。

警視庁に到着して、事の次第が判明しますと、庁内にはドッと歓声が湧き上りました。手を焼いていた稀代《きたい》の兇賊が、何と思いがけなく捕ったことでしょう。これというのも、今西刑事の機敏な処置と、戸塚署の若い警官の奮戦のお陰だというので、二人は胴上げされんばかりの人気です。

この報告を聞いて、誰よりも喜んだのは、中村捜査係長でした。係長は羽柴家の事件の際、賊のためにまんまと出し抜かれた恨を、忘れることが出来なかったからです。

早速調室で厳重な取調が始められました。相手は変装の名人の事ですから、誰も顔を見知ったものがありません。何よりも先に、人違でないかどうかを確かめるために、証人を呼び出さなければなりませんでした。

明智小五郎の自宅に電話がかけられました。しかし、丁度その時名探偵は外務省に出向いて留守中でしたので、代りに小林少年が出頭することになりました。

やがて程もなく、いかめしい調室に、林檎《りんご》のような頰の、可愛らしい小林少年が現れました。そして、賊の姿を一目見るや否や、これこそ、外務省の辻野氏と偽名したあの人物に相違ないと証言しました。

『わしが本物じゃ。』

『この人でした。この人に違いありません。』

小林君はキッパリと答えました。

『ハハハ……、どうだね、君、子供の眼力にかかっちゃ敵《かな》わんだろう。君が何といい遁《のが》れようとしたって、もう駄目だ。君は二十面相に違いないのだ。』

中村係長は、恨み重なる怪盗を、とうとう捕らえたかと思うと、嬉《うれ》しくて仕方がありませんでした。勝ち誇ったように、こういって、真正面から賊を睨《にら》みつけました。

『ところが、違うんですよ。こいつぁ、困ったことになったな。わしはあいつが有名な二十面相だなんて、少しも知らなかったのですよ。』

紳士に化けた賊は、あくまで空とぼけるつもりらしく、変なことをいい出すのです。

『なんだって？　君のいうことは、ちっとも訳が分からないじゃないか。』

『わしも訳が分からんのです。すると、あいつがわしに化けてわしを替玉に使ったんだな。』

『オイオイ、いい加減にし給え。いくら空とぼけたって、もうその手には乗らんよ。』

『イヤ、イヤ、そうじゃないんです。まあ、落ちついて、わしの説明を聞いて下さい。わしはこういうものです。決して二十面相なんかじゃありません。』

紳士はそういいながら、今さら思い出したように、ポケットから名刺入を出して、一枚の名刺を差出しました。それには、『松下庄兵衛《しょうべえ》』とあって、杉並区のあるアパートの住所も印刷してあるのです。

『わしは、この通り松下というもので、少し商売に失敗しまして、今はまあ失業者という身の上、アパート住まいの独者ですがね。昨日のことでした。日比谷公園をブラブラしていて、一人の会社員風の男と知合になったのです。その男が妙な金儲《かねもうけ》があるといって、教えてくれたのですよ。

つまり、今日一日、自動車に乗って、その男のいうままに、東京中を乗廻《のりまわ》してくれれば、自動車代はただの上に、五十円の手当を出すというのです。

うまい話じゃありませんか。わしはこんな身なりはしていますけれど、失業者なんですからね。五十円の手当がほしかったですよ。

その男は、これには少し事情があるのだといって、何かクドクドと話しかけましたが、わしはそれを押し止《とど》めて、事情なんか聞かなくてもいいからといって、早速承知してしまったのです。

そこで、今日は朝から自動車で方々乗り廻しましてな。おひるは鉄道ホテルで食事をしろという、有難いいつけなんです。たらふく御馳走《ごちそう》になって、ここで暫く待っていてくれというものだから、鉄道ホテルの前に自動車を停めて、その中に腰かけて待っていたのですが、やや三十分もしたかと思う頃、一人の男が鉄道ホテルから出て来て、わしの車を開けて中へ入って来るのです。

わしは、その男を一目見て、びっくりしました。気が違ったのじゃないかと思った位です。なぜといって、そのわしの車へ入って来た男は、顔から、背広から、外套《がいとう》からステッキまで、このわしと一分一厘も違わないほど、そっくりそのままだったからです。まるでわしが鏡に映っているような、変てこな気持でした。

あっけにとられて見ていますとね、益々妙じゃありませんか。その男は、わしの車へ入って来たかと思うと、今度は反対の側のドアを開けて、外へ出て行ってしまったのです。

つまり、そのわしとそっくりの紳士は、自動車の客席を通り過ぎただけなんです。その時、その男は、わしの前を通り過ぎながら、妙なことをいいました。

「サア、すぐに出発して下さい。どこでも構いません。全速力で走るのですよ」

こんなことをいい残して、そのまま、御存じでしょう、あの鉄道ホテルの前にある、地下室の理髪店の入口へ、スッと姿を隠してしまいました。わしの自動車は丁度その地下室の入口の前に停っていたのですよ。

何だか変だなとは思いましたが、とにかく先方のいうままになるという約束ですから、わしはすぐ運転手に、フル・スピードで走るようにいいつけました。

それから、どこをどう走ったか、よくも覚えませんが、早稲田《わせだ》大学のうしろの辺で、あとから追っかけて来る自動車があることを気づきました。何が何だか分からないけれど、わしは妙に恐ろしくなりましてな。運転手に走れ走れと怒鳴ったのですよ。

それからあとは、御承知の通りです。お話を伺ってみると、わしはたった五十円の礼金に目がくれて、まんまと二十面相の奴の替玉に使われたというわけですね。

イヤ、イヤ、替玉じゃない。わしの方が本物で、あいつこそわしの替玉です。まるで写真にでも写したように、わしの顔や服装を、そっくり真似しやがったんです。

それが証拠に、ホラごらんなさい。この通りじゃ。わしは正真正銘の松下庄兵衛です、わしが本物で、あいつの方が贋者です。お分かりになりましたかな。』

松下氏はそういって、ニューッと顔を前につき出し、自分の頭の毛を力まかせに引っぱってみせたり、頰をつねって見せたりするのでした。

ああ、何ということでしょう。中村係長は、又しても、賊の為にまんまと一杯かつがれたのです。警視庁をあげての、兇賊《きょうぞく》逮捕の喜びも、糠《ぬか》喜びに終ってしまいました。

のちに松下氏のアパートの主人を呼び出して、調べてみますと、松下氏が少しも怪しい人物でないことが確かめられたのです。

それにしても、二十面相の用心深さはどうでしょう。東京駅で明智探偵を襲うためには、これだけの用意がしてあったのです。部下を鉄道ホテルのボーイに住み込ませ、エレベーター係を味方にしていた上に、この松下という替玉紳士まで傭《やと》い入れて、逃走の準備をととのえていたのです。

替玉といっても、二十面相に限っては、自分によく似た人を探し廻る必要は少しもないのでした。なにしろ恐ろしい変装の名人のことです。手当り次第に傭い入れた人物に、こちらで化けてしまうのですから、訳はありません。相手は誰でも構わない、口車に乗りそうなお人よしを探しさえすればよかったのです。

そういえば、この松下という失業紳士は、いかにも呑気者《のんきもの》の好人物に違いありませんでした。

二十面相の新弟子

明智小五郎の住宅は、麻布区龍土町《りゅうどちょう》の閑静な屋敷町にありました。名探偵は、まだ若くて美しい文代夫人と、助手の小林少年と、女中さん一人の、質素な暮しをしているのでした。

明智探偵が、外務省から陸軍省へ廻って、一まず帰宅したのは、もう夕方でしたが、丁度そこへ警視庁へ呼ばれていた小林君も帰って来て、洋館の二階にある明智の書斎に入って、二十面相の替玉事件を報告しました。

『多分そんなことだろうと思っていた。しかし、中村君には気の毒だったね。』

名探偵は苦笑を浮かべていうのでした。

『先生、僕少し分からないことがあるんですが。』

小林少年は、いつも、腑《ふ》に落ちないことは、出来るだけ早く、勇敢に尋ねる習慣でした。

『先生が二十面相をわざと逃がしておやりになった訳は、僕にも分かるのですけれど、なぜあの時、僕に尾行させて下さらなかったのです。博物館の盗難を防ぐのにも、あいつの隠家が知れなくては、困るんじゃないかと思いますが。』

明智探偵は少年助手の非難を、嬉しそうにニコニコして聞いていましたが、立上って、窓のところへ行くと、小林少年を手まねきしました。

『それはね、二十面相の方で、僕に知らせてくれるんだよ。なぜだか分かるかい。さっきホテルで、僕はあいつを十分恥ずかしめてやった。あれだけの兇賊《きょうぞく》を、探偵がとらえようともしないで逃がしてやるのが、どんなひどい侮辱だか、君には想像も出来ない位だよ。

二十面相は、あのことだけでも、僕を殺してしまいたいほど憎んでいる。その上、僕がいては、これから思うように仕事も出来ないのだから、どうかして僕という邪魔者を、なくしようと考えるに違いない。

ごらん、窓の外を。ホラ、あすこに紙芝居屋がいるだろう。こんな淋しいところで、紙芝居が荷をおろしたって、商売になるはずはないのに、あいつはもうさっきから、あすこに立止って、この窓を、見ぬような振をしながら、一生懸命に見ているのだよ。』

いわれて、小林君が明智邸の門前の細い道路を見ますと、如何《いか》にも一人の紙芝居屋が、うさんくさい様子で立っているのです。

『じゃ、あいつ二十面相の部下ですね。先生の様子を探りに来ているんですね。』

『そうだよ。それごらん。別に苦労をして探し廻らなくても、先方からちゃんと近づいて来るだろう。あいつについて行けば、自然と、二十面相の隠家も分かる訳じゃないか。』

『じゃ、僕、姿を変えて尾行してみましょうか。』

小林君は気が早いのです。

『イヤ、そんなことしなくてもいいんだ。僕に少し考えがあるからね。相手は何といっても恐ろしく頭の鋭い奴だから、迂闊《うかつ》な真似は出来ない。

ところでねえ、小林君、明日あたり、僕の身辺に、少し変ったことが起るかも知れないよ。だが、決して驚くんじゃないぜ。僕は決して二十面相なんかに、出し抜かれやしないからね。たとえ僕の身が危いようなことがあっても、それも一つの策略なのだから、決して心配するんじゃないよ。いいかい。』

そんな風に、しんみりといわれますと、小林少年は、するなといわれても、心配しない訳には行きませんでした。

『先生、何か危いことでしたら、僕にやらせて下さい。先生にもしもの事があっては大変ですから。』

『有難う。』

明智探偵は、暖かい手を少年の肩にあてていうのでした。

『だが、君には出来ない仕事なんだよ。まあ僕を信じていたまえ。君も知っているだろう。僕が一度だって失敗したことがあったかい……。心配するんじゃないよ。心配するんじゃないよ。』

＊　＊　＊　＊

さて、その翌日の夕方のことでした。

明智邸の門前、ちょうど昨日紙芝居屋が立っていた辺に、今日は一人の乞食《こじき》が坐《すわ》り込んで、ほんの時たま通りかかる人に、何か口の中でモグモグいいながら、お辞儀をしております。

煮染《にし》めたような汚い手拭《てぬぐい》で頬冠《ほおかむり》をして、方々に継の当った、ぼろぼろに破れた着物を着て、一枚の蓙蓙《ござ》の上に坐って、寒そうにブルブル身震いしている有様は、如何《いか》にも哀れに見えます。

ところが、不思議なことに、往来に人通りが途絶えますと、この乞食の様子が一変するのでした。今まで低く垂れていた首を、ムクムクともたげて、顔一面の不精髭《ぶしようひげ》の中から、鋭い目を光らせて、目の前の明智探偵の家を、ジロジロと眺めまわすのです。

明智探偵は、その日午前中は、どこかへ出掛けていましたが、三時間程で帰宅すると、往来からそんな乞食が見張っているのを、知ってか知らずにか、表に面した二階の書斎で、机に向かって、しきりに何か書きものをしています。その位置が窓のすぐ近くだものですから、乞食のところから、明智の一挙一動が、手に取るように見えるのです。

それから夕方までの数時間、乞食は根気よく地面に坐りつづけていました。明智探偵の方も、根気よく窓から見える机に向かいつづけていました。

午後はずっと、一人の訪問客もありませんでしたが、夕方になって、一人の異様な人物が、明智邸の低い石門の中へ入って行きました。

その男は、伸び放題に伸ばした髪の毛、顔中を薄黒く埋めている不精髭、汚い背広服を、メリヤスのシャツの上にじかに着て、縞目《しまめ》も分からぬ鳥打帽子を冠っています。浮浪人といいますか、ルンペンといいますか、見るからに薄気味の悪い奴でしたが、そいつが門を入って暫《しばら》くしますと、突然恐ろしい怒鳴声が、門内から漏れて来ました。

『ヤイ、明智、よもや俺の顔を見忘れやしめえ。俺あお礼をいいに来たんだ。サア、その戸を開けてくれ。俺あ家の中へ入って、お前《めえ》にもおかみさんにも、ゆっくりお礼が申してえんだッ。なんだと、俺に用はねえ？　そっちで用がなくっても、こっちにゃ、ウントコサと用があるんだ。サア、そこをどけ。俺あ貴様の家へ入るんだ。』

どうやら明智自身が、洋館のポーチへ出て、応対しているらしいのですが、明智の声は聞えません。ただ浮浪人の声だけが、門の外まで響き渡っています。

それを聞くと、往来に坐っていた乞食が、ムクムクと起き上り、ソッとあたりを見廻してから、石門のところへ忍びよって、電柱の陰から中の様子を窺《うかが》いはじめました。

見ると、正面のポーチの上に明智小五郎が突立ち、そのポーチの石段へ片足かけた浮浪人が、明智の顔の前で握拳《こぶし》を振りまわしながら、しきりとわめき立てています。

明智は少しも取乱さず、静かに浮浪人を見ていましたが、ますますつのる暴言に、もう我慢が出来なくなったのか、

『馬鹿ッ。用がないといったらないのだ。出て行き給え。』

と怒鳴ったかと思うと、いきなり浮浪人をつき飛ばしました。

つき飛ばされた男は、ヨロヨロとよろめきましたが、グッと踏みこたえて、もう死物狂で、

『ウヌ!』

とうめきざま、明智めがけて組みついていきます。

しかし、格闘となっては、いくら浮浪人が乱暴でも、柔道三段の明智探偵に敵うはずはありません。忽《たちま》ち腕をねじ上げられ、ヤッとばかりに、ポーチの下の敷石の上に投げつけられてしまいました。

男は投げつけられたまま、暫くは痛さに身動きも出来ない様子でしたが、やがて、よ

うやく起き上った時には、ポーチのドアは固くとざされ、明智の姿は、もうそこには見えませんでした。

浮浪人はポーチへ上って行って、ドアをガチャガチャいわせていましたが、中から締がしてあるらしく、押せども引けども、動くものではありません。

『畜生め、覚えていやあがれ。』

男はとうとうあきらめたものか、口の中で呪いの言葉をブツブツつぶやきながら、門の外へ出て来ました。

最前からの様子を、すっかり見届けた乞食は、浮浪人をやり過しておいて、そのあとから、そっとつけて行きましたが、明智邸を少し離れたところで、いきなり、

『オイ、お前さん。』

と男を呼びかけました。

『エッ。』

びっくりして振向くと、そこに立っているのは、汚らしい乞食です。

『なんだい、お菰《こも》さんか。俺あほどこしをするような金持じゃあねえよ。』

浮浪人はいい捨てて、立ち去ろうとします。

『イヤ、そんなことじゃない。少し君に聞きたいことがあるんだ。』

『なんだって？』

乞食の口の利き方が変なので、男はいぶかしげにその顔を覗き込みました。

『俺はこう見えても、本物の乞食じゃないんだ。実は君だから話すがね。俺は二十面相の手下のものなんだ。今朝っから、明智の野郎の見張をしていたんだよ。だが、君も明智には、よっぽど恨があるらしい様子だね。』

アア、やっぱり、乞食は二十面相の部下の一人だったのです。

『恨があるどころか俺ああいつの為に刑務所へぶち込まれたんだ。どうかして、この恨を返してやりたいと思っているんだ。』

浮浪人は、又しても握拳を振りまわして、憤慨するのでした。

『名前は何ていうんだ。』

『赤井寅三《とらぞう》ってもんだ。』

『どこの身内だ。』

『親分なんてねえ。一本立よ。』

『フン、そうか。』

乞食はしばらく考えておりましたが、やがて、何を思ったか、こんな風に切り出しました。

『二十面相という親分の名前を知っているか。』

『そりゃ聞いているさ。凄《すげ》え腕前だってね。』

『凄いどころか、まるで魔法使だよ。今度なんか、博物館の国宝を、すっかり盗み出そうという勢だからね。……ところで、二十面相の親分にとっちゃ、この明智小五郎って野郎は、敵も同然なんだ。明智に恨のある君とは、同じ立場なんだ。君、二十面相の親分の手下になる気はないか。そうすりゃあ、ウンと恨が返せようというもんだぜ。』

赤井寅三は、それを聞くと、乞食の顔をまじまじと眺めていましたが、やがて、ハタと手を打って、

『よし、俺あそれにきめた。兄貴、その二十面相の親分に、一つ引合わせてくんねえか。』

と、弟子入を所望するのでした。

『ウン、引合わせてやるとも。明智にそんな恨のある君なら、親分はきっと喜ぶぜ。だがな、その前に、親分への土産に、一つ手柄を立てちゃどうだ。それも明智の野郎をひっさらう仕事なんだぜ。』

乞食姿の二十面相の部下は、あたりを見廻しながら、声を低めていうのでした。

名探偵の危急

『エエ、なんだって、あの野郎をひっさらうんだって、そいつは面白《おもしれ》え。願ってもないことだ。手伝わせてくんねえ。ぜひ手伝わせてくんねえ。で、それは一体いつの事なんだ。』

赤井寅三は、もう夢中になって尋ねるのです。

『今夜だよ』

『エ、エ、今夜だって。そいつあ素敵だ。だが、どうしてひっさらおうというんだね』

『それがね、やっぱり二十面相の親分だ、うまい手だてを工夫したんだよ。というのはね、子分の中に、素敵もねえ美しい女があるんだ。その女をどっかの若い奥さんに仕立てて、明智の野郎の喜びそうな、こみ入った事件を拵《こしら》えて探偵を頼みに行かせるんだ。そして、すぐに家を調べてくれといって、あいつを自動車に乗せて連れ出すんだ。その女と一緒にだよ。無論自動車の運転手も仲間の一人なんだ。

難しい事件の大好きなあいつのこった。それに、相手がか弱い女なんだから、油断をして、この計画には、ひっかかるにきまっているよ。

で、俺達の仕事はというと、ついこの先の青山墓地へ先まわりをして、明智を乗せた自動車がやって来るのを待っているんだよ。あすこを通らなければならないような道順にしてあるんだ。

俺達の待っている前へ来ると、自動車はピッタリ止る。すると俺と君とが、両側からドアを開けて、車の中へ飛び込み、明智の奴を身動きの出来ないようにして、麻酔剤を嗅《か》がせるという段取なんだ。麻酔剤もちゃんとここに用意している。

それから、ピストルが二挺《ちょう》あるんだ。もう一人仲間が来ることになっているもんだから。

しかしかまやしないよ。そいつは明智に恨みがある訳でもなんでもないんだから、君に手柄をさせてやるよ。』

サア、これがピストルだ』

乞食に化けた男は、そういって、破れた着物のふところから、一挺のピストルを取出し赤井に渡しました。

『こんなもの、俺あ撃ったことがねえよ。どうすりゃいいんだい。』

『ナアニ、弾は入ってやしない。引金に指を当てて撃つような恰好《かっこう》をすりゃいいんだ。二十面相の親分はね。人殺しが大嫌いなんだ。このピストルはただ脅《おど》しだよ。』

弾が入っていないと聞いて、赤井は不満らしい顔をしましたが、兎も角《かく》もポケットにおさめ、

『じゃ、すぐに青山墓地へ出かけようじゃねえか。』

と促すのでした。

『イヤ、まだ少し早すぎる。七時半という約束だよ。それより少しおくれるかも知れない。まだ二時間もある。どっかで飯を食って、ゆっくり出かけよう。』

乞食はいいながら、小脇に抱えていた、汚らしい風呂敷《ふろしき》包をほどくと、中から一枚の釣鐘マントを出して、それを破れた着物の上から羽織りました。

二人がもよりの安食堂で食事をすませ、青山墓地へたどりついた時には、トップリ日が暮れて、まばらな街灯の外は真の闇、お化でも出そうな物淋しさでした。

約束の場所というのは、墓地の中でも最も淋しい傍道《わきみち》で、宵の内でも滅多に自動車の

通らぬ、闇の中です。

二人はその闇の土手に腰をおろして、じっと時の来るのを待っていました。

『おそいね。第一こうしていると寒くってたまらねえ。』

『イヤ、もうじきだよ。さっき墓地の入口のところで、店屋の時計を見たら、七時二十分だった。あれからもう十分以上たしかに経っているから、今にやって来るぜ』

時々ポツリポツリと話し合いながら、又十分程待つうちに、とうとう、向こうから自動車のヘッドライトが見え始めました。

『オイ、来たよ。来たよ。あれがそうに違いない。しっかりやるんだぜ。』

案の定、その車は二人の待っている前まで来ると、ギギーとブレーキの音を立てて停ったのです。

『ソレッ。』

というと、二人は矢庭に闇の中からとび出しました。

『君はあっちへ廻れ』

『よし来た。』

二つの黒い影は、忽《たちま》ち客席の両側の扉へ駈け寄りました、そして、いきなりガチャンと扉を開くと客席の人物へ、両方からニューッと、ピストルの筒口を突きつけました。

と同時に、客席にいた洋装の婦人も、いつの間にかピストルを構えています。それから、運転手までが、うしろ向きになって、その手にはこれもピストルが光っているではありませんか。つまり四挺のピストルが、筒先を揃えて、客席にいるたった一人の人物に、狙いを定めたのです。

その狙われた人物というのは、アア、やっぱり明智探偵でした。探偵は二十面相の予想にたがわずまんまと計略にかかってしまったのでしょうか。

『身動きすると、ぶっぱなすぞ。』

誰かが恐ろしい権幕で怒鳴りつけました。

しかし、明智は観念したものか、静かにクッションにもたれたまま、さからう様子はありません。あまりおとなしくしているので、賊の方が不気味に思う程です。

『やッつけろ！』

低いけれど力強い声が響いたかと思うと、乞食に化けた男と赤井寅三の両人が、恐ろしい勢で、車の中に踏み込んで来ました。そして、赤井が明智の上半身を抱きしめるようにして押さえていると、もう一人はふところから取出した一塊《ひとかたまり》の白布のようなものを、手早く探偵の口に押しつけて、しばらくの間力をゆるめませんでした。

それから、やや五分もして、男が手を離した時には、流石の名探偵も薬物の力には敵《かな》いません。まるで死人のように、グッタリと気を失っていました。

『ホホホ……、もろいもんだわね。』

同乗していた洋装婦人が、美しい声で笑いました。

『オイ、縄だ。早く縄を出してくれ。』

乞食に化けた男は、運転手から一束の縄を受けとると、赤井に手伝わせて、明智探偵の手足を、たとえ蘇生《そせい》しても、身動きも出来ないように、縛り上げてしまいました。

『サアよしと。こうなっちゃ、名探偵も他愛がないね。これでやっと俺たちも、何の気兼もなく仕事が出来るというもんだ。オイ、親分が待っているだろう。急ごうぜ。』

グルグル巻の明智の身体を、自動車の床に転がして、乞食と赤井とが、客席に納ると、車はいきなり走り出しました。行先はいわずと知れた二十面相の巣窟《そうくつ》です。

怪盗の巣窟

賊の手下の美しい婦人と、乞食と、赤井寅三と、気を失った明智小五郎とを乗せた自動車は、淋しい町淋しい町とえらびながら、走りに走って、やがて、代々木《よよぎ》の明治神宮を通り過ぎ、暗い雑木林の中にポツンと建っている、一軒の住宅の門前に停りました。

それは七間か八間位の中流住宅で、門の柱には北川十郎という標札が懸っています。もう家中が寝てしまったのか、窓から明りもささず、さもつつましやかな家庭らしく見えるのです。

運転手(無論これも賊の部下なのです)が真っ先に車を降りて、門の呼鈴を押しますと、ほどもなくカタンという音がして、門の扉に作ってある小さな覗き窓が開き、そこに二つの大きな目玉が現れました。門灯の灯《あかり》で、それがさも物凄く光って見えます。

『アア、君か、どうだ、首尾よく行ったか。』

目玉の主が囁《ささや》くような小声でたずねました。

『ウン、うまく行った。早くあけてくれ。』

運転手が答えますと、初めて門の扉がギイーと開きました。

見ると門の内側には、黒い洋服を着た賊の部下が、油断なく身構えをし立ちはだかっているのです。

乞食と赤井寅三とが、グッタリとなった明智探偵の身体を抱え、美しい婦人がそれを助けるようにして、門内に消えると、扉は又元のようにピッタリと閉められました。

一人残った運転手は、空になった自動車に飛び乗りました。そして、車は矢のように走り出し、忽ち見えなくなってしまいました。どこか別の所に、賊の車庫があるのでしょう。

門内では、明智を抱えた三人の部下が、玄関の格子戸の前に立ちますと、いきなり軒の電灯がパッと点火されました。目もくらむほど明るい電灯です。

この家へ始めての赤井寅三は、あまりの明るさにギョッとしましたが、彼をびっくりさせたのは、それればかりではありませんでした。

電灯がついたかと思うと、今度は、どこからともなく、大きな人の声が聞えて来ました。誰もいないのに、声だけがお化みたいに、空中から響いて来たのです。

『一人人数がふえたようだな。そいつは一体誰だ。』

どうも人間の声とは思われないような、変てこな響です。

新米の赤井は薄気味悪そうに、キョロキョロあたりを見廻しています。

すると、乞食に化けた部下が、ツカツカと玄関の柱の側へ近づいて、その柱のある部分に口をつけるようにして、

『新しい味方です。明智に深い恨みを持っている男です。十分信用していいのです。』

と独りごとを喋《しゃべ》りました。まるで電話でもかけているようです。

『そうか、それなら入ってもよろしい。』

又変な声が響くと、まるで自動装置のように、格子戸が音もなく開きました。

『ハハハ……、驚いたかい。今のは奥にいる首領と話をしたんだよ。人目につかないように、この柱の陰に拡声器とマイクロフォンが取りつけてあるんだ。首領は用心深い人だからね。』

乞食に化けた部下が教えてくれました。

『だけど、俺がここにいるってことが、どうして首領に知れたんだろう。』

赤井はまだ不審がはれません。

『ウン、それも今に分かるよ。』

相手はとり合わないで、明智を抱えて、グングン家の中へ入って行きます。自然赤井もあとに従わぬわけには行きません。

玄関の間には、又一人の屈強な男が、肩をいからして立ちはだかっていましたが、一

同を見ると、ニコニコして肯いてみせました。

襖《ふすま》を開いて、廊下へ出て、一番奥まった部屋へたどりつきましたが、妙なことに、そこはガランとした十畳の空部屋で、首領の姿はどこにも見えません。

乞食が何か顎《あご》をしゃくって指図をしますと、美しい女の部下が、ツカツカと床の間に近より、床柱の裏に手をかけて、何かしました。

するとどうでしょう。ガタンと重々しい音がしたかと思うと、座敷の真ん中の畳が一枚、スーッと下へ落ちて行って、あとに長方形の真っ暗な穴が開いたではありませんか。

『サア、ここの梯子段《はしごだん》を降りるんだ。』

いわれて、穴の中を覗きますと、いかにも立派な木の階段がついています。

アア、何という用心深さでしょう。表門の関所、玄関の関所、その二つを通り越しても、この畳のがんどう返しを知らぬ者には、首領がどこにいるのやら、全く見当もつかないわけです。

『なにをぼんやりしているんだ。早く降りるんだよ。』

明智の身体を三人がかりで抱えながら、一同が階段を降りきると、頭の上で、ギーッと音がして、畳の穴は元の通りに蓋《ふた》をされてしまいました。実に行届いた機械仕掛ではありませんか。

地下室に降りても、まだそこが首領の部屋ではありません。薄暗い電灯の光をたよりに、コンクリートの廊下を少し行くと、岩乗な鉄の扉が行手をさえぎっているのです。乞食に化けた男が、その扉を、妙な調子でトントントン、トントンと叩《たた》きました。すると、重い鉄の扉が内部から開かれて、パッと目を射る電灯の光、まばゆいばかりに飾りつけられた立派な洋室、その正面の大きな安楽椅子に腰かけて、ニコニコ笑っている三十歳程の洋服紳士が、二十面相その人でありました。これが素顔かどうか分かりませんけれど、頭の毛を綺麗《きれい》にちぢらせた、髭《ひげ》のない好男子です。

『よくやった。よくやった。君たちの働きは忘れないよ。』

首領は、大敵明智小五郎を虜《とりこ》にしたことが、もう嬉《うれ》しくて堪《たま》らない様子です。無理はありません。明智さえこうして閉じこめてしまえば、日本中に恐ろしい相手は一人もいなくなるわけですからね。

可哀そうな明智探偵は、グルグル巻きに縛られたまま、そこの床の上に転がされました。赤井寅三は、転がしただけでは足りないとみえて、気を失っている明智の頭を、足で二度も三度も蹴《け》飛《と》ばしさえしました。

『アア、君はよくよくそいつに恨みがあるんだね。それでこそ僕の味方だ。だが、もうよしたまえ。敵は労《いたわ》るものだ。それに、この男は日本にたった一人しかいない名探偵なんだからね。そんなに乱暴にしないで、縄を解いて、そちらの長椅子に寝かしてやり給え。』

流石に首領二十面相は、虜を扱うすべを知っていました。

そこで、部下達は、命じられた通り、縄を解いて、明智探偵を長椅子に寝かせましたが、まだ薬が醒《さ》めぬのか、探偵はグッタリしたまま正体もありません。

乞食に化けた男は、明智探偵誘拐の次第と、赤井寅三を味方に引入れた理由を、くわしく報告しました。

『ウン、よくやった。赤井君はなかなか役に立ちそうな人物だ。それに、明智に深い恨みを持っているのが何より気に入ったよ。』

二十面相は、名探偵を虜にした嬉しさに、何もかも上機嫌です。

そこで赤井は改めて、弟子入の厳かな誓を立てさせられましたが、それがすむと、この浮浪人は、最前から不思議で堪らなかったことを、早速たずねたものです。

『この家の仕掛には驚きましたぜ。これなら警察なんか怖くないはずですねえ。だが、どうもまだ腑に落ちねえことがある。さっき玄関へ来たばっかりの時に、どうしてお頭にあっしの姿が見えたんですい？』

『ハハハ……、それかい。それはね、ホラ、ここを覗いて見たまえ。』

首領は天井の一隅から下っているストーブの煙突みたいなものを指さしました。覗いて見よといわれるものですから、赤井はそこへ行って、煙突の下の端が鉤《かぎ》の手に曲っている筒口へ、目を当てて見ました。

すると、これはどうでしょう。その筒の中に、この家の玄関から門にかけての景色が、可愛らしく縮小されて映っているではありませんか。最前の門番の男が、忠実に門の内側に立っているのもハッキリ見えます。

『潜水艦に使う潜望鏡《ペリスコープ》と同じ仕掛なんだよ。あれよりももっと複雑に折れ曲っているけれどね。』

道理で、あんなに光の強い電灯が必要だったのです。

『だが、君が今まで見たのは、この家の機械仕掛の半分にも足りないのだよ。その中には、僕の外は誰も知らない仕掛もある。なにしろ、これが僕の本当の根城だからね。この外にも、幾つかの隠家があるけれど、それらは、敵をあざむくホンの仮住居に過ぎないのさ。』

すると、いつか小林少年が苦しめられた戸山ヶ原の荒屋《あばらや》も、その仮の隠家の一軒だったのでしょうか。

『いずれ君にも見せるがね、この奥に僕の美術室があるんだよ。』

二十面相は相変らず上機嫌で、喋りすぎる程喋るのです。見れば彼の安楽椅子のうしろに、大銀行の金庫のような、複雑な機械仕掛の大きな鉄の扉が、厳重に閉めきってあります。

『この奥に幾つも部屋があるんだよ。ハハハ……、驚いているね。この地下室は、地面に建っている家よりもずっと広いのさ。そして、その部屋部屋に、僕の生涯の戦利品が、ちゃんと分類して陳列してあるってわけだよ。そのうち見せてあげるよ。まだ何も陳列してない空っぽの部屋もある。そこへはね、ごく近日、どっさり国宝が入ることになっているんだ。ホラ、君も新聞で読んでいるだろう。例の帝国博物館の沢山の宝物さ。ハハハ……』

もう明智という大敵を除いてしまったのだから、それらの美術品は手に入れたも同然だとばかり、二十面相はさも心地よげに、カラカラと打笑うのでした。

少年探偵団

翌朝になっても明智探偵が帰宅しないものですから、留守宅は大騒ぎになりました。探偵が同伴して出かけた、事件依頼者の婦人の住所が控えてありましたので、そこを調べますと、そんな婦人なんか住んでいないことが分かりました。さては二十面相の仕業であったかと、人々は始めてそこへ気がついたのです。

各新聞の夕刊は、『名探偵明智小五郎氏誘拐さる』という大見出しで、明智の写真を大きく入れて、この椿事《ちんじ》をデカデカと書き立て、ラジオもこれをくわしく報道しました。

『アア、頼みに思う我等の名探偵は賊の虜になった。博物館が危い。』

六百万の市民は、わがことのようにくやしがり、そこでもここでも、人さえ集まれば、もうこの事件の噂ばかり。全市の空が、何ともいえない陰鬱《いんうつ》な、不安の黒雲に覆われたように、感じないではいられませんでした。

しかし、名探偵の誘拐を、世界中で一番残念に思ったのは、探偵の少年助手小林芳雄君でした。

一晩待ち明かして朝になっても、又一日空しく待って、夜が来ても、先生はお帰りになりません。警察では二十面相に誘拐されたのだといいますし、新聞やラジオまでその通りに報道するものですから、先生の身の上が心配なばかりでなく、名探偵の名誉の為に、くやしくって、くやしくって堪《たま》らないのです。

その上、小林君は自分の心配の外に、先生の奥さんを慰めなければなりませんでした。さすが明智探偵の夫人ほどあって、涙をみせるようなことはなさいませんでしたが、不安に堪えぬ青ざめた顔に、わざと笑顔を作っていらっしゃる様子を見ますと、お気の毒で、じっとしていられないのです。

『奥さん大丈夫ですよ。先生が賊の虜になんかなるもんですか。きっと先生には僕達の知らない、何か深い計略があるのですよ。それでこんなにお帰りがおくれるんですよ。』

小林君は、そんな風にいって、しきりと明智夫人を慰めましたが、しかし、別に自信があるわけではなく、喋っているうちに、自分の方でも不安がこみ上げて来て、言葉も途切れがちになるのでした。

名探偵助手の小林君も、今度ばかりは、手も足も出ないのです。二十面相の隠家を知る手掛は全くありません。

一昨日は、賊の部下が紙芝居屋に化けて、様子を探りに来ていたが、もしや今日も怪しい人物が、その辺をうろうろしていないかしら。そうすれば賊の住家を探る手だてもあるんだがと、一縷《いちる》の望みに度々二階へ上って表通りを見廻しても、それらしい者の影さえさしません。賊の方では、誘拐の目的を果してしまったのですから、もうそういうことをする必要がないのでしょう。

そんな風にして、不安の第二夜も明けて、三日目の朝のことでした。

その日は丁度日曜日だったのですが、明智夫人と小林少年が、淋しい朝食を終ったところへ、玄関へ鉄砲玉のように、飛び込んで来た少年がありました。

『ごめん下さい。小林君いますか。僕羽柴です。』

すき通った子供の叫び声に、驚いて出てみますと、オオ、そこには久し振りの羽柴壮二少年が、可愛らしい顔を真っ赤に上気させて、息を切らして立っていました。よっぽど大急ぎで走って来たものとみえます。

読者諸君はよもやお忘れではありますまい。この少年こそ、いつか自宅の庭園に罠《わな》を仕掛けて、二十面相を手ひどい目に遭わせた、あの大実業家羽柴壮太郎氏の息子さんです。

『オヤ、壮二君ですか。よく来ましたね。サア、お上りなさい。』

小林君は自分より二つばかり年下の壮二君を、弟かなんぞのように労って、応接室へ導きました。

『で、なんか急な用事でもあるんですか。』

たずねますと、壮二少年は、大人のような口調で、こんなことをいうのでした。

『明智先生大へんでしたね。まだ行方が分からないのでしょう。それについてね、僕少し相談があるんです。

あのね、いつかの事件の時から、僕、君を崇拝しちゃったんです。そしてね、僕も君のようになりたいと思ったんです。それから、君の働きのことを学校でみんなに話したら、僕と同じ考えのものが十人も集まっちゃったんです。

それで、みんなで、少年探偵団っていう会を作っているんです。無論学校のおさらいやなんかの邪魔にならないようにですよ。僕のお父さんも、学校さえ怠けなければ、まあいいって許して下すったんです。

今日は日曜でしょう。だもんだから、僕みんなを連れて、君ん家へお見舞いに来たんです。そしてね、みんなはね、君の指図を受けて、僕達少年探偵団の力で、明智先生の行方を探そうじゃないかっていってるんです。』

一息にそれだけいってしまうと、壮二君は、可愛い目で、小林少年を睨《にら》みつけるようにして、返事を待つのでした。

『ありがとう。』

小林君はなんだか涙が出そうになるのを、やっと我慢して、ギュッと壮二君の手を握りました。

『君達のことを明智先生がお聞きになったら、どんなにお喜びになるか知れないですよ。エエ、君達の探偵団で僕をたすけて下さい。みんなで何か手掛りを探し出しましょう。

けれどね、君達は僕とは違うんだから、危険なことはやらせませんよ。もしものことがあると、みんなのお父さんやお母さんに申し訳ないですからね。

しかし、僕が今考えているのは、ちっとも危険のない探偵方法です。君、「聞込み」って の知ってますか。いろんな人の話を、聞いて廻って、どんな小さなことものがさないで、うまく手掛りをつかむ探偵方法なんです。

なまじっか大人なんかより、子供の方がすばしっこいし、相手が油断するから、きっとうまく行くと思いますよ。

それにはね、一昨日の晩先生を連れ出した女の人相や服装、それから自動車の行った方角も分かっているんだから、その方角に向かって、僕らが今の聞込みをやればいいんですよ。

店の小僧さんでもいいし、御用聞きでもいいし、郵便配達さんだとか、その辺に遊んでいる子供なんかつかまえて、あきずに聞いて廻るんですよ。

ここでは方角が分かっていても、先になるほど道が分かれていて、見当をつけるのが大へんだけれど、人数が多いから、大丈夫だ。道が分かれる度に、一人ずつその方へ行けばいいんです。

そうして、今日一日聞込みをやれば、ひょっとしたらなにか手掛りがつかめるかも知れないですよ。』

『エエ、そうしましょう。そんなことわけないや、じゃ、探偵団のみんなを門の中へ呼んでもいいですか。』

『エエ、どうぞ、僕も一緒に外へ出ましょう。』

そして、二人は明智夫人の許しを得た上、ポーチのところへ出たのですが、壮二君はいきなり門の外へ駈け出して行ったかと思うと、間もなく、十人の探偵団員を引きつれて、門内へ引き返して来ました。

見ると、みんなお揃いの制服を着た、小学校上級生の、健康で快活な少年達でした。

小林君は壮二君の紹介で、ポーチの上から、みんなに挨拶《あいさつ》しました。そして、明智探偵捜査の手段について、こまごまと指図を与えました。

無論一同大賛成です。

『小林団長バンザーイ。』

もうすっかり団長に祭り上げてしまって、嬉《うれ》しさのあまり、そんなことを叫ぶ少年さえありました。

『じゃ、これから出発しましょう。』

そして、一同は少年団のように、足なみ揃えて、明智邸の門外へ消えて行くのでした。

午後四時

少年探偵団のけなげな捜索は、日曜、月曜、火曜、水曜と、学校の余暇を利用して、忍耐強くつづけられましたが、いつまでたっても、これという手掛りはつかめませんでした。

しかし、東京中の何千人という大人のお巡りさん達にさえ、どうすることも出来ない程の難事件です。手掛りが得られなかったといって、決して少年捜索隊の無能のせいではありません。それに、これらの勇ましい少年達は、後日又どのような手柄を立てないものでもないのです。

明智探偵行方不明のまま、恐ろしい十二月十日は、一日一日と迫って来ました。警視庁の人達はもういてもたってもいられない気持です。なにしろ盗難を予告された品物が、国家の宝物というのですから、捜査課長や、直接二十面相の事件に関係している中村係長などは、心配の為に痩《や》せ細る思いでした。

ところが、問題の日の二日前、十二月八日には、又々世間の騒ぎを大きくするような出来事が起ったのです。というのは、その日の東京毎日新聞の社会面に、二十面相からの投書が麗々しく掲載されたことでした。

東京毎日新聞は別に賊の機関新聞というわけではありませんが、この騒ぎの中心になっている二十面相その人からの投書とあっては、問題にしないわけには行きません。直ちに編輯《へんしゆう》会議まで開いて、結局その全文をのせることにしたのです。

それは長い文章でしたが、意味をかいつまんで記しますと、

『私は兼ねて博物館襲撃の日を十二月十日と予告しておいたが、もっと正確に約束す

る方が、一層男らしいと感じたので、ここに東京市民諸君の前に、その時間を通告する。

それは「十二月十日午後四時」である。

博物館長も警視総監も、出来る限りの警戒をして頂きたい。警戒が厳重であればあるほど、私の冒険はその輝きを増すであろう』

アア、なんたることでしょう。日附を予告するだけでも、驚くべき大胆さですのに、その上時間までハッキリと公表してしまったのです。そして、博物館長や警視総監に失礼千万な注意まで与えているのです。

これを読んだ市民の驚きは申すまでもありません。今までは、そんな馬鹿馬鹿しいことがと、あざ笑っていた人々も、もう笑えなくなりました。

当時の博物館長は、史学界の大先輩、北小路文学博士でしたが、その偉い老学者さえも、賊の予告を本気にしないではいられなくなって、わざわざ警視庁に出向き、警戒方法について、警視総監と色々打合せをしました。

いや、そればかりではありません。二十面相のことは、国務大臣方の閣議の話題にさえ上りました。中にも内務大臣や司法大臣などは、心配のあまり、警視総監を別室に招いて、激励の言葉を与えたほどです。

そして、全市民の不安のうちに、空しく日がたって、とうとう十二月十日となりました。

帝国博物館では、その日は早朝から、館長の北小路老博士を始めとして、三人の係長、十人の書記、十五人の守衛や小使が、一人残らず出勤して、それぞれ警戒の部署につきました。

無論当日は表門を閉じて、観覧禁止です。

警視庁からは、中村捜査係長の率いる選りすぐった警官隊五十名が出張して、博物館の表門、裏門、塀のまわり、館内の要所要所にがんばって、蟻の這《は》い入る隙もない、大警戒陣です。

午後三時半、あますところ僅《わず》かに三十分、警戒陣は物々しく殺気立って来ました。そこへ、警視庁の大型自動車が到着して、警視総監が刑事部長を従えて現れました。総監は心配のあまり、もうじっとしていられなくなったのです。総監自身の目で、博物館を見守っていなければ、我慢が出来なくなったのです。

総監たちは一同の警戒ぶりを視察した上、館長室に通って、北小路博士に面会しました。

『わざわざあなたがお出掛け下さるとは思いませんでした。恐縮です。』

老博士が挨拶《あいさつ》しますと、総監は少しきまり悪そうに笑って見せました。

『イヤ、お恥ずかしいことですが、じっとしていられませんでね。たかが一盗賊の為に、これほどの騒ぎをしなければならんとは、実に恥辱です。わしは警視庁に入って以来、こんなひどい恥辱を受けたことは始めてです。』

『アハハ……』老博士は力なく笑って、『わたしも御同様です。あの青二才の盗賊の為に、一週間というもの、不眠症に罹《かか》っておるのですからな。』

『しかし、もうあますところ二十分ほどですよ。エ、北小路さん、まさか二十分の間に、この厳重な警戒を破って、沢山の美術品を盗み出すなんて、いくら魔法使いでも、少しむずかしい芸当じゃありますまいか。』

『分かりません。わしには魔法使いのことは分かりません。ただ一刻も早く四時が過ぎ去ってくれればよいと思うばかりです。』

老博士は怒ったような口調でいいました。あまりのことに、二十面相の話をするのも腹立たしいのでしょう。

室内の三人は、それきり黙り込んで、ただ壁の時計と睨めっこをするばかりでした。金モールいかめしい制服に包まれた、角力《すもう》とりのように立派な体格の警視総監、中肉中背で、八字髭《ひげ》の美しい刑事部長、背広姿で、鶴のように痩せた白髪白髯《はくぜん》の北小路博士、その人が、それぞれ安楽椅子に腰かけて、チラチラと時計の針を眺めている様子は、物々しいというよりは、何かしら奇妙な、場所にそぐわぬ光景でした。

そうして十数分が経過した時、沈黙に堪えかねた刑事部長が、突然口を切りました。

『アア、明智君は一体どうしているんでしょうね。私はあの男とは懇意にしていたんですが、どうも不思議ですよ。今までの経験から考えても、こんな失策をやる男ではないのですがね。』

その言葉に、総監は太った身体を捻《ね》じ曲げるようにして、部下の顔を見ました。

『君達は、明智明智と、まるであの男を崇拝でもしているようなことをいうが、僕は不賛成だね。いくら偉いといっても、たかが一民間探偵じゃないか。どれほどのことが出来るものか。一人の力で二十面相を捕えてみせるなどといっていたそうだが、広言が過ぎるよ。今度の失敗はあの男にはよい薬じゃろう。』

『ですが、明智君のこれまでの功績を考えますと、一概にそうもいいきれないのです。今も外で中村君と話したことですが、こんな際、あの男がいてくれたらと思いますよ。』

刑事部長の言葉が終るか終らぬ時でした。館長室のドアが静かに開かれて、一人の人物が現れました。

『明智はここにおります。』

その人物が、ニコニコ笑いながら、よく通る声でいったのです。

『オオ、明智君！』

刑事部長が椅子から飛び上って叫びました。

それは、恰好《かっこう》のよい黒の背広をピッタリと身につけ、頭の毛をモジャモジャにした、いつに変らぬ明智小五郎その人でした。

『明智君、君はどうして……』

『それはあとでお話しします。今はもっと大切なことがあるのです。』

『無論、美術品の盗難は防がなくてはならんが……』

『イヤ、それはもうおそいのです。ごらんなさい。約束の時間は過ぎました。』

明智の言葉に、館長も、総監も、刑事部長も、一斉に壁の電気時計を見上げました。

いかにも、長針はもう十二時のところをすぎているのです。

『オヤオヤ、すると二十面相は、嘘をついたわけかな。館内には別に異状もないようだが……』

『アア、そうです。約束の四時は過ぎたのです。あいつ、やっぱり手出しが出来なかったのです。』

刑事部長が凱歌《がいか》を上げるように叫びました。

『イヤ、賊は約束を守りました。この博物館はもう空っぽも同様です。』

明智が重々しい口調でいいました。

名探偵の狼藉

『エ、エ、君は何をいっているんだ。何も盗まれてなんかいやしないじゃないか。僕はつい今しがた、この目で陳列室をずっと見廻って来たばかりなんだぜ。それに、博物館のまわりには、五十人の警官が配置してあるんだ。僕のところの巡査達は盲人じゃないんだからね。』

警視総監は明智を睨みつけて、腹立たしげに怒鳴りました。

『ところが、すっかり盗み出されているのです。二十面相は例によって魔法を使いました。なんでしたら御一緒に調べてみようではありませんか。』

明智は静かに答えました。

『フーン、君は確かに盗まれたというんだね。よし、それじゃみんなで調べてみよう。館長、この男のいうのが本当かどうか、兎《と》も角《かく》陳列室へ行ってみようじゃありませんか。』

まさか明智が嘘をいっているとも思えませんので、総監も一度調べて見る気になったのです。

『それがいいでしょう。サア、北小路先生、御一緒に参りましょう。』

明智は白髪白髯の老館長にニッコリほほえみかけながら、促しました。

そこで、四人は連れ立って館長室を出ると、廊下づたいに本館の陳列場の方へ入って行きましたが、明智は北小路館長の老体をいたわるようにその手を取って、先頭に立つのでした。

『明智君、君は夢でも見たんじゃないか。どこにも異状はないじゃないか。』

陳列場に入るや否や、刑事部長が叫びました。

いかにも部長のいう通り、ガラス張りの陳列棚の中には、国宝の仏像がズラッと並んでいて、別に無くなった品もない様子です。

『これですか。』

明智はその仏像の陳列棚を指さして、意味ありげに部長の顔を見返しながら、そこに立っていた守衛に声をかけました。

『このガラス戸を開いてくれ給え。』

守衛は明智小五郎を見知りませんでしたけれど、館長や警視総監と一緒だものですから、命令に応じて、すぐさま持っていた鍵《かぎ》で、大きなガラス戸を、ガラガラと開きました。

すると、その次の瞬間、実に異様なことが起ったのです。

アア、明智探偵は気でも違ったのでしょうか。彼は広い陳列棚の中へ入って行ったかと思うと、中でも一番大きい、木彫の古代仏像に近づき、いきなりその恰好のよい腕を、ポキンと折ってしまったではありませんか。

しかもその素早いこと。三人の人達が、あっけにとられ、とめるのも忘れて、目をみはっている間に、同じ陳列棚の、どれもこれも国宝ばかりの五つの仏像を、次から次へと、忽《たちま》ちの内に、片っぱしから取り返しのつかぬ傷物にしてしまいました。あるものは腕を折られ、あるものは首をもぎ取られ、あるものは指を引きちぎられて、見るも無残な有様です。

『明智君、なにをする。オイ、いけない。よさんか。』

総監と刑事部長とが、声を揃えて怒鳴りつけるのを聞流して、明智はサッと陳列棚を飛出すと、又最前のように老館長の側へより、その手を握って、ニコニコと笑っているのです。

『オイ、明智君、一体どうしたというんだ。乱暴にも程があるじゃないか。これは博物館の中でも一番貴重な国宝ばかりなんだぞ。』

真っ赤になっておこった刑事部長は、両手をふり上げて、今にも明智に摑《つか》みかからんばかりの有様です。

『ハハハ……。これが国宝だって？　あなたの目はどこについているんです。よく見て下さい。今僕が折り取った仏像の傷口を、よく調べて下さい。』

明智の確信に満ちた口調に、刑事部長は、ハッとしたように、仏像に近づいて、その傷口を眺めました。

すると、どうでしょう。首をもがれ、手を折られたあとの傷口からは、外見の黒ずんだ古めかしい色合とは似てもつかない、まだ生々しい白い木口が覗いていたではありませんか。奈良時代の彫刻に、こんな新しい材料が使われている筈《はず》はありません。

『すると、君は、この仏像が贋物《にせもの》だというのか。』

『そうですとも、あなた方にもう少し美術眼がありさえすれば、こんな傷を拵《こしら》えて見るまでもなく、一目で贋物と分かった筈です。新しい木で模造品を作って、外から塗料を塗って古い仏像のように見せかけたのですよ。模造品専門の職人の手にかけさえすれば、訳なく出来るのです。』

明智はこともなげに説明しました。

『北小路さん、これは一体どうしたことでしょう。帝国博物館の陳列品が、真っ赤な偽物だなんて……』

警視総監が老館長を詰《なじ》るようにいいました。

『あきれました。あきれたことです。』

明智に手を取られて。茫然《ぼうぜん》と佇《たたず》んでいた老博士が、狼狽《ろうばい》しながら、てれ隠しのように答えました。

そこへ、騒ぎを聞きつけて、三人の館員があわただしく入って来ました。その中の一人は、古代美術鑑定の専門家で、その方面の係長を勤めている人でしたが、毀《こわ》れた仏像を一目見ると、さすがに忽ち気づいて叫びました。

『アッ、これはみんな模造品だ。しかし、変ですね。昨日までは確かに本物がここに置いてあったのですよ。私は昨日の午後、この陳列棚の中へ入ったのですから、間違いありません。』

『すると、昨日まで本物だったのが、今日突然贋物に変ったというのだね。変だな。一体これはどうしたというのだ。』

総監が狐につままれたような表情で、一同を見廻《みまわ》しました。

『まだお分かりになりませんか。つまり、この博物館の中は、すっかり空っぽになってしまったということですよ。』

明智はこういいながら、向側の別の陳列棚を指さしました。

『な、なんだって？　すると、君は……』

刑事部長が思わず頓狂《とんきよう》な声を立てました。

最前の館員は、明智の言葉の意味を悟ったのか、ツカツカとその棚の前に近づいて、ガラスに顔をくッつけるようにして、中に掛け並べた黒ずんだ仏画を凝視しました。そして、忽ち叫び出すのでした。

『アッ、これも、これも、あれも、館長、館長、この中の絵は、みんな贋物です。一つ残らず贋物です。』

『外の棚を調べてくれ給え。早く、早く。』

刑事部長の言葉を待つまでもなく、三人の館員は、口々に何かわめきながら、気違いのように陳列棚から陳列棚へと、覗き廻りました。

『贋物です。目ぼしい美術品は、どれもこれも、すっかり模造品です。』

それから、彼等は転がるように、階下の陳列場へ降りて行きましたが、暫《しばら》くして、元の二階へ戻って来た時には、館員の人数は、十人以上に増えていました。そして、誰も彼も、もう真っ赤になって憤慨しているのです。

『下も同じことです。残っているのはつまらないものばかりです。貴重品という貴重品は、すっかり贋物です。……しかし、館長、今もみんなと話したのですが、実に不思議という外はありません。昨日までは確かに、模造品なんて一つもなかったのです。それぞれ受持のものが、その点は自信を以《もっ》て断言しています。それが、たった一日の内に、大小百何点という美術品が、まるで魔法のように、贋物に変ってしまったのです。』

館員は口惜しさに地だんだを踏むようにして叫びました。

『明智君、我々は又しても奴の為に、まんまとやられたらしいね。』

総監が沈痛な面持で名探偵を顧みました。

『そうです。博物館は二十面相の為に盗奪されたのです。それは、最初に申し上げた通りです。』

大勢の中で、明智だけは、少しも取乱したところもなく、口許《くちもと》に微笑さえ浮かべているのでした。そして、あまりの打撃に、立っている力もないかと見える老館長を、励ますように、しっかりその手を握っていました。

種明し

『ですが、私共には、どうも訳が分からないのです。あれだけの美術品を、たった一日の間に、贋物とすり替えるなんて、人間業に出来ることではありません。マア贋物の方は、前々から、美術学生かなんかに化けて観覧に来て、絵図を書いて行けば、模造出来ないことはありませんけれど、それをどうして入れ替えたかが問題です。全く訳が分かりません。』

館員はまるでむずかしい数学の問題にでも、ぶッつかったようにしきりに小首を傾けています。

『昨日の夕方までは、確かに本物だったのだね。』

総監がたずねますと、館員達は確信に満ちた様子で、

『それはもう、決して間違いございません。』

と口を揃えて答えるのです。

『すると、恐らく昨夜の夜中あたりに、どうかして二十面相一味のものが、ここへ忍び込んだのかも知れんね。』

『イヤ、そんなことは出来る筈がございません。表門も裏門も塀のまわりも、大勢のお巡りさんが、徹夜で見張っていて下すったのです。館内にも、昨夜は館長さんと三人の宿直員が、ずっと詰めきっていたのです。その厳重な見張りの中をくぐって、あの夥《おびただ》しい美術品を、どうして持ち込んだり、運び出したり出来るものですか。全く人間業では出来ないことです。』

館員はあくまでいい張りました。

『分からん。実に不思議だ。……しかし、二十面相の奴、広言した程男らしくもなかったですね。予《あらかじ》め贋物と置き替えて置いて、サアこの通り盗みましたというのじゃ、十日の午後四時なんて予告は、全く無意味ですからね。』

刑事部長は口惜しまぎれに、そんなことでもいってみないではいられませんでした。

『ところが、決して無意味ではなかったのです。』

明智小五郎が、まるで二十面相を弁護でもするようにいいました。彼は老館長北小路博士と、さも仲よしのように、ずっと最前から手を握り合ったままなのです。

『ホウ、無意味でなかったって？　それは一体どういうことなんだね。』

警視総監が、不思議そうに名探偵の顔を見て、たずねました。

『あれをごらん下さい。』

すると明智は窓に近づいて、博物館の裏手の空地を指さしました。

『賊が十二月十日頃まで、待たなければならなかった秘密というのは、あれなのです。』

その空地には、博物館創立当時からの、古い日本建の館員宿直室が建っていたのですが、それが不用になって、数日前から、家屋の取毀しを始め、もう殆《ほとん》ど取毀しも終って、古材木や、屋根瓦《がわら》などがあっちこっちに積み上げてあるのです。

『古家を取り毀したんだね。しかし、あれと二十面相の事件と、一体何の関係があるんです。』

刑事部長はビックリしたように、明智を見ました。

『どんな関係があるか、じき分かりますよ。……どなたか、お手数ですが、下にいる中村警部に、今日昼頃裏門の番をしていた警官をつれて、いそいでここへ来てくれるように、お伝え下さいませんか。』

明智の指図に、館員の一人が、何か訳が分からぬながら、大急ぎで階下へ降りて行きましたが、間もなく中村捜査係長と一人の警官を伴なって帰って来ました。

『君が、昼頃裏門のところにいた方ですか。』

明智が早速たずねますと、警官は総監の前だものですから、ひどく改って、直立不動の姿勢で、そうですと答えました。

『では、今日正午から一時頃までの間に、トラックが一台、裏門を出て行くのを見たでしょう。』

『ハア、おたずねになっているのは、あの取毀し家屋の古材木を積んだトラックのことではありませんか。』

『そうです。』

『それならば確かに通りました。』

警官は、あの古材木がどうしたんですといわぬばかりの顔付です。

『皆さんお分かりになりましたか。これが賊の魔法の種です。うわべは古材木ばかりのように見えていて、その実、あのトラックには、盗難の美術品が全部積込んであったのですよ。』

明智は一同を見廻して、驚くべき種明しをしました。

『すると、取毀しの人夫の中に賊の手下が混っていたというのですか。』

中村係長は目をパチパチさせて聞返しました。

『そうです。混っていたのではなくて、人夫の全部が賊の部下だったかも知れません。二十面相は早くから万端の準備をととのえて、この絶好の機会を待っていたのです。家屋の取毀しは確か十二月五日から始ったのでしたね。その着手期日は三月も四月も前から、関係者には分かっていた筈《はず》です。そうすれば、十日頃は丁度古材木運び出しの日に当るじゃありませんか。予告の十二月十日という日付は、こういうところから割出されたのです。又午後四時というのは、本物の美術品がちゃんと賊の巣窟《そうくつ》に運ばれてしまって、もう贋物がわかっても差支えないという時間を意味したのです。』

アア、何という用意周到な計画だったでしょう。二十面相の魔術には、いつの時も、一般の人の思いも及ばない仕掛が、ちゃんと用意してあるんです。

『しかし明智君、たとえそんな方法で運び出すことは出来たとしても、まだ賊がどうして陳列室へ入ったか、いつの間に本物と贋物と置き替えたかという謎は、解けませんね。』

刑事部長が明智の言葉を信じ兼ねるようにいうのです。

『置き替えは昨日の夜更に行われました。』

明智は何もかも知り抜いているような口調で語りつづけます。

『賊の部下が化けた人夫達は、毎日ここへ仕事に来る時に、贋物の美術品を少しずつ運び入れました。絵は細く巻いて、仏像は分解して手、足、首、胴と別々に蓆《むしろ》包にして、大工道具と一緒に持込めば、疑われる気遣いありません。皆盗み出されることばかり警戒しているのですから、持込むものに注意なんかしませんからね。そして、贋造品《がんぞうひん》は全部、古材木の山に蔽《おお》い隠されて、昨夜の夜更を待っていたのです。』

『だが、それを誰が陳列室へ置き替えたのです。人夫達は皆夕方帰ってしまうじゃありませんか。たとえその内の何人かが、コッソリ構内に残っていたとしても、どうして陳列室へ入ることが出来ます。夜はすっかり出入口が閉《とざ》されてしまうのです。館内には館長さんや三人の宿直員が、一睡もしないで見張っていました。その人達に知れぬように、あのたくさんの品物を置き替えるなんて、全く不可能じゃありませんか。』

館員の一人が実にもっともな質問をしました。

『それには又、実に大胆不敵な手段が用意してあったのです。昨夜の三人の宿直員というのは、今朝それぞれ自宅へ帰ったのでしょう。一つその三人の自宅へ電話をかけて、主人が帰ったかどうか確かめてみて下さい。』

明智が又しても妙なことをいい出しました。三人の宿直員は誰も電話を持っていませんでしたが、それぞれ付近の商家に呼出し電話が通じますので、館員の一人が早速電話をかけてみますと、三人が三人とも、昨夜以来まだ自宅へ帰っていないことが分かりました。宿直員達の家庭では、こんな事件の際ですから今日も留め置かれているのだろうと安心していたというのです。

『三人が博物館を出てからもう八、九時間もたつのに、揃いも揃ってまだ帰宅していないというのは、少しおかしいじゃありませんか。昨夜徹夜をした疲れた身体で、まさか遊び廻っている訳ではありますまい。なぜ三人が帰らなかったのか、この意味がお分かりですか。』

明智は又一同の顔をグルッと見廻しておいて、言葉をつづけました。

『外でもありません。三人は二十面相一味の為に誘拐されたからです。』

『エ、誘拐された？　それはいつの事です。』

館員が叫びました。

『昨日の夕方、三人がそれぞれ夜勤をつとめる為に、自宅を出たところをです。』

『エ、エ、昨日の夕方ですって？　じゃ昨夜ここにいた三人は……』

『二十面相の部下でした。本当の宿直員は賊の巣窟へ押しこめておいて、その代りに賊の部下が博物館の宿直を勤めたのです。なんて訳のない話でしょう。賊が見張番を勤めたんですから、贋物の美術品の置替えなんて、実に造作もないことだったのです。皆さん、これが二十面相のやり口ですよ。人間業では出来そうもないことを、ちょっとした頭の働きで易々とやってのけるのです。』

明智探偵は、二十面相の頭のよさを褒め上げるようにいって、ずっと手をつないでいた館長北小路老博士の手首を痛いほど、ギュッと握りしめました。

『ウーン、あれが賊の手下だったのか。迂闊《うかつ》じゃった。わしが迂闊じゃった。』

老博士は白髯を震わせて、さも口惜しそうにうめきました。両眼が吊り上って、顔が真青になって、見るも恐ろしい憤怒の形相です。

しかし、老博士は三人の贋者をどうして看破《みやぶ》ることが出来なかったのでしょう。二十面相なら知らぬこと、手下の三人が、館長にも分からない程上手に変装していたなんて、考えられないことです。北小路博士ともあろう人が、そんなに易々とだまされるなんて、少しおかしくはないでしょうか。

怪盗捕縛

『だが、明智君。』

警視総監は、説明が終るのを待ちかまえていたように、明智探偵に訊《たず》ねました。

『君はまるで、君自身が二十面相ででもあるように、美術品盗奪の順序を詳しく説明されたが、それはみんな君の想像なのかね。それとも、何か確かな根拠でもあるのかね。』

『勿論《もちろん》、想像ではありません。僕はこの耳で、二十面相の部下から、一切の秘密を聞き知ったのです。今聞いて来たばかりなのです。』

『エ、エ、なんだって？　君は二十面相の部下に会ったのか。一体どこで？　どうして？』

流石の警視総監も、この不意打ちには、度胆を抜かれてしまいました。

『二十面相の隠家で会いました。総監閣下、あなたは僕が二十面相の為に誘拐されたことを御存じでしょう。僕の家庭でも世間でもそう考え、新聞もそう書いておりました。しかし、あれは実を申しますと、僕の計略に過ぎなかったのです。僕は誘拐なんかされませんでした。かえって賊の味方になって、ある人物の誘拐を手伝ってやったほどです。

昨年のことですが、僕はある日一人の不思議な弟子入志願者の訪問を受けました。僕はその男を見て、非常に驚きました。目の前に大きな鏡が立ったのではないかと怪しんだほどです。なぜと申しますと、その弟子入志願者は、背恰好《せかっこう》から、顔付きから、頭の毛の縮れ方まで、この僕と寸分違わないくらいよく似ていたからです。つまり、その男は僕の影武者として、何かの場合の僕の替玉として、雇ってほしいというのです。

僕は誰にも知らせず、その男を雇い入れて、ある所へ住まわせて置きましたが、それが今度役に立ったのです。

僕はあの日外出して、その男の隠家へ行き、すっかり服装を取り替えて、僕になりすましたその男を、先に僕の事務所へ帰らせ、暫くしてから、僕自身は浮浪人赤井寅三というものに化けて、明智事務所を訪ね、ポーチのところで、自分の替玉とちょっと格闘をして見せたのです。

賊の部下がその様子を見て、すっかり僕を信用しました。そして、それ程明智に恨みがあるなら、二十面相の部下になれと勧めてくれたのです。そういうわけで、僕は僕の替玉を誘拐するお手伝いをした上、とうとう賊の巣窟に入ることが出来ました。

しかし、二十面相の奴はなかなか油断がなくて、仲間入りをしたその日から、僕を家の中の仕事ばかりに使い、一歩も外へ出してくれませんでした。無論、博物館の美術品を盗み出す手段など、僕には少しも打ち明けてくれなかったのです。

そして、とうとう今日になってしまいました。僕はある決心をして、午後になるのを待ち構えていました。すると、午後二時頃、賊の隠家の地下室の入口が開いて、人夫の服装をした沢山の部下のものが、手に手に貴重な美術品を抱えて、ドカドカと降りて来ました。無論博物館の盗難品です。

僕は地下室に留守番をしている間に、酒肴《しゅこう》の用意をして置きました。そして帰って来た部下と、僕と一緒に残っていた部下と、全部のものに祝盃《しゅくはい》を勧めました。そこで部下達は、大事業の成功した嬉《うれ》しさに、夢中になって酒盛を始めたのですが、やがて、三十分程もしますと、一人倒れ、二人倒れ、遂には残らず、気を失って倒れてしまいました。

なぜかとおっしゃるのですか。分かっているではありませんか。僕は賊の薬品室から麻酔剤を取り出して、予《あらかじ》めその酒の中へ混ぜて置いたのです。

それから、僕は一人そこを抜け出して、付近の警察署へ駈けつけ、事情を話して、二十面相の部下の逮捕と、地下室に隠してある全部の盗難品の保管をお願いしました。

お喜び下さい。盗難品は完全に取り戻すことが出来ました。帝国博物館の美術品も、あの気の毒な日下部老人の美術城の宝物も、その外、二十面相が今までに盗み溜《た》めたすべての品物は、すっかり元の所有者の手に返ります。』

明智の長い説明を、人々は酔ったように聞き惚《ほ》れていました。アア、名探偵はその名にそむきませんでした。彼は人々の前に広言した通り、たった一人の力で、賊の巣窟をつきとめ、すべての盗難品を取り返し、数多《あまた》の悪人を捕えたのです。

『明智君、よくやった。よくやった。わしはこれまで、少し君を見誤っていたようだ。

わしから厚くお礼を申します。』

警視総監はいきなり名探偵の傍へ寄って、その左手を握りました。なぜ左手を握ったのでしょう。それは明智の右手が塞《ふさ》がっていたからです。その右手は、いまだに、老博物館長の手と、しっかり握り合わされていたからです。妙ですね。明智はどうしてそんなに、老博士の手ばかり握っているのでしょう。

『で、二十面相の奴も、その麻酔薬を飲んだのかね。君は最前から、部下のことばかりいって、一度も二十面相の名を出さなかったが、まさか首領を取り逃がしたのではあるまいね。』

中村捜査係長が、ふとそれに気づいて、心配らしくたずねました。

『イヤ、二十面相は地下室へは帰って来なかったよ。しかし、僕はあいつもちゃんと捕えている。』

明智はニコニコと、例の人を引きつける笑顔で答えました。

『どこにいるんだ。一体どこで捉えたんだ。』

中村警部が性急にたずねました。外の人達も、総監を始め、じっと名探偵の顔を見つめて、返事を待ち構えています。

『ここで捕えたのさ。』

明智は落ちつき払って答えました。

『ここで？　じゃあ、今はどこにいるんだ。』

『ここにいるよ。』

アア、明智は何をいおうとしているのでしょう。

『僕は二十面相のことをいっているんだぜ。』

警部がけげん顔で聞き返しました。

『僕も二十面相のことをいっているのさ。』

明智が鸚鵡《おうむ》返しに答えました。

『謎みたいないい方はよし給え。ここには我々が知っている人ばかりじゃないか。それとも君は、この部屋の中に、二十面相が隠れているとでもいうのかね。』

『マア、そうだよ。一つその証拠をお目にかけようか。……どなたか、度々御面倒ですが、下の応接間に四人のお客様が待たせてあるんですが、その人達をここへ呼んで下さいませんか。』

明智は又々意外なことをいい出すのです。

館員の一人が急いで下へ降りて行きました。そして、待つ程もなく、階段に大勢の足音がして、四人のお客様という人々が、一同の前に立ち現れました。

それを見ますと、一座の人達は、あまりの驚きに、『アッ。』と叫び声を立てないではいられませんでした。

まず四人の先頭に立つ白髪白髯の老紳士をごらんなさい。それはまぎれもない北小路文学博士だったではありませんか。

つづく三人は、いずれも博物館員で、昨夜宿直を勤め、今朝から行方不明になっていた人々です。

『この方々は、僕が二十面相の隠家から救い出して来たのですよ。』

明智が説明しました。

しかし、これはマアどうしたというのでしょう。博物館長の北小路博士が二人になったではありませんか。一人は今階下から上って来た北小路博士、もう一人は最前からズッと明智に手を取られていた北小路博士。

服装から顔形まで寸分違わない、二人の老博士が、顔と顔を見合わせて、睨み合いました。

『皆さん、二十面相がどんなに変装の名人かということが、お分かりになりましたか。』

明智探偵は叫ぶや否や、今まで親切らしく握っていた老人の手を、いきなりうしろに捻《ね》じ上げて、床の上に組伏せたかと思うと、白髪の鬘《かつら》と、白いつけ髭とを、なんなくむしり取ってしまいました。その下から現れたのは、黒々とした髪の毛と、若々しい滑かな顔でした。いうまでもなく、これこそ正真正銘の二十面相その人でありました。

『ハハハ……、二十面相君、ご苦労さまだったねえ。最前から君は随分苦しかっただろう。目の前で君の秘密が見る見る曝露《ばくろ》して行くのを、じっと我慢して、何食わぬ顔で聴いていなければならなかったのだからね。逃げようにも、この大勢の前では逃げ出すわけにもゆかない。イヤ、それよりも、僕の手が、手錠の代りに、君の手首を握りつづけていたんだからね。手首が痺《しび》れやしなかったかい。マア勘弁し給え、僕は少し君をいじめ過ぎたかも知れないね。』

明智は、無言のままうなだれている二十面相を、さも憐《あわれ》むように見下しながら、皮肉な慰めの言葉をかけました。

それにしても、館長に化けた二十面相は、なぜもっと早く逃げ出さなかったのでしょう。昨夜のうちに目的は果してしまったのですから、三人の替玉の館員と一緒に、サッサと引き上げてしまえば、こんな恥ずかしい目に遭わなくてもすんだのでしょうに。

しかし、読者諸君、そこが二十面相なのです。逃げ出しもしないで、図々《ずうずう》しく居残っていたところが、如何《いか》にも二十面相らしいやり口なのです。彼は警察の人達が贋物《にせもの》の美術品にビックリするところが見物したかったのです。

若《も》し明智が現れるようなことが起らなかったら、館長自身が丁度午後四時に盗難に気づいた風を装って、みんなをアッといわせる目論見《もくろみ》だったに違いありません。如何にも二十面相らしい冒険ではありませんか。でも、その冒険が過ぎて、遂にとり返しのつかない失策を演じてしまったのでした。

さて明智探偵は、キッと警視総監の方に向き直って、

『閣下、では怪盗二十面相をお引き渡しいたします。』

と、しかつめらしくいって、一礼しました。

一同あまりに意外な場面に、ただもうあっけに取られて、名探偵のすばらしい手柄を

褒めたたえることも忘れて、身動きもせず立ちすくんでいましたが、やがて、ハッと気を取り直した中村捜査係長は、ツカツカと二十面相の側へ進みより、用意の捕縄《ほじょう》を取り出したかとみますと、見事な手際で、たちまち賊を後ろ手に縛《いまし》めてしまいました。

『明智君、有難う。君のお陰で、僕は恨み重なる二十面相に、今度こそ本当に縄をかけることが出来た。こんな嬉しいことはないよ。』

中村警部の目には、感謝の涙が光っていました。

『それでは、僕はこいつを連れて行って、表にいる警官諸君を喜ばせてやりましょう。……サア二十面相、立つんだ。』

警部はうなだれた怪盗を引立てて、一同に会釈しますと、傍らに佇《たたず》んでいた最前の巡査と共に、いそいそと階段を降りて行くのでした。

博物館の表門には、十数名の警官が群がっていましたが、今しも建物の正面入口から、二十面相の縄尻《なわじり》を取った中村係長が現れたのを見ますと、先を争って、その側へ駈け寄りました。

『諸君、喜んでくれ給え。明智君の尽力で、とうとうこいつを捕えたぞ。これが二十面相の首領だ。』

警部が誇らしげに報告しますと、警官達の間に、ドッと鬨《とき》の声が挙りました。

二十面相はみじめでした。流石の怪盗も愈々《いよいよ》運のつきと観念したのか、いつもの図々しい笑顔を見せる力もなく、さも神妙にうなだれたまま、顔を上げる元気さえありません。

それから、一同賊を真ん中に行列を作って、表門を出ました。門の外は公園の森のような木立です。その木立の向こうに、二台の警察自動車が見えます。

『オイ、誰かあの車を一台、ここへ呼んでくれ給え。』

警部の命令に、一人の警官が、帯剣を握って駈け出しました。一同の視線がそのあとを追って、遥かの自動車に注がれます。

警官達は賊の神妙な様子に安心しきっていたのです。中村係長も、つい自動車の方へ気を取られていました。

一刹那《いちせつな》、不思議に人々の目が賊を離れたのです。賊にとっては絶好の機会でした。

二十面相は、歯を食いしばって、満身の力をこめて、中村警部の握っていた縄尻を、パッと振り離しました。

『ウヌ、待てッ。』

警部が叫んで立ち直った時には、賊はもう十メートル程向こうを、矢のように走っていました。後手に縛られたままの奇妙な姿が、今にも転がりそうな恰好《かっこう》で森の中へと飛んで行きます。

森の入口に、散歩の帰りらしい十人程の、可愛いらしい小学生が、立ち止って、この様子を眺めていました。

二十面相は走りながら、邪魔っけな小僧共がいるわいと思いましたが、森へ逃げ込む

には、そこを通らぬわけにはゆきません。恐れをなして逃げ出す

ナアニ、高の知れた子供達、俺の恐ろしい顔を見たら、恐れをなして逃げ出すにきまにきまっている。もし逃げなかったら、蹴散《けち》らして通るまでだ。

賊は咄嗟《とっさ》に思案して、かまわず小学生の群れに向かって突進しました。

ところが、二十面相の思惑はガラリとはずれて、小学生達は、逃げ出すどころか、ワッと叫んで、賊の方へ飛びかかって来たではありませんか。

読者諸君はもうお分かりでしょう。この小学生達は、小林芳雄を団長に頂く、あの少年探偵団でありました。少年達はもう長い間、博物館のまわりを歩き廻って、何かの時の手助けをしようと、手ぐすね引いて待ちかまえていたのでした。

まず先頭の小林少年が、二十面相を目がけて、鉄砲玉のように飛びついて行きました。つづいて羽柴壮二少年、次は誰、次は誰と、見る見る、賊の上に折り重なって、両手の不自由な相手を、たちまちそこへ転がしてしまいました。

さすがの二十面相も、いよいよ運のつきでした。

『アア、有難う、君たちは勇敢だねえ。』

駈けつけて来た中村警部が、少年達にお礼をいって、部下の警官と力を合わせ、今度こそ取り逃がさぬように、賊を引っ立てて、ちょうどそこへやって来た警察自動車の方へ連れて行きました。その時、門内から、黒い背広の一人の紳士が現れました。騒ぎを知って、駈け出して来た明智探偵です。小林少年は目早く、先生の無事な姿を見つけま

すと、驚喜の叫び声を立てて、その側へ駈け寄りました。

『オオ、小林君。』

明智探偵も思わず少年の名を呼んで、両手を広げ、駈け出して来た小林君を、その中に抱きしめました。美しい、誇らしい光景でした。この羨《うらや》ましい程親密な先生と弟子とは、力を合わせて、遂に怪盗逮捕の目的を達したのです。そして、お互いの無事を喜び、苦労をねぎらい合っているのです。

立ち並ぶ警官達も、この美しい光景にうたれて、にこやかに、しかし、しんみりした気持で、二人の様子を眺めていました。少年探偵団の十人の小学生は、もう我慢が出来ませんでした。誰が音頭をとるともなく、期せずしてみんなの両手が、高く空に上りました。そして、一同可愛いらしい声を揃えて、繰り返し繰り返し叫ぶのでした。

『明智先生バンザイ。』

『小林団長バンザイ。』

怪人二十面相　おわり

解説

東《ひがし》　雅《まさ》　夫《お》

はじめに、本書の成り立ちについて御説明しておきましょう。

今を去ること十五年ほど前――平成十六年（二〇〇四）の一月から、その名も「乱歩R」という連続テレビドラマ（読売テレビ制作）が放映されました。

日本の探偵小説、当世風にいえばミステリーの代名詞といっても過言ではない江戸川乱歩の名作の数々を、舞台を平成の現代に移して、原作の雰囲気と筋立てはそのままに、新たな解釈とアレンジによって一話完結形式で全十回の連続ドラマに再構成するという野心的な企画でした。

主役の三代目（名探偵の孫という設定）明智小五郎役に藤井隆、小林老人（あの小林少年の老いらくの姿！）役に、今は亡き名優・大滝秀治など、意表を突くキャスティングが話題を呼びました。

本書は、この「乱歩R」放映に合わせて企画刊行されたものです。

わたくしがたまたま、「乱歩R」の番組公式サイトで、乱歩の人と作品をめぐるビギナー向けの入門コラムを連載することになり、その御縁で知り合いの編集者からタイアップ文庫の編纂を依頼されたのでした。

とはいえ、ドラマの原作として予定されていた乱歩作品は、『暗黒星』『化人幻戯』をはじめほとんどが長篇で、一冊の文庫本に収めるのは不可能であり、しかもその大半が、すでに角川文庫から刊行されていました。

そこで一計を案じたわたくしは、「乱歩R」の基本設定と殊のほか縁《ゆかり》が深いと思われる、ふたつの名作をカップリング収録することにしたのです。すなわち——

昭和九年に発表された『黒蜥蜴』（月刊誌「日の出」一月号〜十二月号連載）と、昭和十一年発表の『怪人二十面相』（月刊誌「少年倶楽部」一月号〜十二月号連載）です。

かたや『黒蜥蜴』は、大乱歩の名を満天下に轟《とどろ》かせた通俗スリラー長篇の集大成ともいうべき趣向満載の逸品であり、こなた『怪人二十面相』は、全国の少年少女を興奮の坩堝《るつぼ》に叩《たた》きこんだ〈少年探偵団〉シリーズの記念すべき第一作であります。

なぜ、わたくしは、この二作品に白羽の矢を立てたのでしょうか？　乱歩世界に通じていらっしゃる方ならば、すぐにも「ハハア」とお気づきになることでしょう。

そう、『黒蜥蜴』は舞台で、『怪人二十面相』は映画やテレビで——ともに演劇の世界で、原作として採りあげられることが群を抜いて多い作品だからなのです。

たとえば「乱歩R」放映と前後する時期にも、美輪明宏が舞台（二〇〇三年三月、於ル・テアトル銀座）で凄艶な女賊・黒蜥蜴に扮するかと思えば、ビートたけしがテレビドラマ（二〇〇二年八月放映、TBS制作「明智小五郎対怪人二十面相」）で二十面相役を怪演するなど話題を呼んでいましたし、近年も、河合雪之丞と喜多村緑郎（二世）のコンビによる劇団新派公演「黒蜥蜴」（二〇一七年六月、於三越劇場）や、デヴィッド・ルヴォー演出により中谷美紀が黒蜥蜴を演じた「黒蜥蜴」（二〇一八年一月～二月、日生劇場／梅田芸術劇場）などの斬新な舞台が相次いでおります。

それではどうして、この二作品に、舞台化やドラマ化のリクエストが、とりわけ集中してきたのでしょうか？

第一に挙げるべきは、なんといっても黒蜥蜴と二十面相という両キャラクターの強烈な個性と卓越した魅力であろうと思われます。

作中に登場するなり着衣を脱ぎすて、豊満な裸体を惜しげもなくさらし妖艶《ようえん》なダンスに興じるかと思えば、ときには愁《うれ》いにしずむ乙女さながらの可憐《かれん》な一面も覗《のぞ》かせる稀代《きたい》の女賊。

「二十種もの顔を持っているけれど、その内のどれが本当の顔なのだか、誰も知らない」神出鬼没の変装術と驚天動地の機略で、いくたびも帝都を震撼《しんかん》させる不撓不屈《ふとうふくつ》の大怪盗。

かれらは、共通の宿敵である明智小五郎に優るともおとらぬ……というよりも、「光あるところに影がある」の言葉どおり、名探偵が掲げる破邪の光明を、よりいっそう際立たせる闇の紡ぎ手として作中に君臨する相補的な存在、ヒーローの「影」もしくは「分身」として対置されるべき窮極のアンチ・ヒーローなのです。

あの不敵な黄金仮面や凶猛なる人間豹《ひょう》、薄気味悪い蜘蛛《くも》男や異形なる青銅の魔人……乱歩世界を妖しく彩る怪盗殺人鬼は数多《あまた》あれど、アンチ・ヒーローと呼べるほどのカリスマ性をそなえたキャラクターとなると、やはり黒蜥蜴と二十面相の御両人に極まると申せましょう。

ちなみに、この相補的な「影」もしくは「分身」という関係性は、明智と黒蜥蜴、明智と二十面相のあいだだけでなく、じつは黒蜥蜴と二十面相のあいだにも認められるものなのであります。

乱歩は両怪人を形容するに際して、フランスの作家モーリス・ルブランが創造した怪盗紳士アルセーヌ・ルパンの名前を引き合いに出していますが、変装術に長《た》けて美術品のみを簒奪《さんだつ》の対象とし、事前に犯行予告をおくりつけるといった両者の性癖は、これすべてルパンゆずりであり、さながら兄と妹、いや、登場の順番からするならば姉と弟のごとき類似性を有するのでした。

それればかりではありません。

今回ひさしぶりに両作品を相次ぎ通読して認識を新たにしたのですが、『黒蜥蜴』と『怪人二十面相』は、かたやエロ・グロ・ナンセンス趣味を湛《たた》えた大人の読み物、かたや清く正しい少年小説という出自を超えて、たいそう相似たテイストを感じさせるではありませんか。

乱歩自身が「おそろしくトリッキイでアクロバティック」（『黒蜥蜴』の自註《じちゅう》自解より）

と自負していたように、怪盗と名探偵が秘術と策謀のかぎりを尽くして渡り合う、虚々実々の化かし合い。

めまぐるしく攻守ところを変え、はたまたロケーションを変えて展開される、息も継がせぬ名勝負、名場面の連続。

文字どおりの姉妹篇、いや「姉弟篇」と呼んでもおかしくないくらいの血縁関係を、両作品のあいだに認めることができるのではないかと思うのです。

実際、『怪人二十面相』の幕開け早々、怪盗の脅威にさらされる羽柴《はしば》家の人々のなかに、早苗さんという名前を見いだしたときには、岩瀬早苗嬢の分身に怯《おび》える黒蜥蜴さながらの眩暈《げんうん》――いま読み終えたばかりの物語の世界に、どうかして舞い戻ってしまったかのような錯覚に陥ったものでした。

ちなみに、いま指摘させていただいたような両作品の特質――変身の意外性や分身の怪奇趣味を最大限に活用し、怪傑魔人美姫妖婦《びきようふ》入り乱れての伝奇物語《ピカレスクロマン》が、めまぐるしく眼前に繰りひろげられるようなエンターテインメントが、乱歩の生まれる遥《はる》か以前から日本には存在した……と申しあげたら、なんと思われますか。

そうです、歌舞伎です。絢爛豪奢《けんらんごうしゃ》な戯場国《ぎじようこく》の世界です。

極度に人工的、装飾的で、誇張と作為と倒錯に満ちあふれ、しかしながらそれゆえに、一場の陶然たる幻夢へ観るものをいざなう、日本的バロックの精華！

「私が歌舞伎に夢中だったのは、学生時代から卒業直後にかけてで、近年は又よく見るようになった」と、乱歩はその見巧者《みごうしゃ》ぶりの片鱗《へんりん》をうかがわせるエッセイ「勘三郎に惚れた話」に記していますが、これはなにも乱歩にかぎらず、戦前の日本人にとって歌舞伎見物は、寄席《よせ》通いとともに、大衆娯楽の王道でありました。

『黒蜥蜴』をはじめとするいわゆる通俗長篇物の諸作や、『怪人二十面相』にはじまる〈少年探偵団〉シリーズが、いずれも同工異曲な趣向の繰りかえしに終始し、その結構に破綻が目立つにもかかわらず、多年にわたり絶大なる大衆的人気を博してやまなかった秘密の一端は、そこに伏流する「かぶきもの」の血脈、秘めたる歌舞伎DNAのなせる詐術ではなかったのかとすら、わたくしには思えてならないのです。

それら諸作のなかにあって、とりわけ演劇的興趣とケレンの醍醐味《だいごみ》にあふれた『黒蜥蜴』『怪人二十面相』の両作品が、歌舞伎に替わって大衆娯楽の王座に就いた映画やテレビの世界で、ことのほか愛好されてきたという事実が、右の次第をなにより雄弁に立証しているのではないでしょうか。

また、その意味でも本書は、乱歩入門もしくは再入門に恰好の一巻であろうと思うのであります。

二〇一八年十二月二十五日

本書は、角川ホラー文庫版（二〇〇四年一月十日初版）を底本としています。

本文中には、めくら、気違い、畸形、黒ン坊、薄のろ、支那、びっこ、南洋の野蛮島、啞《おし》、といった差別語、ならびに今日の人権擁護の見地に照らして、不適切と思われる表現がありますが、作品舞台の時代背景や発表当時の社会状況、また、作品の文学性や著者が故人であることなどを考え合わせ、底本のままとしました。

（編集部）

黒蜥蜴《くろとかげ》と怪人《かいじん》二十面相《にじゅうめんそう》

江戸川乱歩《えどがわらんぽ》

平成31年 2月25日　初版発行
令和7年 4月5日　22版発行

発行者●山下直久

発行●株式会社KADOKAWA
〒102-8177　東京都千代田区富士見2-13-3
電話　0570-002-301（ナビダイヤル）

角川文庫 21453

印刷所●株式会社KADOKAWA
製本所●株式会社KADOKAWA

表紙画●和田三造

●お問い合わせ
https://www.kadokawa.co.jp/（「お問い合わせ」へお進みください）
※内容によっては、お答えできない場合があります。
※サポートは日本国内のみとさせていただきます。
※Japanese text only

Printed in Japan
ISBN 978-4-04-107931-7　C0193

◆◇◇

角川文庫発刊に際して

角川源義

第二次世界大戦の敗北は、軍事力の敗北であった以上に、私たちの若い文化力の敗退であった。私たちの文化が戦争に対して如何に無力であり、単なるあだ花に過ぎなかったかを、私たちは身を以て体験し痛感した。西洋近代文化の摂取にとって、明治以後八十年の歳月は決して短かすぎたとは言えない。にもかかわらず、近代文化の伝統を確立し、自由な批判と柔軟な良識に富む文化層として自らを形成することに私たちは失敗して来た。そしてこれは、各層への文化の普及滲透を任務とする出版人の責任でもあった。

一九四五年以来、私たちは再び振出しに戻り、第一歩から踏み出すことを余儀なくされた。これは大きな不幸ではあるが、反面、これまでの混沌・未熟・歪曲の中にあった我が国の文化に秩序と確たる基礎を齎らすためには絶好の機会でもある。角川書店は、このような祖国の文化的危機にあたり、微力をも顧みず再建の礎石たるべき抱負と決意とをもって出発したが、ここに創立以来の念願を果すべく角川文庫を発刊する。これまで刊行されたあらゆる全集叢書文庫類の長所と短所とを検討し、古今東西の不朽の典籍を、良心的編集のもとに、廉価に、そして書架にふさわしい美本として、多くのひとびとに提供しようとする。しかし私たちは徒らに百科全書的な知識のジレッタントを作ることを目的とせず、あくまで祖国の文化に秩序と再建への道を示し、この文庫を角川書店の栄ある事業として、今後永久に継続発展せしめ、学芸と教養との殿堂として大成せんことを期したい。多くの読書子の愛情ある忠言と支持とによって、この希望と抱負とを完遂せしめられんことを願う。

一九四九年五月三日

人間椅子

江戸川乱歩ベストセレクション❶

江戸川乱歩

孤独な職人が溺れた妖しい快楽

貧しい椅子職人は、世にも醜い容貌のせいで、常に孤独だった。惨めな日々の中で思いつめた男は、納品前の大きな肘掛椅子の中に身を潜める。その椅子は、若く美しい夫人の住む立派な屋敷に運び込まれ……。椅子の皮一枚を隔てた、女体の感触に溺れる男の偏執的な愛を描く表題作ほか、乱歩自身が代表作と認める怪奇浪漫文学の名品「押絵と旅する男」など、傑作中の傑作を収録するベストセレクション第1弾！〈解説／大槻ケンヂ〉

角川ホラー文庫

ISBN 978-4-04-105328-7